christina koenig

deal im weißen bereich

kriminalroman

christina koenig

deal im weißen bereich

kriminalroman

Altberliner

1

Tom sitzt vor dem Küchenfenster, die Ellenbogen auf die hölzerne Fensterbank gestützt, das Kinn in den Händen. Kühle Luft dringt durch die Ritzen des alten, verzogenen Fensters und der verblichene Lack löst sich in scharfkantigen Splittern vom Untergrund. Minus Zwei, schätzt Tom die Außentemperatur, wenn nicht kälter. Fröstelnd fällt sein Blick auf den Zeitungsausschnitt, den er morgens aus der Tageszeitung herausgerissen hatte. Ein schwarzes Kreuz und der Name *Klara Kauer* springen ihn an und weiter *plötzlich und unerwartet verstorben.* Knallplötzlich verstorben, verbessert Tom bitter in Gedanken. Ungerechterweise knallplötzlich verstorben, ohne sich von Freunden und Angehörigen verabschieden zu können. Tom mochte Frau Kauer, die in dem lindgrünen Mehrfamilienhaus neben Zillys Pommesbude gewohnt hat. Ihr verrunzeltes Rosinengesicht nickte immer so wohlwollend, wenn er draußen auf dem Fahrradständer seine Pommes verdrückte. Und jetzt ist sie tot. Ihre blitzgescheiten, blauen Augen leuchten nicht mehr. Dabei hatte sie sich so über den netten jungen Mann gefreut, der sie seit kurzem betreute. Wie ein Sohn sei er zu ihr, hatte sie Tom anvertraut. Tom streicht mit dem Zeigefinger über den gedruckten Namen und lässt seinen Blick traurig in den Innenhof wandern. Der Stamm der alten Kastanie ist genauso zerfurcht wie das Gesicht von Frau Kauer, sinniert Tom. Neulich noch lagen die modrig duftenden Blätter des Baumes gelb und rot im Hof verstreut. Bis in die letzten Winkel hatte der Wind sie gefegt und Nora hatte wie jedes Jahr ihre liebe Mühe, das abgelegte Kleid zusammenzufegen und in Müllsäcke zu stopfen.

In einem Anflug von Zärtlichkeit betrachtet Tom das warme Rot der ehemaligen Ziegelei, deren Backsteinmauern den heimischen Hof umschließen.

Hey Alter, jetzt werd mal nicht sentimental hier, kommentiert Tom die Serie seiner Gefühlswallungen in Gedanken. Ist ja nicht auszuhalten. Aber warum nicht mal sentimental sein? Immerhin stirbt nicht jeden Tag jemand, den man vermissen wird. Und die Ziegelei ... tausendfach verflucht, weil so gänzlich anders als alle anderen Zuhauses, die er kennt, die ganz normaler Familien in ganz normalen Siedlungen. Die Schönheit der Ziegelei, von der Nora schon immer geschwärmt hat, erschließt sich ihm erst jetzt langsam. Ein warmes, wohlwollendes Gebäude ist es, genau wie die umgebaute Remise, in deren erster Etage Tom gerade am Fenster sitzt. Sein Zuhause und das seiner Mutter. An ihre Zeit zu dritt kann Tom sich kaum noch erinnern.

Ein possierlicher Zaunkönig landet auf dem Fenstersims, wippt keck mit dem Schwänzchen und schaut Tom aus dunklen Knopfaugen an. Im nächsten Moment ist er wieder verschwunden. Wahrscheinlich hat er Mauz gewittert, der unter dem Dachüberstand des Schuppens auf der Lauer liegt und gerne kleine Vögel verspeist.

„Mauz", tadelt Tom den übergewichtigen, gelb-orange gefleckten Kater. „Du pissgelbes Ungeheuer."

Er drückt die verspannten Schultern nach hinten und reckt die Arme. Eigentlich gibt es nicht viel zu meckern, trotzt Tom seinem aufsteigenden Weltschmerz mit Blick auf ein paar dickbäuchige Regenwolken. Die Schule läuft, bis auf Deutsch natürlich, seine CD-Sammlung wächst ... na ja, nur die Liebe – mit der Liebe ist immer noch alles Mist. Und das bei einer Lust in einem gewissen Organ, die ihn fast gegen die Wand rennen lässt. Endlich mal Liebe machen, das wär's. Aber mit Marie-Ann ist es dermaßen verkrampft abgelaufen ... Jenny hatte ihn gewarnt. Schlimmer aber noch ist, dass er, Tom, mindestens genauso verklemmt ist wie Marie-Ann. Das hat er Jenny gegenüber natürlich nicht erwähnt. Und zwei Verklemmte auf einem Haufen, das ist wie wenn man beim Popeln erwischt wird.

Tom beobachtet, wie Mauz zwischen dem Gerümpel an der Schuppenwand in Deckung geht. Sexsorgen hat der blöde Kater jedenfalls nicht. Der treibt es mit allen Katzen, die ihm über den Weg laufen. Kater müsste man sein …

Wie zum Trost vibriert Toms Handy gefährlich nah an seiner empfindlichsten Körperstelle. Tom fingert es aus der Hosentasche und liest eine SMS: ‚Theater AG voll in Gefahr! Jenny.' Im nächsten Augenblick ballert jemand energisch gegen die Remisentür. Tom beugt den Oberkörper vor, drückt die Nase an der Fensterscheibe platt und äugt steil nach unten. Und da steht sie auch schon, die leibhaftige Jenny. Tom war derartig in Gedanken versunken, dass er sie nicht über den Hof hat kommen sehen, die alte Hexe. Jenny winkt Tom zu, ohne hochzublicken. Sie weiß genau, dass er oben am Fenster klebt. Drei Minuten später bricht ein Tsunami an Worten über Tom herein.

„Wir müssen echt dringend was tun. Ohne die AG bricht mein Leben zusammen", ereifert sich Jenny voller Pathos. Sie ist den Tränen nah. „Unsere AG ist das Einzige, was mich an der gottverdammten Schule noch interessiert! Da streichen die einem einfach die Zuschüsse! Kriminell ist das!"

Tom nickt und beobachtet, wie Mauz mit einer erlegten Maus im offenen Schuppen verschwindet, als Jenny ihr Hinterteil neben ihn auf die Fensterbank schwingt. Ungehalten rauft sie sich die hochtoupierten schwarzen Haare. Tom schnuppert. Warum Jenny nur so auf Rasierwasser steht?

„Dös Göld öst knapp und wörd dort oingesetzt, wo möglichst völe Schöler ötwas davon haben. Spröch, boim Sport", imitiert Jenny die salbungsvolle Stimme von Oberstudienrat Kunz-Schmäling. „Das sagt der Kerl mir einfach mitten ins Gesicht! Alles schon beschlossene Sache, stell dir vor! Die hätten die Zuschüsse ja kürzen können, von mir aus, aber komplett streichen ist ja wohl das Allerletzte! Wo wir letztes Jahr beim Landeswettbewerb den Dritten gemacht haben! Und wo wir mit dem neuen Thema schon so weit sind! Hab ich ihm alles verklickert. Ist doch 'ne super Sache, den Konsum von Fleisch einzuschränken. Jeden Arzt kann man da fragen. Schwein oder nicht Schwein, das ist hier die Frage, hab ich dem Kunz gesagt. Allein unser Titel ist doch schon geil."

Tom fordert Jenny auf, das Luftholen nicht zu vergessen, und Jenny atmet tief durch.

„... Wenn die AG platzt, mach ich Schluss mit der Schule." Jenny ist so beunruhigend ruhig, als sie das sagt, dass Tom sie alarmiert anschaut. „Dann zieh ich nach Bremen und besorg mir 'nen Job als Putze oder so und mach nur noch auf Theater. Dann hält mich hier nichts mehr."

Jenny meint es ernst. Kein Zweifel. Die Aussicht, Jenny zu verlieren, auf Jenny verzichten zu müssen, Jenny, seine Wahlschwester, löst ein unangenehmes Rumoren in Toms Eingeweiden aus. Messerscharf wird ihm klar, wie viel ihm die Quasselstrippe bedeutet. Von allen Menschen, die ihm wichtig sind, ist Jenny die Zweitwichtigste. Sie kommt gleich nach Nora. Tom starrt Jenny entgeistert an. Er fühlt sich plötzlich wie der kleine Zaunkönig, der von einem dicken Kater bedroht wird.

„Ich mach uns 'nen Tee, okay?"

Tom will ein bisschen Zeit gewinnen. Aber Jenny wäre nicht Jenny, wenn sie nicht noch eine zweite Hiobsbotschaft in der Tasche hätte. Immer noch vor sich hin schimpfend lässt sie sich mit ihrer schlabbrigen Jeans auf die Holzdielen des Fußbodens gleiten, meckert über das zugige Fenster, und macht mit gegrätschten Beinen ein paar Dehnübungen. Dann gongt sie mit Totengräbermiene die zweite rhetorische Runde ein.

„Und noch was Schreckliches ist passiert, Tom. Marens Großmutter ist gestorben. Ganz plötzlich. Maren hat mich vorhin angerufen. Sie war total geschockt und völlig hysterisch."

Tom reibt seine schlecht durchbluteten Hände über dem sich erwärmenden Wasserkessel und hebt verwundert die Brauen.

„Im Herbst stirbt es sich offensichtlich gern", murmelt er halb zu sich selbst und lässt zwei Beutel Pfefferminztee in Noras handgetöpferte Teekanne plumpsen, die neben dem Gasherd auf der Arbeitsplatte steht. Dann gießt er dampfendes Wasser hinzu und stellt die Kanne auf den Tisch. Jenny blickt wie ein Zwerg an Tom hoch und rappelt sich dann gähnend auf, um sich ans andere Ende des Tisches zu setzten. Mit gebeugtem Kopf schlürft sie die heiße Flüssigkeit ab, die Tom ihr eingeschenkt hat. „Dass du immer so randvoll kippen musst ..."

Tom zieht mit dem Fuß einen Stuhl neben Jenny und setzt sich, die Knie gegen die Tischplatte gestemmt. Jenny schaut ihn bedeutungsschwanger an, ohne die Lippen von der Tasse zu nehmen.

„Maren glaubt, dass ihre Oma ermordet wurde."

Wärmesuchend umgreift Tom seinen Teepott mit den Händen und macht ein ratloses Gesicht.

„Wie, und mehr fällt dir dazu nicht ein?", braust Jenny auf. „Überleg doch mal, Maren ist im achten Monat schwanger und jetzt dieser Schock. Ihre Oma hat sich total auf das Baby gefreut. Ich finde das, ehrlich gesagt, auch ziemlich gruselig."

„Irgendwas wird sie schon gehabt haben", kommentiert Tom lapidar. „Sonst wäre sie ja nicht gestorben. Vielleicht ein schwaches Herz, oder so."

„Hatte sie eben nicht", ereifert sich Jenny. „Ganz im Gegenteil. Ihr Herz war total okay. Und den Unfall vor zwei Jahren hatte sie auch gut weggesteckt. Allerdings hatte sie seit kurzem Zucker. Da musste zweimal die Woche ein Pfleger kommen wegen der Insulineinstellung. Überleg doch mal, Tom, wer soll denn jetzt auf Marens Kind aufpassen, wenn sie wieder zur Schule geht? Es war doch abgemacht, dass ihre Oma das macht. Maren kann ihr Abi jetzt glatt schmeißen. Ich glaub, ich fahr nachher mal zu ihr. Vielleicht braucht sie jemanden zum Quatschen."

Tom presst seine Knie gegen die Tischkante, bis der Stuhl nach hinten abkippt und verschränkt die Arme vor der Brust. Er hat keine Lust mehr über Todesfälle und vermeintliche Morde zu sprechen. Frau Kauers plötzliches Ableben wird er besser gar nicht erwähnen. Alte Leute sterben eben. Auch von heute auf morgen. Und warum auch nicht? Immer noch besser, als ewig vor sich hin zu vegetieren oder von Schläuchen und Apparaten am Leben gehalten zu werden, versucht Tom einen gedanklichen Beschwichtigungsversuch. Das schneidend warnende Ziehen hinter seinen Rippenbögen spricht allerdings eine andere Sprache und lässt Tom kein fröhlicheres Thema anstimmen. Tom kennt dieses Ziehen, als zerrten winzige Krallen an seinem Bauchfell. Es hat sich noch nie unbegründet eingestellt. Darauf kann er vertrauen. Nachdem Jenny und er jedoch im letzten Sommer wegen einer dubiosen Angelegenheit fast Kopf und Kragen riskiert hätten, hatte Tom geschworen, von nun an die Finger von allem zu lassen was einen dunklen Schatten vorauswirft. Sein Entschluss war fest und gut begründet.

„Was bist du plötzlich so still?"

„Bis eben hast du ja noch pausenlos gequatscht", versucht Tom ein Ablenkungsmanöver. Aber Jenny durchschaut ihn.

„Kommt dir auch komisch vor, sag doch ehrlich. Und Maren regt sich nie grundlos so auf."

„Ganz im Gegensatz zu dir."

Jenny rollt genervt die Augen.

„Kommst du gleich mit zu Maren?"

„Nee“, antwortet Tom abweisend. Er steht abrupt auf, setzt noch mal Wasser auf und geht mit hängenden Schultern zum Küchenfenster zurück, wo sein Blick in der nackten Baumkrone hängen bleibt wie eine Fliege im Netz einer Spinne. Die Sonne ist längst hinter das Dach der Ziegelei gesackt und violettes Abendlicht mischt sich mit dem stumpfen Graubraun der Wolken. „Eigentlich wollte ich ja heute die Bude putzen. Nora hat gerade einen Auftrag, der ganz gut Geld bringt und vollen Einsatz fordert. Tag und Nacht hockt sie vorm Computer. Ich seh sie kaum noch. Dafür seh ich immer mehr Dreck.“

Jenny fährt mit dem Zeigefinger über die klebrige Tischkante und hält ihn sich schnuppernd unter die Nase. „Und ich hab gedacht, Nora sei gar nicht da.“

„Ist sie ja auch nicht. Hat ’ne Arbeitsbesprechung in Bremen.“

„Hey, sturmfreie Bude?!“ Jenny hebt hoffnungsvoll die Stimme.

„Nee, heute Abend ist sie wieder da“, zerschlägt Tom jede Aussicht auf eine kleine Spontanparty, als der Flötenkessel in ein ohrenbetäubendes, zweistimmiges Konzert ausbricht. Tom genießt den Lärm und lässt sich Zeit, bis er sich bequemt, die Flöte von der Kesseltülle zu rupfen.

„Warum hast du eigentlich noch mal Wasser heiß gemacht?“

„Das frag ich mich auch gerade.“

2

Unwillig verlangsamt Tom seine Schritte, als er die zweiflügelige schwere Holztür der Aula erreicht. Eisige Luft folgt ihm durch die nur angelehnte Außentür. Viel zu kalt für Mitte Oktober, stellt Tom fest. Leider ist es im Festsaal kaum wärmer, als die Tür hinter ihm ins Schloss gleitet. Nicht einmal mehr geheizt haben sie. Für die Verwaltung scheint die AG tatsächlich schon abgewickelt zu sein. Tom fängt an, Jennys Wut zu verstehen.

Tom schlendert an schnurgerade aufgereihten Sitzreihen den Mittelgang hinunter zur Bühne. Bis auf Maren sind bereits alle versammelt. Mark stakst mit gebeugtem Rücken und willenlos schlenkernden Armen die Bretter, die die Welt bedeuten, auf und ab, ostentativ vertieft in schwere Gedanken, Jenny hockt im hinteren Teil der Bühne auf drei ineinander gestapelten Stühlen und wühlt in einem Stapel Papier, Annett versucht sich sitzender Weise in Dehnübungen, die sie jüngst von Jenny gelernt hat, und Marie-Ann hockt rittlings auf einem Stuhl und schaut Annett amüsiert bei ihren Bemühungen zu. Alle haben ihre Winterjacken noch an und die Stimmung ist mies. Jenny scheint bereits vor Toms Auftauchen ausgiebig Dampf abgelassen zu haben, ansonsten könnte sie sich kaum so konzentriert mit dem Papierkram beschäftigen, kombiniert Tom.

Mit einem laschen ‚Hi' wird er von den Anwesenden begrüßt. Tom sagt gar nichts. Er zieht seine verbeulte blaue Strickmütze vom Kopf, um sie gleich wieder aufzusetzen. Ein paar Haarsträhnen baumeln pennerhaft an der Seite heraus.

„Du siehst total beknackt aus", kommentiert Jenny Toms Anblick und wedelt mit ein paar Bögen Papier, die sie erfolgreich aus dem Stapel herausgesucht hat. Tom schnappt sich einen der froschgrünen Plastikstühle vom Bühnenrand und setzt sich neben den gerafften Bühnenvorhang, den er als wärmende Maßnahme sorgfältig über die Oberschenkel zieht. Wenn ihm kalt ist, bekommt er Hunger. Und wenn er Hunger hat, friert er noch mehr. Tom schaltet um auf den Theaterkenner und betrachtet, wie die fünf menschlichen Gestalten auf der Bühne angeordnet sind. Es könnte der Beginn eines modernen Stückes sein. Thema Ratlosigkeit, oder unerwarteter Tod der geschätzten alten Dame. Aber irgendwie werden die Akteure auf der Bühne nicht Herr der Lage. Vielleicht liegt es daran, dass Maren fehlt, versucht Tom einen absurden Erklärungsversuch. Maren kommt kaum noch zur AG, was in ihrem Zustand mehr als verständlich ist. Es ist schon bewundernswert genug, dass sie bis jetzt den ganzen Unterricht durchgehalten hat. Eine lange Sekunde wünscht Tom, er wäre auch schwanger. Dann hätte er die dämliche Deutscharbeit wegen Kindeserwartung einfach sausen lassen. Das versteh ich gut, Witzeck, hätte Schober auf seine verständnisvolle Art gesagt. Du kannst die Klausur gern nachschreiben, wenn das Kleine da ist.

Deutscher Mann schwanger, fantasiert Tom die einschlägigen Schlagzeilen der Weltpresse. *Geburt von der Fachwelt mit Spannung erwartet.* Tom schiebt unwillkürlich seine Hände unter die Jacke und legt sie auf seinen flachen Bauch. Eindeutig *nicht* schwanger. Und die Deutscharbeit hat er nach allen Regeln der Kunst versäbelt. Es kann sich nur um Tage handeln, bis Schober ihm diese Gewissheit mit einer miserablen Note bestätigt. Dabei hatte sich Tom diesmal wirklich gut vorbereitet: Einen Hundertseiter über kreatives Schreiben durchgeackert, ein Spontan-aus-dem-Ärmel-schüttel-Kreativtraining mit Jenny über sich ergehen lassen und Nora mit der Frage genervt, was sie mache, wenn ihr mal nichts einfalle. Den ganzen Zirkus hätte er sich sparen können. Einfach so ins Blaue draufloszuschwafeln war noch nie sein Ding gewesen. Und ins Blaue draufloszuschreiben schon gar nicht. Ausgerechnet eine Fabel sollten sie sich ausdenken.

Eine Fabel, die von den Schwächen der Menschen handelt und ein glückliches Ende hat. So was Doofes kann nur Schober einfallen. Tom dagegen fielen dermaßen viele menschliche Schwächen ein, dass er allein zwanzig Minuten brauchte, um sie alle aufzuschreiben. Und dann musste die Geschichte selbst ja noch her, mit einem glücklichen Schluss wohlgemerkt. Nach drei Sätzen war Tom mit seiner Fantasie am Ende. Sämtliche Techniken der Ideenfindung versagten, nicht die kleinste Assoziationskette setzte sich in Gang. Und als Toms Banknachbar, Bertram Besserwisser, schon nach wenigen Minuten wie ein Besengter drauflosschrieb, ließ Tom erst recht die Flügel hängen. In seiner Not schrieb Tom schließlich das Märchen von den Bremer Stadtmusikanten um. Da waren wenigstens schon mal die für eine Fabel notwendigen Tiere beisammen. Mit Esel, Hund, Katze und Hahn müsste sich doch was anfangen lassen. Dann reflektierte Tom lange über seine vermeintliche Lieblingsschwäche: Sex. In seinem Fall, nicht vollzogener. Er kam zu dem Schluss, dass Sex in Wirklichkeit keine menschliche Schwäche ist, da man zur Arterhaltung nicht darauf verzichten kann. Allerdings, wenn jemand ständig an Sex denken muss, ohne sich fortpflanzen zu wollen – was ist dann? Unwillkürlich stellte Tom sich vor, dass alle Mädchen nackt an ihren Tischen saßen, und bekam eine Erektion. Mitten in der Deutschstunde. Schließlich wählte Tom aus dem Potpourri menschlicher Schwächen, Sex, Vergnügungssucht, Faulheit und Völlerei und verteilte sie guten Mutes auf die Tiere. Den Esel ließ er faul sein, den Kater ständig geil, den Hund verfressen ohne Unterlass und aus dem Hahn machte er einen Spieler, der mit aufgeputzten Hennen sein Geld verprasste. Von da an fühlte Tom sich heftig von der Muse geküsst. Er ließ die vier Tiere raffinierterweise nicht von ihren Herren und Damen vertreiben, er ließ sie total freiwillig das Weite suchen, weil es ihnen zu Hause zu langweilig wurde. Die Tiere beschlossen, einen Schatz zu finden, und zogen los. Nicht nach Bremen natürlich, sondern kreuz und quer durch die Welt. Sie buddelten hier ein bisschen und dort ein wenig. Die Angelegenheit stellte sich jedoch schon bald als anstrengender heraus als vermutet. Jeder hatte den Eindruck, mehr zu buddeln als die anderen, ihre Schwächen waren ständiger Anlass für Streitereien. Am Ende fanden alle reumütig nach Hause zurück, wo sie glücklich lebten bis ans ihr eigenes Ende.

Tom zieht den herabgerutschten, blau-silbernen Vorhang auf seine Knie zurück und stöhnt gequält auf. Was für ein bodenloser Schwachsinn! Was für ein bescheuerter Schluss! Echt peinlich. Wenn er doch nur seiner Faulheit gefrönt und morgens im Bett geblieben wäre. Dann hätte er sich und dem armen Herrn Schober den ganzen Sermon erspart.

Mit in die Seite gestemmten Händen bleibt Mark vor Tom stehen. „Wie ist eigentlich die Deutschklausur heute Morgen gelaufen?“

Der schwere Stoffzipfel rutscht erneut auf den Boden zurück. „War eine Arbeit, keine Klausur.“

„Ich hab’s Leute“, schreit Jenny in diesem Moment in die Stille und macht mit ausladenden Handbewegungen ein paar Abschlussnotizen.

Der Rest der Truppe schaut wenig erwartungsvoll zu ihr hinüber, wobei Annett ungerührt mit ihren Dehnübungen fortfährt.

„Hey, interessiert das hier überhaupt jemanden?“ Jenny schaut irritiert in die Runde. „Ich dachte, euch sei die AG auch wichtig?“

Braves Kopfnicken macht die Runde.

„Also gut. Wir brauchen mindestens eintausendvierhundertfünfundsiebzig Euro. Tausend für Requisite, dreihundertfünfzig für Fahrkosten und hundertfünfundzwanzig für die Unterbringung. Ich hab alles superknapp kalkuliert. Trotzdem ein ganz schöner Batzen, was? Andererseits, für Leute mit Geld, nur ein lächerliches Sümmchen." Mit beschwörender Stimme bringt Jenny ihre Ausführungen zum Höhepunkt: „Und genau an diese Leute müssen wir uns halten."

Annett unterbricht ihre Dehnübungen und zieht mit einem ‚Ratsch' den Reißverschluss ihrer orangefarbenen Steppweste herunter. Ihr scheint plötzlich warm geworden zu sein. Marie-Ann, immer noch gefährlich nah am Bühnenrand rittlings auf ihrem Stuhl sitzt, nagt nervös an ihren Fingernägeln, die sie in einem anfallartigen Versuch der Attraktivitätssteigerung knallrot lackiert hat. Sie ist wohl genauso verzweifelt über das vertrackte Liebesverhältnis zu Tom wie Tom selbst.

„Also, was meint ihr?", hakt Jenny nach, als die Kommentare der anderen immer noch auf sich warten lassen, und schaut sich hilflos um. „Ist euch die AG wirklich so egal?" Ihr Blick wandert von einem zum anderen.

„Egal nicht", hebt Mark nun zögerlich an. „Aber mir sitzt das Abi im Nacken. Die Zeit wird knapp und in einem Jahr bin ich sowieso hier raus. Aber bis dahin könnt ihr natürlich auf mich zählen", fügt er pflichtbewusst hinzu.

„Und du, Annett?", fragt Jenny zögerlich.

Annett hat ihre Hände überkreuzt in die Armlöcher ihrer Jacke geschoben und zieht den Kopf ein. Mit ihren grau gefärbten Haaren sieht sie aus wie eine verängstigte Maus. „Was soll ich sagen? Es ist schweinekalt hier. Da friert einem ja das Hirn ein."

„Ich hab auch keine Idee", flüstert Marie-Ann, während sie mit dem Zeigefinger unermüdlich Nagellack vom Daumen schabt.

Tom schaut Jenny mitleidig an. Sie sitzt zusammengesunken auf ihrem Stuhlturm und lässt die Beine baumeln. Tom kann förmlich spüren, wie traurig sie ist. Die AG bedeutet Jenny viel.

„Wir könnten Banken und Sparkassen abklappern", schlägt

Tom vor und gibt seiner Stimme einen hoffnungsvollen Unterton. „Die haben das meiste Geld."

Im selben Moment ahnt er jedoch, dass bei denen auch nichts mehr zu holen sein wird. Nora hatte vor Monaten schon moniert, dass Geldinstitute nur noch eindeutig imagewirksame Projekte fördern und keine Experimente mehr wagen. Und ob ‚Schwein oder nicht Schwein' sich positiv auf das Image einer Sparkasse auswirkt, ist mehr als zweifelhaft.

„Wir könnten auch Supermärkte und Einzelhändler fragen", haucht Tom weiter Leben in die trübsinnige Stimmung. Wenn Frau Kauer noch wäre, ergänzt er in Gedanken, hätte sie bestimmt eine kleine Spende locker gemacht. Frau Kauer liebte Theater und wollte immer ganz genau wissen, was in der AG gerade so los war.

Die wiederbelebte Jenny macht eifrig Notizen. Sie scheint sogar Toms Gedanken zu notieren, so jedenfalls kommt es Tom vor. In wenigen Minuten hat sie eine Liste auf die Beine gestellt, wer wann wo anklopfen und um Geld bitten soll. Jennys Tatendrang scheint jetzt auch auf Mark überzuspringen. Genial wie er ist, formuliert er aus dem Stehgreif einen geschliffenen Bettelbrief, den er gleich am nächsten Tag von der Schule und dem Vorsitzenden des örtlichen Kulturvereins unterschreiben lassen will.

„Und den kopieren wir auf richtig gutes Papier", ereifert sich Annett, „legen die Siegerurkunde vom letzten Landeswettbewerb dazu und machen einen höllisch guten Eindruck."

Mit grummelndem Magen und gut durchbluteter Muskulatur kommt Tom vierzig Minuten später in den heimischen Hinterhof geheizt. Eine Lücke zwischen den Pflastersteinen reißt ihm das Vorderrad herum und Tom kann mit einem stuntreifen Absprung gerade noch eine schmerzhafte Bruchlandung verhindern. Futter!, frohlockt es in ihm, als er sich und sein Vehikel wieder in die Senkrechte gebracht hat. Obwohl es wahrscheinlich ist, dass er in Kürze vom Hungertod dahingerafft wird, verstaut Tom seinen geliebten Drahtesel sorgsam im Schuppen. Das aus rohen Brettern zusammengenagelte Türchen klemmt wie jeden Winter. Tom öffnet es mit einem wohl dosierten Fußtritt. Auch wie jeden Winter. Nur diesmal nimmt es das Holz übel und birst.

„Mist!"

Dann schließt Tom die Remisentür auf und rennt, jeweils drei Stufen auf einmal nehmend, nach oben. „Ruuhig", beruhigt er seinen Magen wie einen knurrenden Hund, als er ungeduldig die ersten zwei Schubladen des Gefrierschranks aufreißt. Sie sind leer. Die beiden folgenden auch. Die letzte, die offizielle Pizzaabteilung, zerstört endgültig alle Hoffnungen auf einen zügigen Imbiss. Leise Panik steigt in Tom auf. Er ignoriert das vibrierende Handy in seiner Hosentasche, was jedoch nur das Klingeln des Festanschlusses zur Folge hat. Unangenehmes, altmodisches Bimmeln, das Tom auf die Nerven geht. Tom stürzt in den Korridor und nimmt wütend den Hörer ab.

„Tom?! Stell dir vor Tom, Rosa war verkehrt! Es ist ein Junge!"

„Falsch verbunden", antwortet Tom und knallt den Hörer auf. Jennys Chaosattacken fehlen ihm gerade noch. Es klingelt erneut. Tom schaltet auf stur und stakst steifen Schrittes in die Küche zurück, als die Tür von Noras Arbeitszimmer aufgerissen wird.

„Was ist? Warum gehst du nicht ran?"

„Einen wunderschönen Tag, geliebte Mama", antwortet Tom gereizt ohne sich umzudrehen. „Ich gehe nicht ran, weil ich schon rangegangen bin. Es ist Jenny. Aber ehe ich nicht was gegessen habe, kann ich Jenny nicht ertragen. Ich habe einen anstrengenden Tag hinter mir."

Mit dem letzten Satz, der Standardentschuldigung seiner Mutter, landet er einen treffsicheren Seitenhieb. Nora folgt Tom mit zusammengepressten Kiefern in die Küche und bleibt neben ihm vor den aufgezogenen, leeren Schubladen des Freezers stehen.

„Ich wollte heute Vormittag einkaufen gehen, ehrlich Tom. Aber der Strunz rief an und dann die Pollkötter und dann hab ich es total vergessen. Tut mir Leid, Tom. Aber ich hab echt viel zu tun im Moment."

„Scheiße!", brüllt Tom so unvermittelt laut, dass Nora erschrocken zusammenfährt. „Scheiße! Scheiße! Scheiße! Da kommt man total kaputt nach Hause und nicht eine beschissene Tiefkühlpackung ist in diesem Haushalt aufzutreiben!"

Nora sackt das Blut aus dem Gesicht. Sie schnappt wie ein Fisch nach Luft und ringt erfolglos nach Worten. Auch ein zweiter tiefer Einatmer mündet in Schweigen. Dann macht sie auf dem Absatz kehrt und verschwindet geknickt in ihrem Arbeitszimmer. Tom greift einen einsamen verschrumpelten Apfel aus der verstaubten Obstschale vom Kühlschrank und schmettert ihn mit einem matten Plopp gegen die Wand. Dann rast er zum Telefon zurück und wählt Jennys Nummer.

„Ich fahr zu Zilly. Hast du Lust zu kommen? – Okay, dann bis gleich."

Bei Zilly herrscht Hochbetrieb. Tom schickt ein Dankgebet zum Himmel, als er schnuppernd den Laden betritt, der nach allem riecht, worauf er Lust hat. Jenny ist kurz vor ihm eingetroffen. Sie verteidigt gerade zwei frei werdende Plätze an einem der runden Plastiktische. Tom reiht sich in die Schlange der Wartenden und Jenny teilt ihm mit Gesten und stummen Mundbewegungen mit, dass sie eine Cola will. Tom entscheidet sich für dreimal Pommes mit Majo. Die absolute Mindestdosis, um das

Knurren aus seinem Bauch zu vertreiben und das Maximum für seinen maladen Geldbeutel. Nora hätte ihm bestimmt einen Fünfer spendiert, wenn er sie gefragt hätte. Aber er hat sie extra nicht gefragt, soll sie doch schmoren und ein schlechtes Gewissen haben ...

Kurz darauf balanciert Tom einen Pommesberg zwischen den Stühlen der anderen Gäste hindurch und stopft sich, noch bevor er Jenny erreicht, die erste Hand voll Kartoffelstäbchen in den Mund.

„Was hast du da eben am Telefon gesagt?" Tom gibt sich versöhnlich, als er neben Jenny Platz nimmt und ihr die Cola vor die Nase stellt. „Es wird ein Junge? Bist du schwanger, oder was?"

Jenny macht einen flattrigen Eindruck, zieht in hastigen Zügen an ihrer Zigarette, um das letzte Drittel durch eine resolute Drehbewegung im nikotinbefleckten Aschenbecher zu versenken.

„Witz komm raus, du bist umzingelt." Jenny deutet ein Gähnen an. „Viel schlimmer. Die ganze Arbeit der letzten Wochen ist für die Katz. Zweimal hab ich diesen komplizierten Strampler wieder aufgeribbelt. Und jetzt hab ich das Ding endlich fertig und es ist ein Junge!"

„Du bist also doch schwanger?" Angewidert lässt Tom den stinkenden Aschenbecher unter dem Tisch verschwinden.

„Du bist echt unterzuckert Mann, du kapierst wieder mal gar nichts. Noch einmal zum Mitschreiben: Unsere gemeinsame Freundin Maren hat heute Mittag einen gesunden Jungen zur Welt gebracht."

Tom hält in seiner Kaubewegung inne und schluckt. „Maren? Aber sie ist doch erst Mitte November dran. In knapp vier Wochen."

„Sie hatte eine Frühgeburt. Schockgeburt sagte ihre Mutter. Wohl wegen ihrer Großmutter. Deshalb war sie heute auch nicht zur AG. Ihre Mutter hat mit meiner gesprochen."

„Du immer mit deinen Hiobsbotschaften."

„... Ich bin total fertig." Von einer Sekunde zur anderen ist Jenny den Tränen nah und vergräbt ihr Gesicht in den Händen. „Es war so, so unglaublich, wie ihr Bauch immer dicker wurde. Das Baby hat schon richtig in ihr drin gestrampelt. Das konnte man total fühlen. Und dann dieser schreckliche Tod! ... Ihre Oma soll obduziert werden. Marens Mutter vermutet einen Herzinfarkt. Dabei war der Pflegedienst morgens noch da wegen der Insulinspritze. Dem hätte doch was auffallen müssen ..."

„Wer weiß."

Jenny wirft Tom einen Blick Marke „giftig" zu und schlürft mit zusammengekniffenen Augenbrauen den Rest Cola aus ihrem Glas. „Du bist heute ja vielleicht drauf ..."

Tom stiert blödsinnig auf die Majonäsemütze eines Pommesstäbchens, das er wie zur Hypnose scheibenwischerartig hin- und herwandern lässt.

„Meine Mutter lässt mich verhungern. Nicht mal 'ne jämmerliche Pizza war im Freezer zu finden, nicht ein Stück Brot im Haus, nicht ein popeliges Heißwürstchen, nichts." Tom wirft Jenny einen Mitleid heischenden Blick zu. „Ich habe echt langsam den Eindruck, dass ich Nora scheißegal bin. Als ob die mich damals im Krankenhaus verwechselt haben oder so und ich gar nicht ihr richtiger Sohn bin. Vielleicht sagt ihr das ja ihr Instinkt."

Jenny rollt die Augen. „Lass dich doch bei Aktion Sorgenkind auf die Warteliste setzen."

„Verdammt noch mal! Sie hat mir Futter zu besorgen! Das ist ja wohl das Mindeste! Sie ist schließlich meine Mutter!"

„Verdammt? Ein verdammt verwöhntes Einzelkind bist du. Hat dir das eigentlich schon mal jemand gesagt?! Die Ärmste ist total überlastet, und du? Du machst ihr auch noch Vorwürfe.

Geh doch selber einkaufen! Oder weißt du nicht, wie das geht?"

Die Bauarbeiter vom Nachbartisch, Kerle mit Händen wie Klodeckel, sehen Jenny tadelnd an.

„Du machst ihr auch noch Vorwürfe", äfft Tom Jennys Stimme nach und sticht auf die letzten vier Pommes ein. Drei baumelnde Haarsträhnen versperren ihm die Sicht. „Verdammt, ich hab auch viel zu tun! Sieben Stunden Gymmi, ist das nichts?! Und eine Klassenarbeit nach der anderen!"

In einer Mischung aus Wut und beleidigter Leberwurst stiert Tom auf seinen leeren Teller, als sei dieser für seine schlechte Laune verantwortlich.

„Ich geh morgen Maren besuchen, kommst du mit, Tom?"

„Was?"

„Ob du mit ins Bethanien kommen willst? Unsere gemeinsame Freundin Maren hat dort ein Kind zur Welt gebracht. Erinnerst du dich?"

Jenny beugt sich über den Tisch und wedelt mit der flachen Hand vor Toms Gesicht herum.

„Maren kommt doch wieder nach Hause. Ich meine, ich kann sie doch auch zu Hause besuchen. Ich hasse Krankenhäuser. Würg. Bei diesem Geruch nach Kacke und Desinfektionsmitteln dreht sich mir einfach der Magen um."

„Meinst du, ich finde das anregend?", kontert Jenny genervt und fährt sich mit beiden Händen durch die Haare. „Kannst es dir ja überlegen. Ich hau jetzt ab. Wenn dein Interesse an Mitmenschen wieder erwacht ist, kannst du dich ja melden."

„Hey, Jenny", ruft Tom, als wolle er noch was sagen. Aber Jenny macht keine Anstalten sich umzudrehen. Tom spurtet ihr hinterher. „Das mit dem Jungen und dem Strampelanzug hab ich noch nicht richtig verstanden."

Jenny bleibt abrupt stehen und Tom prallt mit ihr zusammen.

„Maren hat einen Jungen bekommen", sagt sie dann nachsichtig langsam, als habe sie es mit einem Kursteilnehmer ‚Deutsch für Anfänger' zu tun, „und mein Strampelanzug ist rosa."

Tom versteht immer noch nicht.

„Würdest *du* etwa einen rosa Strampelanzug anziehen?"

„Nein", antwortet Tom ehrlich. „Wohl nicht." Dann fällt bei ihm der Groschen. „Mensch Jenny, das mit Himmelblau und Rosa ist doch längst Schnee von gestern."

„Meinst du wirklich?", fragt Jenny mit einem Schimmer Hoffnung in ihren rehbraunen Augen. Erst jetzt registriert Tom verblüfft, dass sie einen ganzen Kopf kleiner ist als er.

„Wirklich", sagt Tom väterlich und nickt.

„Ich muss jetzt trotzdem los, Tom. Die Ärmel noch zusammennähen. Ich konnte ja nicht ahnen, dass plötzlich alles so schnell geht. Vielleicht sticke ich ja noch was Blaues drauf. Ein Vögelchen oder so. Das finden Kinder doch toll."

Tom folgt Jenny nach draußen und beobachtet, wie sie auf ihrem roten Rennrad den Markt überquert, bis ein vorbeirumpelnder LKW ihm die Sicht nimmt. *RAZFAZ Haushaltsauflösung und Entrümpelungen aller Art* liest Tom auf der olivgrünen LKW-Plane. Zwei Männer springen aus dem Führerhäuschen, klappen die Ladefläche runter und die Plane hoch aufs Dach.

„Wohin noch mal? Krause?", fragt der Ältere, ein Riese, der in einer abgewetzten Steppjacke nebst passend speckiger Lederkappe steckt, als er eine störrische Sackkarre von der Ladefläche bugsiert.

„Kauer", korrigiert sein hagerer, kahlköpfiger Kollege, dem aus beiden Jackenärmeln Tattoos auf die Hände wachsen. „Die hieß Kauer. Mein Gott hat mich dieser Manson genervt, oder wie der heißt. Der glaubt, der kann den dicken Reibach aus dem Zeug der Alten machen. Scharf aufs Geld wie der Teufel auf die Seele. "

Die Männer lachen. „Denk an meine Worte, Olli. Mit dem kriegen wir noch Ärger."

Tom merkt auf, lässt sein Fahrrad, das er gerade entsichern wollte, stehen und wendet sich dem LKW zu. Die Männer steuern geradewegs auf das lindgrüne Haus zu, wo sie mit Nachdruck klingeln. Der Türgong ist deutlich aus einem der geöffneten Fenster in der ersten Etage zu hören.

Tom folgt den Männern zum Treppenaufgang, als der Türöffner summt und die beiden im Inneren des Hauses verschwinden. Tom beschleunigt eine Spur zu langsam sein Tempo. Die nach frischem Lack riechende, dunkelgrüne Haustür fällt direkt vor seiner Nase ins Schloss. Tom wäre den Männern bis in die Wohnung gefolgt, als wäre es das Selbstverständlichste der Welt.

„Hast du 'nen Knall, oder was?“, fragt Tom sich selbst und bleibt gezwungenermaßen auf der Türschwelle stehen. Die werden jetzt ihre Wohnung räumen, geht es Tom durch den Kopf, schaffen alles weg, was sich in einem Leben so angesammelt hat. Dann ertappt Tom sich bei dem Gedanken, dass er gern ein Andenken an Frau Kauer hätte. Irgendeine Kleinigkeit. Magnetisch angezogen schaut er hoch zur ersten Etage. Dann hockt Tom sich auf die einzig trockene Stelle der ansonsten feuchten Betontreppe, genau vor den antiken Briefschlitz der Tür. Es ist kalt und Tom schiebt seine Finger unter die wärmenden Bündchen seiner Jackenärmel. Vor seinem inneren Auge zuckelt Frau Kauer noch einmal mit ihrem Gehwägelchen vorbei an Zillys Pommesbude zum Bäcker, zu Edeka und zum Schluss noch in den Blumenladen. Wäre ihr merkwürdiges Gehvehikel nicht irgendwann ausgerechnet vor Toms Nase umgekippt, hätte er wohl nie ihre Bekanntschaft gemacht. Ihr halbes Leben hatte Frau Kauer Tom bei ihrem ersten Zusammentreffen erzählt, das praktischerweise bei Zilly stattfand. Sie war dankbar für die Unterhaltung und überredete Tom dreimal zu einer Neubestellung Pommes, zu denen sie ihn selbstverständlich einlud. „Ich habe kaum jemanden zum Reden“, erklärte sie Tom, „kinderlos, wie ich bin." Und von ihren Verwandten und Bekannten waren mittlerweile die meisten in den Himmel gezogen.

Tom überlegt, wann er Frau Kauer das letzte Mal gesehen hat, und stutzt. Es war genau einen Tag vor ihrem Tod. Ein Schauer läuft über seinen Nacken. Von heute auf morgen, zack, können einem Flügel wachsen …

Aus dem Inneren des Hauses kommen Männerstimmen näher und Tom rutscht unwillkürlich dichter an die Wand. Im nächsten Moment werden auch schon kraftvoll die Flügeltüren geöffnet.

„Alles raus also, es bleibt dabei, Manson?", fragt der mit dem Käppi, eine Waschmaschine auf seiner Karre balancierend.

„Alles raus, ja", antwortet eine Stimme mit amerikanischem Akzent. „Bis auf die Sachen, die ich euch eben gezeigt habe. Da kommt ein Antik-Händler."

Tom dreht sich neugierig um. Ein etwa dreißigjähriger Mann in brauner, schicker Daunenjacke klemmt mit dem Fuß zwei Holzkeile unter die Türflügel, um sie zu fixieren.

„Hey, mach mal Platz, Mann", fordert er Tom auf, der wie festgeklebt auf der letzten Treppenstufe sitzt.

Tom rappelt sich auf und zieht den Bauch ein, weil er keine Lust hat, von der Waschmaschine gerammt zu werden, die die Lederkappe knapp an ihm vorbeischiebt.

„Rein, oder raus?", fragt Manson und tritt neben Tom auf die Treppe.

Tom nickt, schüttelt den Kopf und zieht die Nase hoch.

„Nein, ich meine, kann ich Sie mal was fragen."

„Ob du kannst? Woher soll ich das wissen?", fragt der Kerl grinsend zurück. Das merkwürdige Flackern der wie auf Hochglanz polierten, blass-blauen Augen irritiert Tom. Der Kerl strahlt eine merkwürdige Anspannung aus, die Tom eine Stufe Abstand nehmen lässt.

„Was willst du denn wissen?“, fragt der Amerikaner unvermittelt.

„Ich habe Frau Kauer gekannt, na ja, gekannt ... wir haben uns öfter unterhalten. Sie ist so plötzlich gestorben ... Was hatte sie denn? Ich meine, Sie sind doch bestimmt ein Verwandter.“

Der Mann mit den Tattoos zwängt sich mit einer Kiste Bücher auf der Schulter durch die Tür und macht vor Manson Halt. „Die Bücher also auch“, vergewissert er sich. „Da springt aber nur der Kilopreis raus, wie gesagt.“

Mansons Mundwinkel vibrieren. „Ihr Kollege hat mich anders informiert. Dass sortiert wird nach *value*.“

„Pass mal auf. Wir lassen dir die Bücher hier. Gut?“ Mann nebst Bücherkiste drehen ab und verschwinden wieder im Hausflur.

„Nein, ist okay!“, beeilt sich Manson nachzurufen. Das nachgezischte „Fuck“ hört nur Tom. Aber Mr. Tattoo reagiert nicht und Manson bleibt nichts anderes übrig, als ihm nachzulaufen.

Schon ein geraumes Weilchen verspürt Tom Rippenbogenalarm. Der Typ ist nicht waschecht, stellt Tom bei sich fest. Bestimmt so ein kleiner, mieser Erbschleicher ... Tom nimmt in zwei Sätzen die Treppe und schlendert auf den LKW zu, der vor dem winterlich kahlen Vorgarten parkt. Tom schaut in den noch relativ leeren Bauch des Fahrzeugs. Kaum zu glauben, dass da ein ganzer Hausstand raufpassen soll. Im gleichen Augenblick wird eine volle Bücherkiste neben Tom auf die Ladefläche gewuchtet. Toms Blick bleibt an einem der oberen Bücher hängen: *Theater im Wandel* lautet der blaue Titel auf bordeauxfarbenem Leineneinband. „Das kann mal wohl sagen“, sagt Tom laut. Drei Minuten später hat er sein Andenken. Er hat es sich einfach genommen und unter die Jacke geschoben.

3

Toms streckt sich auf dem klamottenübersäten Fußboden seines Zimmers aus, als Kopfstütze dient ihm *Theater im Wandel.* Das Szenario unter seinem Bett, das Tom sich aus der ebenerdigen Perspektive erschließt, ist genauso wenig erbaulich wie der übrige beschissene Tag, findet Tom. Ineinander verkeilte Papierstapel verziert mit Wollmäusen aller Größen, Fliegen- und Mückenleichen dreier Sommer und eine undefinierbare Anzahl verknüllter Socken, die Tom nicht einmal vermisst hat, bezeugen, dass Tom keinen Putzfimmel hat. Seitdem Nora sich für den Dreck unter Toms Bett nicht mehr verantwortlich fühlt, bleibt er liegen. Tom ist immer noch sauer auf seine Mutter. Seit ihrem morgendlichen Zusammenprall gehen sie sich aus dem Weg. Tom wendet seinen Kopf Richtung Fenster. Der Anblick, der sich dort bietet, ist allerdings auch nicht gerade stimmungsaufhellend: Stumpfblauer, fahler Himmel, der gerade von der Nacht verschluckt wird. Gerade mal später Nachmittag ist es und das Licht verabschiedet sich, denkt Tom grimmig. Die Gegenstände lösen sich auf wie in Wasser und die Sonne nimmt alles mit, ganz ohne zu fragen. Toms Hand ertastet den Dimmer des Deckenfluters neben seiner Hüfte und schiebt ihn auf Anschlag. Das Chaos in seinem Zimmer erstrahlt in grellem Halogenlicht. Schwein oder nicht Schwein, denkt Tom und grinst, das ist hier nicht die Frage. Ob ihr neues Stück wohl jemals Formen annehmen wird? Gemein, was Jenny zu ihm gesagt hat, das mit dem verwöhnten Einzelkind. Als ob er sich das ausgesucht hätte, keine Geschwister zu haben! Und von verwöhnt kann ja wohl schon gar nicht die Rede sein. Womit er wohl verwöhnt wird? Blank, wie Nora ständig ist. Er kriegt ja nicht mal was zu essen. Tom wälzt sich ächzend auf den Bauch und dreht den Lichtregler herunter. Nicht einmal seine stattliche CD-Sammlung vermag ihn heute aufzumuntern. Überflüssigerweise kriecht auch noch Marie-Ann aus irgendeiner seiner Hirnwindungen. Bis vor kurzem hatte er tatsächlich noch Hoffnung auf ein Wunder. Dass sie auf einmal total aufeinander abfahren und miteinander schlafen würden. So, wie sie es in seiner Fantasie tausendmal getan haben. Tom kneift die Augen zusammen und versucht, das Programm unter seiner Schädeldecke zu wechseln. Dabei fühlt er einen unangenehmen Spannungsschmerz im Nacken. Ein Pickel, stellen Toms Fingerkuppen fest. Tom klemmt ihn zwischen Daumen und Zeigefinger, bis es knackt.

Hi Dad,

du wunderst dich bestimmt, dass ich nach so langer Zeit plötzlich schreibe, aber es war einfach total viel los. Eine Klassenarbeit jagte die nächste. Die Schule läuft einigermaßen, auch sonst ist alles im Lot bei uns. Nora hat Arbeit und so weiter. Trotzdem denke ich schon seit längerem, dass es super wäre, noch ein bisschen Auslandserfahrung zu sammeln (von wegen Lebenserfahrung, du weißt schon), bevor ich Abi mache, Studium und so weiter. Ist man erst mal in der Tretmühle drin, kommt man so schnell nicht mehr raus.

Vielleicht könnte ich ja ein bisschen zu dir nach Australien kommen, nur für ein Jahr oder so. Nora würde zwar nur ungern hier auf mich verzichten (du weißt ja, wie sie ist), wäre aber einverstanden. Sie würde bestimmt monatlich das Kindergeld überweisen. Was meinst du? Außerdem könnte ich jobben gehen. Schotter schaufeln beim Straßenbau krieg ich schon hin. Jedenfalls ist meine Oberarmmuskulatur nicht von Pappe. Kannst du ja demnächst hoffentlich selbst beurteilen. Hoffe, du bist einverstanden.

Sobald dein Okay da ist, treffe ich die Vorbereitungen und werde buchen.

Halt die Ohren steif, Tom

Tom liest den Brief in Ruhe noch einmal durch. Jedes zweite Wort ist gelogen, aber was soll's. Alles Notlügen. Wahrscheinlich ist Nora sogar froh, wenn sie ihn endlich loswird. Dann hat sie endlich weniger Verpflichtungen und kann sich wieder mehr um sich selbst kümmern. Ein Wunsch, der ihr in den letzten Wochen verdächtig oft über die Lippen gekommen ist. Ob Nora allerdings einverstanden sein wird, dass Tom zu dem windigen Möchtegern-Weltmann auf der anderen Seite des Globus abhauen will, steht auf einem anderen Blatt. Aber ein besseres Ziel fällt Tom nicht ein. Wird wohl wieder eine Ewigkeit dauern, bis der Brief am anderen Ende der Welt ankommt. Und sollte Bertram gerade in irgendeiner Pampa irgendwelche Überlandstraßen ausbessern, könnten sogar Monate daraus werden.

Tom wühlt in den Schubladen seines Schreibtisches und findet noch drei lädierte Briefmarken, von denen er annimmt, dass sie reichen.

Als Tom am nächsten Morgen mit auf Halbmast hängender Boxershorts gähnend das Bad verlässt, liegt die Remise da wie ausgestorben. Zunächst vermutet Tom Nora noch im Bett, dann hinter ihrem bereits heiß gelaufenen Computer, schließlich stellt er fest, dass sie gar nicht da ist. Um acht Uhr dreißig morgens nicht anwesend! Das ist noch nie vorgekommen. Eigentlich hat er seit gestern Abend kein Lebenszeichen mehr von ihr vernommen. Ob sie die Nacht überhaupt nicht zu Hause verbracht hat? Ob sie einen neuen Lover hat, von dem Tom nichts weiß? Mit einem verschlafenen Seitenblick in den Garderobenspiegel betritt Tom die Küche. Es ist empfindlich kühl hier. Tom lehnt seine Schulter unschlüssig gegen den Türrahmen und macht ein paar Kaubewegungen, als könne er den unangenehmen Geschmack in seinem Mund so vertreiben. Mit vorgerecktem Kopf betastet er dann missmutig die Pickelstelle in seinem Nacken. Hat sich prächtig entzündet. Na fein, denkt Tom, so kann's weitergehen. Er stakst um den hölzernen Küchentisch herum, dreht den Heizkörper auf Fünf und wirft einen prüfenden Blick in den Hof. Noras Auto ist nicht da. Der Anblick der nackten Kastanie lässt Tom noch mehr frösteln und er zieht die Shorts bis auf Nabelhöhe.

Tom wendet sich dem Kühlschrank zu, neben dem sich ein Stapel schmutzigen Geschirrs türmt. Bis auf eine einsame Flasche Tomatenketschup und ein halb volles Glas Aprikosenmarmelade findet Tom nichts. Der Kühlschrank ist leer. In einem der Hängeschränke entdeckt Tom nach verzweifeltem Wühlen noch eine angestaubte Prinzenrolle zwischen nachlässig zusammengefalteten Plastiktüten. Tom rupft die Verpackung auseinander, die eine Hälfte der Kekse fällt auf den Boden, die andere stopft er sich in den Mund. Wie Robinson Crusoe fühlt er sich, einsam auf einer verlassenen Insel. Tom hätte gute Lust loszuheulen. Mit ekelhaften Keksen seinen Hunger zu stillen ist einfach das Letzte! Aber das wird bald ein Ende haben. Denn alles wird anders. ANDERS. Bald schon wird er in Australien Opale suchen. Zusammen haben Sie bestimmt Glück. Sie werden reich, werden in Restaurants der Superlative essen gehen, in den Hauptstädten der Welt.

Schober pfeffert seine abgewetzte, braune Ledertasche wie jeden Morgen zielsicher auf das rechte äußere Drittel seines Pultes und lässt den Blick seelenruhig über die Klasse schweifen, bis die Lage sich beruhigt hat.

„Maren Schmidt hat einen Jungen entbunden“, verkündet er dann nach der Begrüßung. „Mutter und Kind sind wohlauf und es wäre, eine nette Geste, finde ich, wenn wir ein bisschen Geld sammeln würden, um ihr ein kleines Geschenk zu machen.“

„Wie wär's mit einer Jahresration Pariser“, blökt jemand aus der letzten Reihe.

Die Klasse kichert.

„Gute Idee, Schmidt“, pariert Schober. „Das hätte dir nur neun Monate eher einfallen müssen.“

Weitere halbherzige Geschenkvorschläge mengen sich in das Gelächter. Schobers Aufruf nach Freiwilligen, die Maren im Krankenhaus besuchen und Grüße und Glückwünsche der Klasse übermitteln würden, bleibt ohne Resonanz.

„Glückwünsche?“, echot Schmidt nur. „Beileid wäre wohl angebrachter.“

Schobers Augenbrauen klappen ungehalten abwärts.

„Außerdem ist Maren in der C. Was geht die uns an?“, setzt Schmidt noch eins drauf.

Schobers Mundwinkel sinken in die Ist-ja-nicht-mehr-auszuhalten-Stellung und das Innere seiner Augenbrauen verbrüdert sich mit der Nasenwurzel. Kein gutes Zeichen. Dann greift er wortlos ein Stück Kreide und schreibt die Worte *Gemeinschaft*, *Freude* und *Mitgefühl* an die Tafel. Zwei Mädchen applaudieren und die Situation mündet in ein Patt.

„Nun, wer hat Lust, Maren im Namen der Klasse einen kleinen Besuch abzustatten?“, wiederholt Schober stoisch seine Frage.

Die Klasse lässt Schober erneut ins Leere laufen und der ist sichtlich bemüht, nicht außer Fassung zu geraten.

Irgendwie ja rührend, sein Bemühen, denkt Tom bei sich.

„Wie wär's mit dir, Tom?“

Tom zuckt zusammen, die grinsenden Gesichter seiner Geschlechtsgenossen im Nacken. Prompt fängt der entzündete Pickel an zu puckern.

„Wieso denn ich?“

„Wieso denn nicht?“, fragt Schober zurück. „Du bist doch mit Maren befreundet. Ihr seid doch zusammen in der Theater-AG, wenn ich mich recht entsinne.“ Und nach einer winzigen

Pause zieht er einen üblen Trumpf aus der Tasche. „Zudem, vielleicht kann so ein kleiner Liebesdienst so auch die Schwächen der Bremer Stadtmusikanten in ein besseres Licht rücken."

Tom wird innerlich blass und äußerlich rot. Das ist gemein von Schober. Erpressung ist das. Ein Kichern hallt durch den Raum. Schober hat zwar nichts Konkretes gesagt, aber allen ist klar, dass die Bremer Stadtmusikanten mit Toms letzter Klassenarbeit in Verbindung stehen müssen.

Am Ende der Stunde verlässt Tom den Klassenraum mit einem halben Pfund Hartgeld in den Hosentaschen und dem Auftrag, ein Buch über zeitgemäße Kindererziehung zu besorgen. Tom spurtet los, um sich die hämischen Kommentare der Klassenkameraden zu ersparen. Außerdem hofft er, Jenny noch zu erwischen. Er wird den lästigen Auftrag einfach an sie delegieren. Jenny wollte Maren doch sowieso besuchen. Am Fahrradständer wird Toms Hoffnung jedoch enttäuscht. Jenny scheint es noch eiliger gehabt zu haben als er, jedenfalls ist ihr roter Flitzer bereits verschwunden. Ist wohl schon auf dem Weg ins Krankenhaus, denkt Tom resigniert. Im Schutz des Wellblechdaches klemmt er sich schlecht gelaunt auf den Gepäckträger seines Drahtesels und stiert Richtung Haupteingang. Was tun? Das Gewusel um ihn herum lässt schnell nach, Fahrradständer und Schulhof leeren sich, bald ist Tom das einzige menschliche Wesen weit und breit. Ein paar dämliche Kommentare musste er natürlich noch einstecken. Klar, dass Melle sein Schandmaul wieder mal nicht halten konnte. Dabei ist es nur pure Schadenfreude, die aus ihm spricht, weil Maren ihn mehrmals hat abblitzen lassen, obwohl er gebaggert hat wie ein Blöder. Hartnäckig wie erfolglos. Zugebenermaßen eine schlechte Mischung. Nicht ansatzweise war er je in die Verlegenheit geraten, Maren ein Kind zu machen. Die Frage, wer es letztlich war, ist nach wie vor Anlass wilder Spekulationen. Maren selbst hat den Schleier um dieses Geheimnis jedenfalls noch nicht gelüftet. Vielleicht weiß sie es ja auch nicht genau. Piffi war's wohl nicht. Der Gockel vom Dienst verhält sich absolut wie immer und macht überhaupt keinen nervösen Eindruck. Gockelt hier, gockelt da, und das in alter Tradition mit guten Erfolgen, was Tom mit glühendem Neid erfüllt. Dabei ist dieser Piffi ein Blender! Große Klappe und nichts dahinter! Tom versenkt die Hände tief in den Hosentaschen und stößt auf sein aktuellstes Problem: die umzusetzenden Euromünzen. Mist auch, dass Jenny schon weg ist. Die wüsste bestimmt, wo man so ein Buch über Kindererziehung auftreiben kann. Tom entsichert sein Fahrrad, schaltet in einen schlappen vierten Gang und radelt los. Erst mal nach Hause. Erst mal Mittag machen.

An der Kreuzung hinter dem Ortszentrum wird Tom von einem rechts abbiegenden Kleintransporter die Vorfahrt genommen. Das Fahrzeug hält mit quietschenden Reifen und auch Tom steigt voll in die Bremsen. Der aus dem Führerhäuschen kletternde sechzigjährige Fahrer ist leichenblass.

„Alles in Ordnung, Junge?" Tom fühlt stützende Hände, die ihm unter die Arme greifen. Dann fasst er sich verdattert an den Hinterkopf und nickt. Ein Blick auf den Drahtesel sorgt für Entwarnung. Das Vorderrad scheint einen Zentimeter vor dem Seitentritt des Transporters zum Stehen gekommen zu sein, nichts ist verbogen. Wie durch ein Wunder ist, von kleineren Kratzern mal abgesehen, nichts passiert. Tom schüttelt sich, als habe er Sägespäne im Haar, hebt sein Fahrrad auf und macht Anstalten weiterzufahren. Der total verunsicherte Autofahrer bittet um Toms Telefonnummer. Für alle Fälle. Falls doch noch was sein sollte. Aber Tom winkt ab, rückt seine Mütze gerade und verabschiedet sich. Bedächtig, als könne sich die Angelegenheit jeden Moment wiederholen, setzt er seinen Weg fort. In der übernächsten Kurve versetzt ihm ein heranrasendes Rettungsfahrzeug einen erneuten Schreck. Als es auf gleicher Höhe mit Tom ist, legt das Martinshorn los. Toms Nackenhaare stellen sich auf. So schnell kann's kommen. Der Sensenmann scheint im Moment sehr fleißig zu sein …

Als Tom über den von Baumwurzeln gesprengten Asphalt der Sackgasse holpert, an deren Ende die stillgelegte Fabrik mit seinem Zuhause liegt, meldet sich ein unangenehmes Gefühl in seiner Magengegend. Umständlich öffnet er das metallene Seitenpförtchen, rechts neben dem stattlichen Hauptportal, wie um Zeit zu gewinnen. Vor hundert Jahren war hier noch der Einlass für die Fabrikarbeiter, die täglich harte Stunden für wenig Geld malocht haben. Im Winter macht das schon lange stillgelegte Gelände einen doppelt verlassenen Eindruck. Tom schiebt seinen Drahtesel über die Pflastersteine, rechts am Hauptgebäude vorbei. Er hat es nicht eilig heute und ignoriert seinen knurrenden Magen. Was, wenn die Remise immer noch leer ist? Noch einen Meter und er wird es wissen. Noras knallgrüner Polo, den sie erst vor kurzem einer Freundin abgekauft hat, steht tatsächlich immer noch nicht an seinem Platz vor dem Schuppen. Was, wenn Nora den gleichen Gedanken hatte wie er, einfach abzuhauen …

Der Garderobenspiegel spiegelt zwei Minuten später das unruhige Augenpaar eines knapp Siebzehnjährigen mit schlaksigen Gliedmaßen an hängenden Schultern, einer voluminösen, beigefarbenen Breitcordhose und noch größerem, schwarzem Sweat-Shirt. Tom schaut sich an, als sei er sich noch nie in seinem Leben begegnet und steigt aus seinen abgelatschten Gore-Tex-Boots, deren Schnürsenkel er konsequenterweise auch im Winter immer offen lässt. Im nächsten Moment durchzuckt ihn ein heißer Hoffnungsschimmer: Mit hundertprozentiger Sicherheit hatte er die Küchentür morgens aufgelassen. Jetzt ist sie aber angelehnt! Nora muss also da gewesen sein! In plötzlich sicherer Erwartung eines Mittagsmahles, das aufwärmbereit auf dem Herd steht, schiebt Tom seinen Kopf durch die Küchentür. Außer dem Wasserkessel ist jedoch nichts auf dem Herd auszumachen. Die Schubfächer des Gefrierschrankes sind nach wie vor leer und alle anderen auch. Kein Brot, kein Aufschnitt, rein gar nichts, die Butterdose verdient ihren Namen nicht und unter der Käseglocke biegen sich nur die Plastikrinden von dem Gouda, der bereits vor drei Tagen in Toms Eingeweiden verschwunden ist.

Tom hat das Gefühl, als würde er von einer niemals rückgängig zu machenden inneren Lähmung befallen. Allein im Weltraum ... Robinson Crusoe ist ein Witz dagegen. Seine schlimmste Befürchtung sieht er bestätigt: Nora interessiert sich einen Scheißdreck für ihn.

In Toms Mundhöhle macht sich ein schaler Geschmack breit und seine Augen werden verdächtig feucht. Auf keinen Fall jetzt losheulen, würgt Tom seinen jämmerlichen Keiner-liebt-mich-Zustand ab. Er wird durchkommen im Leben. Wenn's sein muss auch alleine.

Tom schlappt zum Telefon und wählt Jennys Festnetznummer. Immerhin gibt es irgendwo auf der Welt noch eine Jenny.

„Hi Jenny, super dass du noch da bist."

„Wollte ich etwa verreisen?"

„Ich dachte, du wärst vielleicht schon im Krankenhaus."

„Willst du etwa doch mit?", fragt Jenny freudig überrascht.

„Das weniger. Ich wollte dich bitten, was mitzunehmen. Unsere Klasse hat für ein Geschenk gesammelt."

„Ist was mit dir? Du klingst so komisch."

„Nichts Besonderes. Hab nur Hunger."

„Hat Nora immer noch nicht ...?"

„Nein. Aber lassen wir das Thema …“

„Okay. Finde ich echt nett von euch, dass ihr an Maren denkt. Was schenkt ihr denn?“

„Ich soll ein Buch über Kindererziehung besorgen.“

„Keine Macht den Drogen und so, was?“

„Nee, wohl mehr was für den Anfang. Hast du vielleicht ’ne Idee?“

„Ich hasse Kindererziehung, darunter leide ich schon mein ganzes Leben. Am besten du gehst einfach in einen Buchladen und lässt dich beraten. Wir treffen uns dann busmäßig vor Zilly. In knapp siebzig Minuten, okay?“

„Zur Übergabe?”, fragt Tom hoffnungsvoll.

„Nein, zur gemeinsamen Hinfahrt.“

Als Tom mit halb erfülltem Auftrag an der Bushaltestelle aufkreuzt, wartet Jenny bereits. Stolz präsentiert er ihr ein in gelbes Teddybärpapier verpacktes Buch. Erst auf den zweiten Blick registriert er die wunderbare Verwandlung Jennys. Ihr Haarvolumen ist mindestens um sechzig Prozent geschrumpft. Wohl, damit sich die Kranken nicht erschrecken, vermutet Tom. Dabei hatte Jenny vor lauter Aufregung nur vergessen, in den heimischen Spiegel zu schauen, bevor sie das Haus verließ.

„Ist dein Strampelding fertig geworden?“, mimt Tom freundliches Interesse, als der Bus auf den Marktplatz rollt. Die Freunde nehmen vorne in der ersten Bank Platz.

„Ja, ja, hab ihn fertig bekommen.“

„Und, gut geworden?“

„Wirst ihn ja gleich sehen“, antwortet Jenny zufrieden grinsend. „Und dein Buch?“

„Eins mit ziemlicher Praxisnähe, hat mir die Buchhändlerin versichert.“

„Na klasse, bestimmt diese zeitgemäße Mischung aus Demokratie, Fantasie und Grenzen setzen", kommentiert Jenny ironisch und lehnt ihre Knie an die Abgrenzung zum Einstieg. Tom ist baff. Exakt diese Worte hatte die Buchhändlerin auch benutzt, als sie ihm das Buch empfohlen hat. Jenny presst ihre Nase wie ein neugieriges Kleinkind gegen die Fensterscheibe und schaut ein paar gut aussehenden Typen nach. Tom spielt mit den Schnüren seines Rucksacks, den er auf seinen Oberschenkeln deponiert hat. Ihm ist die Krankenhaussache nach wie vor nicht geheuer. Maren und ein Kind. Hätte er sich doch bloß nicht breit schlagen lassen …

„Ich bin echt froh, dass ich dich noch erwischt habe, Jenny", versucht Tom ein Gespräch zu starten. Krankenhäuser sind für mich echt das Letzte. Als die mir damals den Blinddarm rausgeschnippelt haben, hab ich gedacht, ich sterbe. Ständig war in meinem Zimmer jemand am Heulen, auch nachts. Ich stellte mir vor, dass irgendwo eine Folterkammer auf dem Flur versteckt ist. So ein Quatsch, was? Dabei waren die Schwestern eigentlich ganz nett, soweit ich mich erinnere jedenfalls."

„Ruhig, Brauner …", sagt Jenny mit sonorer Stimme, wobei sie Toms Oberschenkel tätschelt, ohne den Blick vom Fenster zu wenden. „Du wirst es schon überleben." Und dann, mit einem Blick über die Schulter: „Habt ihr euch wieder vertragen, Nora und du?"

Tom schnaubt verächtlich und schaut an Jenny vorbei ins Leere.

„Also nicht."

„Die kann mich mal."

„Nora scheint ernsthaft sauer auf dich zu sein …"

Tom erstarrt.

„Sauer auf mich?!", sagt er fassungslos. „Bei dir klingelt's wohl? Wenn jemand Grund hat, sauer zu sein, dann ja wohl ich!! Aber das hat alles bald ein Ende …"

Die letzten Worte quollen so unheilvoll über Toms Lippen, dass Jenny ihn entgeistert anschaut. „Was hat bald ein Ende?"

Wenn du wüsstest, denkt Tom. Aber er verkneift es sich, Jenny von dem Brief an seinen Vater zu erzählen und dass seine Tage in good old Germany gezählt sind. Es ist besser, noch so lange die Klappe zu halten, bis er Bertrams Okay hat. Jenny lehnt ihren Kopf vertrauensvoll an Toms Schulter und lässt ihn schweigen. Und plötzlich erscheinen Tom seine Auswanderungspläne so absurd wie ein Flug zum Mond.

4

Das Bethanien-Krankenhaus liegt zwölf Kilometer entfernt in einer etwas größeren Kleinstadt. Es hat einen guten Ruf weit über die Grenzen der Region hinaus, weshalb seine Kunden in Stoßzeiten regelrecht Schlange stehen. Nachdem der Bus die letzten aus dem Boden gestampften Einfamilienhaus-Siedlungen passiert hat, durchfährt er eine ländliche Gegend. Vorbei an Stoppelfeldern, Weiden und kleineren Waldstücken. Hier draußen scheint die Welt bereits in den Winterschlaf gefallen zu sein. Das Gras schläft, die Felder schlafen, die Büsche und Bäume stehen erwartungslos in der Gegend herum. Alles ruht aus vom sommerlichen Sprießen und Wachsen und Früchtetragen. Völlig unerwartet hat die Luft sich über Nacht erwärmt und mit Feuchtigkeit gesättigt. Dunstige Schleier hängen nun über den Wiesen und weben ein halb transparentes Muster über die Landschaft. Tom wünschte, die Fahrt ginge ewig so weiter. Allen Krankenhäusern der Welt zum Trotz.

„Wann startet eigentlich unsere Bettelaktion? Hat Mark die Unterlagen schon kopiert?"

„Sag bloß, er hat dich nicht angerufen?", fragt Jenny fassungslos und reißt ihre braunen Rehaugen auf. „Mensch, Montag soll's losgehen! Dienstag und Mittwoch sind auch voll mit eingeplant."

Aus den Augenwinkeln beobachtet Tom, wie der Bus in die Straße einbiegt, wo ein Wegweiser bereits das Bethanien-Krankenhaus ankündigt. Und da wächst auch schon der moderne Neubaukoloss aus der Landschaft wie ein waagerecht gestellter, überdimensional großer Schuhkarton. „Bethanien-Krankenhaus", verkündet der Busfahrer. Tom und Jenny sortieren ihre Gliedmaßen und steigen aus. Wie eine domestizierte Hausgans heftet Tom sich an Jennys Fersen. Er fühlt sich wie vor einer

Blinddarmoperation nach drei Wochen Nahrungsentzug und den damit verbundenen, präoperativen Maßnahmen zur Darmreinigung.

„Renn doch nicht so, Jenny. Weißt du eigentlich, wo Maren liegt?"

„Na, wo wohl? Bei den Nierenkranken bestimmt nicht."

Instinktiv lotet Tom potenzielle Fluchtwege aus. Man kann ja nie wissen. Von der geschmackvollen Ornamentpflasterung der Hauptzufahrt lässt Tom sich jedenfalls nicht blenden. Ebenso wenig von den abwechslungsreich gestalteten Grünanlagen. Alles nur perfide Ablenkungsmanöver von den Gräueln im Inneren des Gebäudes, denkt Tom düster.

Ein elegantes Glasportal gleitet geräuschlos beiseite, als Tom und Jenny sich ihm nähern. Toms geistiges Auge fantasiert eine widerliche Hexe herbei, deren böser Zauber alle, die sich dem Portal nähern, unwiederbringlich ins Verderben lockt.

„Bei Stromausfall bewegt sich hier nichts mehr", kombiniert Tom laut. „Da kommt hier keiner mehr raus."

Jenny überhört Toms Gefasel und stürmt entdeckungsfreudig weiter: „Schau mal, Tom, da hinten steht was von Nora!"

Tatsächlich. Die riesige Eingangshalle, die eher an einen modernen Bahnhof erinnert als an ein Krankenhaus, präsentiert neben farbenfrohen Kunstschinken auch eine von Noras Plastikflaschenskulpturen. Flankiert von zwei bombastischen Kübelpflanzen windet sie sich unverkennbar drei Meter in die Höhe. Sogar hier ist seine Mutter vertreten. Alle Achtung. Trotz seines Unmuts gegen seine Mutter spürt Tom einen Anflug von Stolz. *Genesung*, liest Tom auf der in den Boden eingelassenen, zugehörigen Messingplatte.

Bestimmt hat Nora das Ding nur ‚Genesung' genannt, weil das gut zum Krankenhaus passt. Hätte die Sparkasse das Teil gekauft, würde es wahrscheinlich ‚Dow Jones' oder ‚Wechselkurs' heißen, denkt Tom abfällig. Jenny betrachtet ‚Genesung' noch einmal aus der Distanz und steuert danach die Orientierungstafel hinter der Information an, wo anhand eines grafischen Schaubildes erklärt wird, wie man wo hinkommt. Tom lässt Jenny agieren und bleibt schnuppernd stehen. Riechen tut es bis jetzt noch ganz normal hier. Wohl weil mit jeder Öffnung der Glastür frische Luft ins Foyer strömt. Tom könnte ja auch hier unten warten, wenn Jenny Geschenk und Grüße übernehmen würde … Mit einer entschlossenen Mir-nach-Kopfbewegung werden Toms Alternativpläne schon im Keim erstickt.

Der hintere Bereich der Halle mündet nach etwa zwanzig Metern in eine Miniatureinkaufspassage mit Friseur, Blumenladen, Geschenke- und sonstigen Lädchen, die man am Eingang nicht vermutet hätte. Als Tom das Wort *Backwaren* liest, macht er eine Vollbremsung. Jenny, die den Laden bereits passiert hat, dreht sich augenrollend nach Tom um, als seine Schritte hinter ihr verhallen. Jetzt heißt es geduldig sein, damit er nicht gänzlich die Laune verliert.

„Könntest du mir zwei Euro leihen", fragt Tom mit Blick auf seinen Daumen, der in einem Häuflein Münzen in seiner Handfläche wühlt. In diesem Moment drängelt sich ein ungepflegt aussehender, älterer Mann in schmuddelig gestreiftem Bademantel zwischen Tom und die Schaufensterscheibe und rempelt ihn unsanft an. Toms Geld fällt zu Boden und kullert kreuz und quer über den Gang. Tom springt im Zickzack hinterdrein, damit es ihm nicht entwischt. Der alte Mann, der jetzt mit Verzögerung realisiert, dass er die Ursache der rollenden Münzen ist, hätte fast das Gleichgewicht verloren und ergreift, immer noch wankend, die Flucht. An einer seiner mageren Waden baumeln zwei Kunststoffflaschen mit Schläuchen, durch die blutige Flüssigkeiten tropfen. Tom erkennt, dass er es mit einem nicht ganz zurechnungsfähigen Zeitgenossen zu tun hat, und verzichtet auf

Revanche. Stattdessen betritt er mit den glücklich wiedervereinten Münzen den Laden mit den Backwaren. Als er mit einer prall gefüllten Bäckertüte wieder auf den Hauptgang tritt, stiebt wieder der Bademantelfreak an ihm vorbei. Dem gehetzten Gesichtsausdruck zufolge scheint der Teufel persönlich hinter ihm her zu sein. Allerdings geht es diesmal mit Volldampf Richtung Ausgang. Der offen wehende Bademantel gibt eine unappetitliche, lange Unterhose frei. Als Tom in das Blickfeld des Mannes gerät, macht der einen regelrechten Satz und prallt mit der rechten Schulter gegen die Fensterfront des Ganges. Tom beißt die Kiefer zusammen. Das tat weh. Der Mann scheint im Eifer des Gefechts jedoch überhaupt nichts zu spüren und rennt weiter. Just als er außer Sichtweite ist, kommt eine junge Schwester angeflitzt.

„Hab ihr gerade einen Mann gesehen, der etwas verwirrt war?“, fragt die junge Frau außer Atem.

„Mit Dreitagebart?“

Die Schwester nickt eifrig.

„Ist Richtung Aufzüge gerannt“, lügt Tom unter den ungläubigen Augen Jennys.

Die Schwester dreht ab und eilt in dieselbe Richtung zurück, aus der sie gekommen war.

„Spinnst du, Tom?“

Tom zuckt mit den Schultern.

„Hey, sieh mal Tom, der Pfleger da im Bäckerladen, der mit der Cola in der Hand, das ist der Typ, der Marens Oma versorgt hat.“

Mäßig interessiert sucht Tom einen Mann mit Cola hinter den reflektierenden Glasscheiben auszumachen. Dann schärft er ungläubig die Augen: Der Pfleger ist Manson. Der frech gestylte hochstehende Pony, das pechschwarze, offensichtlich gefärbte Haar, die wulstige Unterlippe, aus der man glatt zwei hätte machen können, und das wie aufgeklebt wirkende, kurz gestutzte Oberlippenbärtchen sind unverwechselbar. Kein Zweifel. Seiner penibel sorgfältigen Schönheitspflege zum Trotz macht Manson in der faden Krankenhaustracht keine besonders gute Figur. Und so ein hageres Bürschchen schien er unter der voluminösen Daunenjacke neulich bei der Haushaltsauflösung auch nicht zu sein.

„Komm schon, Tom“, drängelt Jenny, als Tom mit angespannter Miene eine Art Röntgenaufnahme von dem Mann zu machen scheint und sich nicht vom Fleck rührt. „Oder hast du plötzlich deine Vorliebe für Männer entdeckt? Bei dem da könnte ich es glatt verstehen. Den würde ich auch nicht von der Bettkante schubsen ...“

Eine winzige Woge Eifersucht zischt durch Toms Bauch. Dann schüttelt er den Kopf, als wolle er ein Insekt aus seinem Haar verscheuchen oder einen Gedanken, der er ihm nicht ins Konzept passt.

Ebene zwei mit der Wöchnerinnenstation ist schnell erreicht und Tom und Jenny steuern die Milchglastür schräg gegenüber den Aufzügen an.

„Station fünf“, stellt Jenny feierlich fest und gibt einen derartig sehnsüchtigen Seufzer von sich, dass Tom sie irritiert ansieht. Zum hundertsten Mal zupft sie die hellblaue Schleife ihres Geschenks zurecht, nimmt eine würdevolle Haltung an und lässt die Schwingtür schwingen. Tom fühlt sich wie in einer miesen Seifenoper in einer noch mieseren Nebenrolle. Er schluckt den unaufhaltsam aufsteigenden Widerwillen hinunter und betritt in Jennys Windschatten Station fünf. Als er sich, zwecks Fluchtwegvergewisserung, schnell noch einmal in Richtung Ausgang dreht, prallt er mit dem voluminösen Oberkörper einer alten Dame zusammen. Ein angriffslustiges, graues Augenpaar funkelt ihn an, bis sich im nächsten Moment die rehbraunen Jennys dazwischendrängen, den wortlosen Kommentar: Mann, bist du vielleicht ein Trottel, bühnenreif zum Ausdruck bringend. Es fehlte tatsächlich nicht viel und die Frau hätte den Fußboden geküsst.

„Ich dachte hier sind die Wöchnerinnen", stottert Tom, nur um etwas zu sagen. Jennys Ellenbogen landet zu spät in seinen Rippen.

„Jetzt werden Sie auch noch frech", empört sich die Frau und lässt ihre Augen dabei wie Suchscheinwerfer über Boden gleiten, um sich zu vergewissern, dass sie bei dem Zusammenprall nichts verloren hat, ein Haarteil, ein Fünfzigcent-Stück oder sonst was. Und dann, mit Blick auf Tom: „Sie sehen auch nicht gerade aus wie ein frisch gebackener Vater."

Tom wird knallrot, was das pinkfarbene, faltige Lippenpaar neben ihm schadenfreudig mit einem Lächeln quittiert. Die Frische des Lippenstiftes trotzt keck den schlaffen Wangen ihres vom Leben gezeichneten Gesichts. Nach ein paar beschwichtigenden Worten öffnet Jenny hilfsbereit die Tür zur Aufzugshalle und die Dame schiebt ihren Körper mit ungelenken Bewegungen hindurch. Als sie außer Sichtweite ist, kann Jenny sich gerade noch zurückhalten, laut loszuprusten. Tom ist stinksauer. Dann muss auch er grinsen. „Schlagfertige Alte, was?"

„Zimmer zwölf, hier ist es."

Jenny fummelt ein letztes Mal an der Schleife herum, drapiert das Geschenk auf der linken und klopft mit der rechten Hand an. Jenny und Tom lauschen. Als keine Resonanz aus dem Zimmerinneren zu vernehmen ist, klopft Jenny noch einmal und öffnet dann lautlos die Tür.

Maren sitzt wie eine Madonna im Bett, den Oberkörper an das aufrecht gestellte Kopfende gelehnt. Tom und Jenny werfen sich verunsicherte Blicke zu. Ist das wirklich Maren, die Frau mit dem durchscheinend blassen Gesicht und dem weit geöffneten Blümchennachthemd, aus dem eine nackte Brust ragt, an dem sich ein winziger, dunkler Kopf zu schaffen macht? Blitzartig durchzuckt Tom die Erkenntnis, dass die eigentliche Bestimmung der weiblichen Brust ist, Milch zu produzieren. Dann steigt ihm heiß zu Bewusstsein, dass Maren ihm eine komplett entblößte Brust präsentiert, eine stattlichen Ausmaßes noch dazu. Tom schluckt verlegen. Der entlastende Fakt der Milchproduktion tritt so schnell er gekommen ist in den Hintergrund und Tom wird wieder rot. Mit trockenem Hals schleicht er auf Zehenspitzen am leeren Nachbarbett vorbei zum Fenster, um sich der peinlichen Situation zu entziehen.

„Super Aussicht hier. Echt schöne Grünanlagen“, lügt Tom.

In der Hoffnung, dass Maren seine relative Abwesenheit genutzt hat, um sich anständig zu verhüllen, tritt Tom drei Minuten später an ihr Bett zurück. Jenny steht unter fortwährendem 'Ist-der-süüüß-Geflüster‘ immer an derselben Stelle, das Geschenk selbstvergessen an ihren Bauch gepresst. Als ihre Erstarrung sich endlich löst, legt sie ihr Mitbringsel beiläufig ans Fußende und streichelt, nachdem Maren sie mit einer Kopfbewegung dazu ermuntert hat, zaghaft das winzige Köpfchen, das in regelmäßigen Auf und Abs unter witzigen Lauten der Anstrengung an Marens Busen saugt.

„Schön, euch zu sehen“, versucht Maren die allgemeine Sprachlosigkeit zu sprengen.

„Hi“, erwidert Tom. „Ist das dein Kind?“

Jenny klärt Maren kopfschüttelnd auf: „Der lässt heute schon den ganzen Tag den Trottel raushängen … Wie heißt er denn?“, fährt sie mit klebrigsüßer Honigstimme fort, die Tom umgehend misstrauisch werden lässt. Aber Jenny scheint diesmal nicht in eine ihrer Rollen geschlüpft zu sein. Ganz und gar nicht. Jenny obercool ist bis in die Haarspitzen gerührt. Vorsichtig, als handele es sich um ein fragiles Vogelei, streichelt sie den Kopf des Winzlings und ist einfach nur sprachlos. Jenny und sprachlos! Tom fühlt sich überflüssig wie ein Pickel und steht linkisch da.

„Du warst also die ganze Zeit in Mamas Bauch?“, löst sich zu Toms Erleichterung endlich auch Jennys Zunge.

Maren nimmt das Baby mit einem Schmatzgeräusch von der riesigen Brustwarze, um die prächtige weibliche Rundung zurück ins Nachthemd zu befördern. Im Gegenzug hievt sie dafür die andere Brust ins Freie. Der kleine Mensch liegt mit unkontrolliert zuckenden Ärmchen vor ihr auf der Bettdecke und saugt unbeirrt weiter, als wolle er so eine neue Brustwarze herbeilocken, was im nächsten Moment auch prompt gelingt. Maren nimmt den Kleinen wieder auf, legt ihn an und läutet den zweiten Gang ein. Nun wird auch Tom an seinen Hunger erinnert und langt in die Tüte mit den Backwaren.

„Wie heißt er denn?“, fragt er und beißt genießerisch in ein Croissant. Sein Blick fällt auf das Foto einer Großfamilie, das zwischen Tempotüchern, Weintrauben und halb vollen Wasserflaschen auf Marens Nachtschrank steht. Inmitten der feierlichen Gesichter thront eine strahlende, weißhaarige Frau.

„Meine Großmutter zu ihrem Sechzigsten“, erklärt Maren unaufgefordert. Und auf Toms Frage: „Er hat noch keinen Namen.“

Einen besonders glücklichen Eindruck macht Maren nicht gerade, geht Tom durch den Kopf. Im Fernsehen sehen frisch gebackene Mütter immer anders aus.

„Ich wollte ihn erst Jim nennen. Aber Oma mag Johannes so gerne … Ich weiß einfach nicht, was ich tun soll …“

„Dein Kind ist noch namenlos?“, hakt Tom ungeschickt nach.

„Noch namenlos“, echot Maren. „Was dagegen? Man kann sich ein paar Tage Zeit lassen mit dem Namen. Indianer machen das immer so.“

„Dann nenn ihn doch Kleiner Bär oder so ähnlich.“

„Soähnlich, schöner Name“, erwidert Maren und verdreht die Augen.

„Kleiner Bär würde ganz gut passen, finde ich“, gibt Jenny ihre Meinung zum Besten.

Tom angelt ein neues Hörnchen aus seiner Tüte und ist mit Kauen beschäftigt. Um dem Eindruck, er sei ein verfressener Egoist, vorzubeugen, bietet er auch Jenny und Maren halbherzig eins an. Beide lehnen jedoch, wie erhofft, dankend ab.

„Ich soll dich übrigens von meiner Klasse grüßen, und ausdrücklich von Schober“, besinnt sich Tom auf den eigentlichen Anlass seines Besuchs.

„Das ist ja nett“, freut sich Maren. Ein gerührtes Lächeln huscht über ihr ansonsten ernstes Gesicht. Kleiner Bär scheint langsam satt zu sein und lässt die Brustwarze sausen. Marens Milch läuft ungebremst weiter und Tom gehen die Augen über.

„Zum Glück hab ich genug“, kommentiert Maren die sprudelnde Quelle. „Der Kleine kommt super klar mit dem Trinken. Nebenan liegt eine Frau, bei der klappt's überhaupt nicht.“

Was sollte denn da nicht klappen?, geht Tom aufmüpfig durch den Kopf. Er verkneift sich jedoch die Frage. Um Busen zwei einpacken zu können, drückt Maren der überraschten Jenny das Kind in den Arm. „Er muss noch Bäuerchen machen.“

Jenny nickt einvernehmlich, lehnt den Winzling ungeschickt an ihre Schulter und klopft zaghaft auf seinen Rücken. Ein unerwartet lauter Rülpser folgt auf dem Fuß und bringt alle zum Lachen. Da Jenny den Kleinen zu genießen scheint und es sich auf ihrem Stuhl gemütlich macht, wendet Maren sich ihren Geschenken zu.

„Kinder fordern uns heraus“, liest Maren artig den Titel des Buches vor, nachdem sie es in aller Seelenruhe aus dem Papier geschält hat. „Danke, kann ich bestimmt bald gebrauchen.“

„War nicht meine Idee“, sagt Tom entschuldigend und nimmt auf dem Stuhl auf der anderen Seite des Bettes Platz, obwohl er sich lieber langsam verabschieden würde. „Hat die Klasse so beschlossen.“

Maren zieht nun bedächtig die Schleife von Jennys Geschenk auf. Jenny hält in ihrem Babysprachengebrabbel inne und formt, in Erwartung von Marens Reaktion, einen gespannten Spitzmund.

„Oh, ein Strampelhöschen! Wie schön!“

„Ich dachte, das kannst du bestimmt gebrauchen“, beeilt sich Jenny zu sagen. „Habe acht Wochen daran gearbeitet.“

Maren beugt sich vor und haucht Jenny einen Kuss auf die Wange. „Danke. Das ist total schön.“

Tom hört förmlich den Stein von Jennys Herz fallen.

„Wollt ihr die Fotos von der Geburt sehen?“ Ohne eine Antwort abzuwarten, kramt Maren ein paar Fotos aus der Nachttischschublade und verteilt sie vor sich auf der Bettdecke.

Tom greift entschlossen nach seiner schwarzen Steppjacke und steht auf. „Ich muss jetzt leider nach Hause. Ist doch okay, oder?“

Die Frauen nicken.

„Ach Tom, was ich noch … ich habe noch eine Bitte“, hebt Maren zögerlich an.

„Aber gerne doch“, antwortet Tom galant, voller Vorfreude auf seine baldige Entlassung.

„Hilf mir bitte, den Mörder meiner Großmutter zu finden.“

Maren nimmt das Foto vom Nachttisch und schaut es mit zuckenden Mundwinkeln an. Nun verspürt auch Jenny Fluchtimpulse. Sie legt Kleiner Bär in Marens Arme zurück und verschwindet mit einem „Muss mal“ auf der Toilette. Tom vermeidet es, Maren anzusehen, und knüllt die leere Papiertüte zusammen.

„Das musst du der Polizei sagen", erklärt er ohne aufzusehen. „Das ist nicht mein Job."

„Der Polizei hab ich das doch längst gesagt, Tom." Marens Stimme klingt flehend. „Allen hab ich's gesagt. Und weißt du was? Eine Schwangerschaftspsychose haben sie mir angehängt. Ein bisschen ballaballa soll ich sein, wegen dem Schock und der Geburt."

Tom legt schwungvoll die Jacke über seine rechte Schulter und greift sich an die Stirn, als habe ihn eine Feder gestreift. Es ist Frau Kauer, an die er plötzlich denken muss.

„Alte Menschen sterben eben. Ich meine, auch von einen Tag auf den anderen. Glaub mir, Maren."

Maren schüttelt mit eingefrorener Miene den Kopf, stellt das Foto auf seinen Platz zurück und fährt mit dem Zeigefinger zärtlich über das Gesichtchen von kleiner Bär.

„Meine Oma ist nicht einfach so gestorben. Sie hat es mir im Traum gesagt. Sie war gesund und hat sich so auf Kleiner Bär gefreut. Sie wollte mir doch bei allem helfen ..." Maren bricht in haltloses Schluchzen aus.

Tom ist froh, dass Jenny in dem Moment zurück ins Zimmer kommt. Er löst seine Hand von der Stuhllehne und hebt an, sich zu verabschieden. „Sieh zu, dass du bald hier rauskommst, Maren. Wir sehen uns. Und mach dir keine Sorgen mehr, ja? "

Sie hat es mir im Traum gesagt, echot Marens Stimme in Tom nach, als er vom säuerlich riechenden Bettenaufzug ins Erdgeschoss transportiert wird. Wahrscheinlich hat Maren wirklich dieses Schwangerschaftsdingsda. Merkwürdig war sie ja schon irgendwie, so verlangsamt und schwermütig. Das mit dem Mordverdacht ist einfach totaler Quatsch. Wer sollte schon Interesse am Tod von Marens Großmutter haben? Niemand. Maren muss mit den Ereignissen erst einmal fertig werden. Das war alles zu viel für sie: der Tod der Großmutter und dann die Geburt. Wie soll ein normaler Mensch das alles verkraften? Außerdem hatte Tom sich vorgenommen, den Schattenzonen des menschlichen Daseins konsequent aus dem Weg zu gehen. Es scheint jedoch Teil seines Schicksals zu sein, immer wieder in sie hineinzugeraten.

Das gläserne Hauptportal öffnet sich bereitwillig, als Tom sich ihm nähert, und entlässt ihn in die Freiheit. Tom genießt die kühle, nach modrigem Laub duftende Luft und inhaliert tief ein. Das Krächzen einer Krähe auf einer knorrigen alten Akazie rundet die denkwürdigen Ereignisse des Nachmittags treffend ab. Todesvogel, denkt Tom düster. Passt gut hierher. Schrecklicher Vogel, schreckliches Krankenhaus. Tom wirft der Krähe einen grimmigen Blick zu, woraufhin auf der Stelle hämisches Gekrächze folgt. Tom kuschelt sich in seine Daunenjacke und baut sich an der Bushaltestelle auf. Als der Bus nach neun langen Minuten endlich um die Ecke biegt, löst sich eine Gestalt aus einer Ecke des Buswartehäuschens. Es ist der Verrückte mit den Beinflaschen und dem Bademantel. Flink wie ein Wiesel flitzt er durch die hintere Tür ins Businnere.

Knapp fünfzig Minuten später schleppt Tom sich mit einem winzigen Funken Hoffnung die Remisentreppe hoch. Vielleicht ist ja wenigstens zu Hause plötzlich alles in Ordnung: aufgestockte Lebensmittelvorräte, Nora, die gut gelaunt mit einem versöhnlichen Drei-Gänge-Menü auf ihn wartet. Aber da ist keine Nora, nirgends sind Lebensmittel. Toms Laune sackt in den Minusbereich. Eine halb volle Tüte pappiger Erdnussflips von Noras Computertisch ist alles, was kurz darauf in seinen Eingeweiden landet. Tom peilt das Ende des Korridors an , um in seinem Zimmer Trost bei ein bisschen Musik zu finden. Da sieht er, dass der Anrufbeantworter blinkt.

„Hier ist Doktor Herbig von der Aufnahme Bethanien-Krankenhaus. Ich hoffe, ich erreiche unter dieser Nummer Familie Witzeck. Frau Witzeck hatte einen Autounfall. Bitte rufen Sie mich umgehend zurück."

Tom starrt die quatschende Maschine an und die nun folgende Telefonnummer verhallt wie im Nebel. Seine Beine werden weich und im nächsten Moment findet er sich kniend auf dem Fußboden wieder.

5

„Sie sind also der Sohn von Frau Witzeck?"

Tom entgeht nicht, wie die Ärztin angespannt auf die winzige goldene Uhr auf ihrem Schreibtisch schaut und nickt.

„Himmel, schon einundzwanzig Uhr dreißig. Hat Ihre Mutter vielleicht einen Partner oder Ehemann, der auch informiert werden müsste?"

Eine Würgeschlange legt sich um Toms Hals und hindert ihn am Sprechen.

„Ich bin übrigens Dr. Wohlrich, die Dienst habende Ärztin", fährt die Frau fort, als Tom stumm bleibt und versucht zu lächeln. „Wir müssen Ihre Mutter ein paar Tage bei uns auf der Intensivstation behalten. Sie können froh sein, sie hatte einen guten Schutzengel. Die Sache hätte auch anders ausgehen können."

„Was ... was hat sie denn?", zwingt sich Tom zu fragen.

„Sie hat einen Schlüsselbeinbruch, multiple Prellungen und ein Schädel-Hirn-Trauma."

„... Hirntrauma?", fragt Tom stockend. Das schreckliche Wort kommt ihm nur widerwillig über die Lippen.

„Keine Sorge, Herr Witzeck, wir kriegen das schon in den Griff."

„Und wie ist der Unfall passiert?"

„Ihre Mutter hat einem LKW die Vorfahrt genommen. Sie ist laut Notarzt mit achtzig Stundenkilometern in ihn hineingefahren."

„Und wo?", hört Tom sich fragen.

„Kurz vor der Kreuzung Richtung Innenstadt. Ihr Auto war bis zur Decke mit Lebensmitteln gefüllt. Wahrscheinlich haben die ihr die Sicht in den Rückspiegel versperrt. Ach ja, bevor ich's vergesse: Einen Teil der Waren haben die Polizisten zu retten versucht. Sie können sie auf der Polizeiwache am Markt abholen.

Haben die dort bereits Kontakt zu Ihnen aufgenommen?"

Tom sackt auf seinem Stuhl zusammen und fängt an zu weinen. Wie ein kleiner Junge fühlt er sich plötzlich. Vollkommen hilflos. Frau Wohlrich, eine dunkelhaarige, gepflegte Frau knapp über Fünfzig, tritt um den Schreibtisch herum und legt ihre weiße, feste Hand auf seine Schulter.

„Ich gebe Ihnen gleich etwas zur Beruhigung mit, wenn Sie nach Hause fahren. Dann können Sie schlafen."

„Wo ist meine Mutter?", fragt Tom zaghaft.

„Nebenan, auf der Intensivstation."

„Ich brauche nichts zur Beruhigung. Ich bleibe hier", sagt Tom dann leise. „Ich geh hier keinen Meter weg."

„Das wird leider nicht gehen, Herr Witzeck", antwortet die Ärztin behutsam und lehnt sich seitlich gegen ihren Schreibtisch. „Sie brauchen sich wirklich keine Sorgen zu machen. Ihre Mutter ist bei uns in guten Händen. Sie wird permanent überwacht. Rund um die Uhr."

„Ich bin der einzige Mensch, den meine Mutter hat", sagt Tom mehr zu sich selbst als zur Ärztin. „Es wird sie beruhigen, wenn ich in ihrer Nähe bin."

Die Ärztin nickt nachsichtig und versichert Tom, dass er morgen gerne wiederkommen könne, um sich nach seiner Mutter zu erkundigen.

Der nach Medikamenten und Desinfektionslösung riechende Korridor zur Intensivstation endet an einer blickdichten Glasschleuse. Eine Gegensprechanlage fordert zur Kommunikation auf. Daneben informiert ein Hinweisschild: *Intensivstation. Zutritt für Unbefugte verboten.* Tom ist nicht unbefugt und drückt hartnäckig auf den Summer der Gegensprechanlage. Anstelle einer Stimme taucht ein unter einem Mundschutz verstecktes Gesicht im seitlichen Sichtfenster auf.

„Ich bin Tom Witzeck", sagt Tom in die Gegensprechanlage und wischt mit dem Handrücken über seine verheulten Augen. „Ich will zu meiner Mutter."

Der Pfleger überlegt eine Sekunde, dann verschwindet er und taucht mit grünem Kittel, Mund -und Fußschutz wieder auf, die er Tom wortlos durch die sich öffnende Schleuse reicht.

„Aber nur kurz."

Unter den wachsamen Augen des Pflegers legt Tom innerlich bebend die Schutzkleidung an. Mit einem Schritt befindet er sich in einer anderen Welt. Ein Piepen und Blinken von allen Seiten, erzeugt von einer Unzahl Maschinen und Apparaturen, die geräuschlos von geisterhaft grünen Menschen in Schach gehalten werden. Toms Blick fliegt über die Betten, die sich rechts hinter einer gläsernen Trennwand aneinander reihen. Die Wesen in den Betten sehen alle gleich aus. Krank und bleich. Misstrauisch bleibt Tom stehen und betrachtet aus drei Metern Entfernung einen der Apparate, die auf merkwürdige Weise lebendig wirken. Die zackige Kurve auf dem winzigen Monitor muss wohl die Herzfrequenz des Patienten anzeigen, der mit ihm verbunden ist, oder seine Hirnfunktion. Das bläulich verquollene Gesicht unter der eingewickelten Schädeldecke lassen nichts Gutes ahnen.

Neben dem reglosen Menschen nimmt sich der Apparat doppelt lebendig aus. Was, wenn sich die Maschine auf perfide Weise von der Vitalität des Menschen, der an ihn angeschlossen ist, ernährt, die menschliche Energie für seine eigene Entwicklung abzieht, geht es Tom durch den Kopf. Er macht den Mund auf, um den Pfleger zu fragen, ob er sich so etwas vorstellen könne. Fragt dann aber doch nicht.

„So, Herr Witzeck, können wir jetzt wieder? Erstaunlich, dass Sie Ihre Mutter sofort erkannt haben."

Tom versteinert.

„Es sieht schlimmer aus, als es ist. Ihre Mutter schläft nur. Sie liegt nicht im Koma."

Zwei Minuten später findet Tom sich in der Aufzugshalle wieder, von der sternförmig die Gänge zu den Stationen und Funktionsbereichen abgehen. Er lehnt sich wie betäubt an eine der aufdringlich farbenfrohen Mosaiksäulen, als sich die Tür zum Intensivbereich öffnet und ein Bett hinausgeschoben wird. Die Konturen eines Menschen zeichnen sich unter dem weißen Bettlaken ab, mit dem das gesamte Bett bedeckt ist.

„Ist das eine Frau?", fragt Tom.

Der Mann, der das Bett schiebt, schüttelt den Kopf.

„Du bewegst dich hier nicht von der Stelle, Witzeck", zischelt Tom, als der Leichentransport im Aufzug verschwunden ist. „Nora schieben sie hier nicht einfach so raus. Nora nicht."

Die Nacht an der Säule wird lang. Der zweite Mensch, der für immer die Intensivstation verlässt, ist ebenfalls nicht Nora. Unter den erschrockenen Augen des Pflegers schlägt Tom einfach das Laken zurück, um sich zu vergewissern. Ein junger Mann liegt da. Kaum älter als Tom. Er scheint bei einem Verkehrsunfall ums Leben gekommen zu sein.

Nora überlebt die Nacht. Ihr Blutdruck ist stabil, ihr Herz, und alles andere, was sonst noch wichtig ist, auch. Das erfährt Tom von der Dienst habenden Ärztin, bevor er sich morgens auf den Heimweg macht. Besuchen darf er Nora allerdings nicht mehr und das kann er gut verstehen. Vier Notfälle sind in der Nacht hinzugekommen, viel Arbeit für die Menschen in Grün.

Tom rollt sich auf den Bauch und lässt sich von der wohltuenden Wärme seines Bettes einlullen. Das Wort *Schule* steigt aus irgendeiner Hirnwindung auf, um sofort wieder zu verschwinden. Schule, das scheint etwas aus einem anderen Leben zu sein.

Tom will nur noch schlafen, will nicht mehr denken, nicht mehr seinen verspannten Rücken spüren, einfach nur weg sein. Stattdessen wird er immer wacher, weil jemand an der Haustür klingelt. Tom zieht die Bettdecke über den Kopf, aber das nervtötende Geklingel will nicht aufhören. Tom bleibt nichts anderes übrig, als sich schließlich aus dem Bett zu quälen. Unten im Hof steht Jenny und schwingt drohend die Faust. Tom zieht seine schlabbrige Boxershorts über den Hintern und schlurft über Korridor und Holztreppe nach unten.

„Hey, Mann, bist du krank oder was?“, schmettert es ihm entgegen, als sich die klemmende Holztür endlich zu öffnen bequemt. „Ist echt ’ne Schweinerei, einfach nicht zu kommen. Hättest wenigstens Bescheid sagen können.“

Ein Blick in Toms apathisch-müdes Gesicht macht Jenny klar, dass etwas passiert sein muss. Jenny schluckt und starrt Tom in Erwartung einer Katastrophennachricht an. Der hüllt sich jedoch in Schweigen und schlappt in die Wohnung zurück. Jenny hinterdrein. Oben angekommen stellt Tom den Wasserkessel auf den Gasherd und zündet die Flamme. Ein automatischer Blick in den Kühlschrank trifft auf nichts Neues. Jenny lässt Tom nicht eine Sekunde aus den Augen und beobachtet jeden seiner Handgriffe.

„Es ist was mit Nora, stimmt’s?“, fragt sie plötzlich.

„Autounfall.“

„Was?!“

Jenny lässt sich auf einen Stuhl fallen. „Aber … sie lebt doch?“

Tom nickt und Jenny atmet auf.

„Man hat sie ins Bethanien gebracht. Wohl kurz bevor wir Maren besucht haben. Ich glaube, ich habe sogar den Unfallwagen gesehen, in dem sie drin war, mittags nach der Schule …“

Jenny steht auf und schließt Tom in die Arme. Tom würde am liebsten losheulen. Aber er kann nicht.

„Erst der Tod von Marens Oma, dann die Frühgeburt, jetzt Nora ... Merkwürdig“, flüstert Jenny dicht an Toms Ohr.

Es ist Sonntag, als Tom und Jenny erneut gemeinsam das Hauptportal des Krankenhauses durchschreiten. Drei Tage sind seit Noras Unfall verstrichen. Drei endlose Tage, in denen die Welt für Tom ohne Licht war. Heute ist Nora verlegt worden. Auf die Bauchchirurgie, erfährt Tom von der Dame an der Rezeption, weil die Unfallchirurgie überfüllt sei. Tom hat den Aufbau des Krankenhauses mittlerweile bis ins Detail begriffen und findet Station acht auf der dritten Etage wie im Schlaf. Immerhin war er jeden Tag stundenlang hier, um in Noras Nähe zu sein und mit den Ärzten zu sprechen. Seine Erkundungsgänge hat Tom jeweils mit Abstechern bei Maren verbunden. Dabei hätte er nach seinem ersten Besuch schwören können, niemals wieder freiwillig eine Wöchnerinnenstation zu betreten. Marens tropfender Busen schreckte ihn beim zweiten Anblick jedoch kaum noch und beim dritten überhaupt nicht mehr. Einmal konnte er es sich nicht verkneifen, Maren über Manson auszufragen. Genau wie Jenny findet Maren ihn ziemlich klasse, seine Mischung aus schrägem Style, Verständnis und Hilfsbereitschaft, wie sie formulierte, was Tom aus unerfindlichen Gründen wütend machte. Manson habe ihren Eltern sogar angeboten, die Haushaltsauflösung der Oma zu organisieren, weil das für die Familien immer besonders belastend sei. Das wiederum konnte Tom sich gut vorstellen. Die Wohnung eines geliebten Menschen für immer zu räumen, muss verdammt wehtun. Ihm hatte es ja schon zu schaffen gemacht zu sehen, wie die Habseligkeiten von Frau Kauer abtransportiert wurden. Vielleicht ist Manson ja tatsächlich ein netter Kerl, startete Tom am Krankenbett einen gedanklichen Sympathieversuch, blieb dann aber doch bei der Version, Manson in die Kategorie waschechter Schleimer einzusortieren, Marke Piffi. Schlimm, dass Frauen auf derartige Exemplare der männlichen Spezies reinfielen und nicht auf einen wie Tom Witzeck, der es schon lange verdient hätte. Tom konnte sich einen bösen Kommentar Maren gegenüber einfach nicht verkneifen: „Was, wenn euer lieber Manson aber ein Arschloch ist? Er hatte doch ständig Kontakt zu deiner Oma und kennt sich mit Giften bestimmt bestens aus."

Maren starrte Tom an, als sei er es, der an einem akuten Schub Schwangerschaftspsychose litt, und es dauerte ein paar Minuten, bis sie sich beruhigt und Toms Eifersucht entlarvt hatte. Von Maren erfuhr Tom auch, dass die Sponsorenaktion der AG komplett gefloppt war. An die AG hatte er wegen der ganzen Aufregung um Nora gar nicht mehr gedacht. Die Freunde hatten die Aktion ohne ihn durchgezogen, hatten ihn netterweise nicht damit belästigt. Sogar Jenny hat ihn mit weiteren Panikattacken verschont. Kein einziges Wörtchen über die AG war seit Noras Unfall über ihre Lippen gekommen. Tom fühlte zärtliche Dankbarkeit in sich aufsteigen. Jenny hatte wirklich alles daran gesetzt, sich in dieser schwierigen Situation wie eine gute Schwester zu verhalten, so, wie sie es nach dem Tod ihres leiblichen Bruders geschworen hatte, als Tom ihr unerschütterlich seine Schulter zum Trost anbot. Jenny hatte Tom damals notadoptiert als Brudersatz. Und Tom, dem unfreiwilligen Einzelkind, war das nur recht gewesen.

Nun ist er es, der sich vornimmt, alles zu tun, damit seine Wahlschwester ihre heiß geliebte AG behalten kann. Das ist er Jenny einfach schuldig, sobald Nora nur halbwegs wieder auf den Beinen ist.

Als Tom und Jenny den Aufzug betreten, ist es Jenny, die plötzlich die Nase rümpft wegen des stechend scharfen Geruchs, der sie empfängt. Bei Tom löst das nicht einmal mehr ein Wimpernzucken aus. Zufrieden betrachtet er den Blumenstrauß in seinen Händen, den er in der krankenhausinternen Einkaufspassage erstanden hat. Alles sonnige Farben. Kraftfarben. Gesundwerdfarben. Also genau das Richtige für Nora. Vor der Bäckerei ertappte sich Tom dabei, wie er nach seinem Bademantelfreund Ausschau hielt. Aber er tauchte wieder nicht auf, was Tom wieder ein bisschen enttäuschte.

„Station acht, hier ist es", verkündet Tom mit Blick auf die schwarze Acht auf der Glastür.

„Hier ist es", wiederholt Jenny und seufzt schwer, als stünde ihr ein Zahnarztbesuch bevor. Diesmal ist sie es, die sich mit einem mulmigen Gefühl im Bauch an Toms Fersen heftet. Tom stößt den Flügel der Glastür auf. Das Bild, das sich dahinter auftut, erinnert Gott sei Dank nicht ansatzweise an die Intensivstation. Eher an die der Wöchnerinnen. Allerdings sind die Wände in einem sanften Gelbton gestrichen und nicht in Lindgrün. Der Geruch, den Toms Nase mit bebenden Nasenflügeln registriert, hat aber weder mit der einen noch mit der anderen Station zu tun.

„Scheiße", diagnostiziert Jenny prompt mit gerümpfter Nase.

In der Mitte des Korridors bietet eine weit geöffnete Tür Einblick in einen Arbeitsraum mit voll gestopften Metallregalen und einem seltsamen, halbrunden Ding aus Edelstahl an der Wand.

„Der Kackegeruch kommt aus diesem Raum", stellt Tom sachlich fest. „Kacke. Das einzige Produkt, das alle Menschen weltweit verbindet."

Es stinkt mächtig. Säuerlich. Tom geht mit angehaltenem Atem zügig weiter, um den plötzlich aufsteigenden Brechreiz in den Griff zu bekommen. Jenny steht bereits vor Zimmer dreizehn und wartet. Tom umklammert den Blumenstrauß. Sein Herz klopft bis zum Hals, als Jenny einen Schritt beiseite geht, um ihm den Vortritt zu lassen. Mit der freien Hand klopft Tom an die Tür, wie betäubt vor freudiger Erwartung und der Angst,

Nora in den nächsten Sekunden gegenüberzutreten. Eine melodramatische Szene spielt sich vor seinem geistigen Auge ab: Er wirft sich auf den Boden neben Noras Bett, bittet sie um Verzeihung und schwört unter heißen Tränen, bis an sein Lebensende und darüber hinaus für sie einkaufen zu gehen, wenn sie nur bitte, bitte wieder richtig gesund werden möchte. Genauso gesund wie vorher. Nie hätte Tom gedacht, dass die schmalzigen Szenen diverser Opern- und sonstiger Bühnen Ausdruck ehrlich empfundener Gefühle sein könnten. Bisher hatte er sich über derartigen Schmarren immer lustig gemacht. Jetzt ist ihm das Lachen vergangen.

Die Mitschuld, die Tom an der ganzen Misere empfindet, belastet ihn sehr. Wenn er Nora nicht so unter Druck gesetzt hätte, wäre das alles nicht passiert, keine Frage. Dann wäre Nora nicht wie eine Besengte einkaufen gefahren, um noch vor Tom wieder zu Hause zu sein.

„Vielleicht sollte ich es wirklich tun", sagt Tom mit Blick auf die dottergelbe Tür.

Jenny hebt fragend die Augenbrauen.

Eine junge Krankenschwester in rosa Kittel eilt vorbei, in den Händen hält sie ein kleines, weißes Plastiktablett. Tom kommt das Gesicht irgendwie bekannt vor.

Los, geh schon rein, Tom, befiehlt nun Jennys ungeduldiger Blick.

Tom bringt den Blumenstrauß in Position und strafft die Rückenmuskulatur. Dann drückt er die Klinke herunter und betritt einen kleinen Korridor, von dem rechts die Nasszelle abgeht. Nach zwei Schritten steht Tom im Zimmer, nach weiteren drei direkt neben Noras Bett. Nora hat nicht registriert, dass jemand das Zimmer betreten hat. Erst als Tom sich mit klopfendem Herzen zu ihr hinabbeugt, schlägt sie die Augen auf und grinst. „Na, mein Kleiner."

Tom lacht und seine Augen werden feucht. Diesmal jedoch, weil er froh ist. Unendlich froh über dieses ‚Na, mein Kleiner', das ihm sonst immer die Zornesröte ins Gesicht treibt. Unentwegt streichelt er die mit Pflastern und Schläuchen verunstaltete Hand seiner Mutter, wortlos, weil ihm keine Worte einfallen wollen. Jenny ist taktvoll am Fußende des leeren Nachbarbettes stehen geblieben und nähert sich erst, als Tom sie mit einer Kopfbewegung dazu auffordert.

Als Nora Jenny sieht, probt sie ein zweites Lächeln, das wegen der Schmerzen nicht recht gelingen will. Tom kann sich an Noras grauen Augen in den blau-grün unterlaufenen Augenhöhlen nicht satt sehen. Ihre Augen glänzen. Und glänzende Augen leben. Daran kann auch der dicke Verband um ihren Kopf nichts ändern.

„Ich liebe dieses Hemd an dir, Tom."

Tom freut sich. Er hat das hellblaue Hemd extra angezogen, weil er weiß, dass Nora es an ihm mag. Klassisch schön, findet Nora es. Tom findet es langweilig. Aber was Tom findet, ist jetzt unwichtig. Er hat es sogar gebügelt. Und er hat geduscht, sich die Haare gewaschen und ein paar Barthaare von der Wange gekratzt.

„Ich besorg mal 'ne Blumenvase", beschließt Jenny. Sie hat das dringende Bedürfnis, sich nützlich zu machen.

„Schöne Blumen", bemerkt Nora jetzt anerkennend. „Genau meine Lieblingsfarben."

Seine Steppjacke unter den Arm geklemmt, schiebt Tom sein Hinterteil neben Nora auf die Bettkante. „Wie geht es dir?"

„Super", versucht Nora einen Scherz und stöhnt bei dem Versuch, ihren Kopf zu bewegen, laut auf. „Bis auf die Schmerzen. Der Pfleger hat mir vorhin erst eine Spritze gegeben. Aber sie wirkt nicht. Tut mir Leid, mein Kleiner, dass ich dir solche Sorgen mache."

„Möchtest du was trinken?", fragt Tom mit Blick auf die Wasserflasche vor ihm auf dem Nachtschrank. „Deine Lippen sind total trocken."

„Ich krieg alles von oben", erwidert Nora angestrengt und weist auf die drei Infusionsflaschen auf der anderen Seite des Bettes.

Nach einer halben Ewigkeit kommt Jenny zurück. Tom spürt sofort, dass etwas passiert sein muss. Jedenfalls scheint Jenny ziemlich geladen zu sein.

„Draußen ist der Teufel los, sag ich euch. Mindestens fünf Klingeln auf einmal. Und stellt euch mal vor, irgend so ein Idiot will in dem ganzen Chaos noch frisch gebrühten Kamillentee für seine Frau Mama. Der aus der Thermoskanne reicht ihm nicht. Ich hab ja nur die Schwester bewundert, wie cool die blieb. Ich wär dem Kerl an die Gurgel gesprungen."

Nora lacht auf, was mit neuen Schmerzen quittiert wird.

„Tschuldigung", stammelt Jenny mit Blick auf Nora und macht sich eifrig daran, die Blumen in die bemalte Graniniflasche zu stopfen. „Hab gedacht, du magst so was Handbemaltes."

Dann stellt sie den Strauß zwischen das Chaos auf dem Nachtschrank, wo Nora ihn gut sehen kann. In diesem Moment beginnt der Tropfenzähler einer Infusionsflasche zu piepen. Da, wo eben noch eine blassgelbe Flüssigkeit durch einen Schlauch lief, passiert nun nichts mehr. Die Flasche ist leer. Tom springt alarmiert auf und eilt aus dem Zimmer. Nach vier Minuten kommt er mit hängenden Schultern zurück. „Niemand aufzutreiben, da draußen."

Jenny versucht ihr Glück mit der Patientenklingel, die knapp über Noras Nase baumelt. Ein leises ‚Klack' signalisiert, dass sie funktioniert. Tom hat in der Zwischenzeit die Fieberkurve hinten am Fußende des Bettes entdeckt und nimmt sie mit ernstem Gesicht unter die Lupe. Eine Blutdrucktabelle fordert zu zweistündlichen Blutdruckmessungen auf. Tom kann für den laufenden Tag keine einzige Eintragung entdecken.

„Super Werte", teilt er Nora mit gespielt guter Laune fest. In Wirklichkeit ist er bis in die Haarspitzen beunruhigt. „Temperatur unter achtunddreißig und Stuhlgang hatte die Dame auch schon. Alle Achtung."

Nora gähnt verhalten und zieht die Nase hoch.

„Hast du Schnupfen?", merkt Tom auf. Erst jetzt registriert er das wässrige Rinnsal unter Noras Nase.

„Sieht ganz so aus", antwortet Nora und tastet mit der Zungenspitze die feuchte Oberlippe ab. „Ich war heute Morgen beim Röntgen. Da hat es ein bisschen gezogen."

„Unmöglich, dass keiner kommt!", braust Tom unvermittelt auf, den unablässig fiependen Tropfenzähler im Visier.

Nora scheint weder das eine noch das andere besonders zu stören. Sie ist eingeschlafen. Tom erhebt sich vorsichtig von der Bettkante, um seinem Ärger außerhalb des Zimmers Luft zu machen. Als er gerade die Tür öffnen will, kommt ihm jemand von der anderen Seite zuvor. Es ist die Schwester im rosa Kittel. *Schwesternschülerin Yvonne* liest Tom auf dem mit Modelliermasseblümchen verzierten Namensschild. Es ist die junge Frau, die vor ein paar Tagen den Bademantelfreak einfangen wollte, erinnert sich Tom plötzlich.

„Das dauert ja ewig, bis hier jemand kommt", meckert Tom los. „Der Automat piept schon die ganze Zeit und bei meiner Mutter muss der Blutdruck gemessen werden. Und Schmerzen hat sie auch."

Schwester Yvonne saust an Tom vorbei, um im nächsten Moment gleich wieder zu verschwinden. Tom schaut ihr entgeistert nach. Mit einer neuen Flasche blassgelber Flüssigkeit und einem Blutdruckgerät kommt Yvonne wenige Sekunden später ins Zimmer zurück.

„Also mit den Schmerzen kann es nicht allzu schlimm sein“, raunt sie, ihre wachsamen Augen auf die schlafende Nora gerichtet.

„Eben hatte sie noch welche“, verteidigt sich Tom.

„Ich denke, wir lassen Ihre Mutter jetzt besser schlafen“, beschließt die Schwester. „Ihr Blutdruck war auf der Intensiv schon stabil.“

Tom nickt und Schwester Yvonne erklärt kurz die missliche Lage auf der Station. Das hänge mit dem Wochenende zusammen. Da arbeite man nur mit halber Belegschaft und von dieser Hälfte sei zu allem Überfluss noch ein Kollege wegen Krankheit ausgefallen. Eine Küchenhilfe hätten sie schon seit Wochen nicht mehr und so müsse die gesamte anfallende Arbeit mit nur zwei Kräften bewältigt werden.

„Spitzenladen“, kommentiert Tom knapp. „Da kann einer draufgehen und keiner merkt's.“

Schon im nächsten Moment bereut er seine Bemerkung. Yvonne scheint ja ganz nett zu sein und alles in ihren Kräften Stehende zu tun. Nur, das ändert nichts an der Tatsache, dass Nora nicht gut versorgt ist. Misstrauisch beobachtet Tom, wie Yvonne die Infusionsflaschen wechselt. Außerdem ist die noch viel zu jung, denkt er mit Blick auf die verführerische Linie der weiblichen Hüften, die sich unter dem rosa Kittel abmalt. Die ist doch kaum älter als ich. Tom fühlt sich wie ein hilfloser Wachhund und Wut steigt in ihm auf. Hilflosigkeit macht ihn immer wütend.

„Wir kommen gleich zum Betten“, versichert Yvonne und sieht noch einmal über die Schulter, bevor sie den Raum verlässt. „Dann werde ich auch den Blutdruck messen.“ Und schon ist sie verschwunden.

Saftladen, denkt Tom und ärgert sich, dass er vergessen hat, auf Noras Schnupfen aufmerksam zu machen.

6

Am nächsten Morgen ist Tom wach, noch bevor der Wecker klingelt. Geduscht hatte er in weiser Voraussicht bereits am Vorabend, auch das blaue Hemd wartet frisch gebügelt auf einen neuen Einsatz. Lediglich dem leichten Schweißgeruch im Achselbereich muss Tom noch mit einer doppelten Dosis Deo zu Leibe rücken. Binnen zehn Minuten trifft sich Tom in bester äußerlicher Verfassung vor dem Garderobenspiegel an. Wenn doch nur sein innerer Zustand ansatzweise dem äußeren entsprechen würde … Alles nur Fassade, denkt Tom und streckt sich die Zunge heraus. Dann eilt er zum Telefon, wo er den Zettel mit der Stationsnummer deponiert hat. Aber wozu überhaupt anrufen? Viel wichtiger ist es, den sechs Uhr vierzig Bus nicht zu verpassen und sich schleunigst auf den Weg zu machen.

Auf Station acht ist der Teufel los. Schwestern und Pfleger sausen mit Wäschewagen umher, Patientenbetten werden Richtung Aufzüge gerollt, eine Tom noch unbekannte Blutsaugerin eilt mit rot gefüllten Spritzen von einem Zimmer zum nächsten, und der Cocktail an Gerüchen und Geräuschen schlägt alle bisherigen Rekorde. Es scheppert und klirrt, Türen öffnen sich und schnappen wieder zu und mindestens drei Klingelsignale auf einmal runden das Chaos ab. Ein blasshäutiger, hagerer Pfleger hastet aus einem der Zimmer und wirft Tom einen missmutigen Blick zu.

„Jetzt ist keine Besuchszeit", bemerkt er knapp, als er, in jeder Hand eine Bettpfanne, an Tom vorbeieilt. *‚Pfleger Manni'* kann Tom gerade noch auf dem Namensschildchen lesen. Pfleger Manni ist Tom ebenfalls noch unbekannt. Könnte ein Bruder von Boris Becker sein, so wie er aussieht, kommentiert Tom bei sich. Als Pfleger Manni im Fäkalienraum verschwindet, schlüpft

Tom unbeobachtet ins Zimmer dreizehn. Glücklicherweise hat die Arbeitskolonne Noras Zimmer bereits auf Vordermann gebracht. Frisch gewaschen und gebettet liegt seine Mutter mit geschlossenen Augen auf einem blütenweißen Laken. Tom erschrickt. Nora liegt da wie aufgebahrt. Er will ihren Arm berühren, damit sie sich bewegt und diese schauerliche Haltung mit den über der Bettdecke gefalteten Händen verschwindet. Aber Schlaf ist wichtig für Nora, erinnert sich Tom und hält sich zurück. Besorgt betrachtet er ihr blasses, blutunterlaufenes Gesicht und die nach wie vor feucht glänzende Oberlippe. Der Schnupfen scheint sich verschlimmert zu haben. Als Nora unter Schmerzen ihr Gesicht verzieht, wird Tom klar, dass sie nicht schläft, sondern nur reglos daliegt. Nur keine Lungenentzündung!, rast es Tom durch den Kopf. Lungenentzündung und Schmerzen, das passt doch zusammen. Beunruhigt verlässt er das Zimmer und baut sich draußen im Gang auf. Dem nächsten Weißkittel, der ihm über den Weg läuft, wird er ein Bein stellen, wenn er nicht sofort anhält und zuhört, was Tom zu sagen hat. Es ist ein rosafarbener Kittel, der hält und überaus freundlich aufnimmt, was Tom auf dem Herzen hat. Schwesternschülerin Yvonne. Merkwürdigerweise registriert Tom erst jetzt, dass sie ziemlich hübsch ist mit ihren brünetten, kurzen Haaren, dem rundlichen Gesicht, dem rosa Lippenstift und den schräg stehenden, braungrünen Augen. Auch die paar Pfunde zu viel stehen ihr außerordentlich gut. Einen Moment schweifen Toms Gedanken von seinem eigentlichen Anliegen ab. Yvonne begleitet Tom sofort in Noras Zimmer. Als Tom sie auf die Feuchtigkeit unter Noras Nase aufmerksam macht, wird ihr Blick auf eine Weise besorgt, die Tom nicht behagt. Als winzige drei Minuten später auch noch die Stationsärztin ins Zimmer geweht kommt, wird der Sache für Toms Geschmack schon fast zu viel Aufmerksamkeit geschenkt.

„Meine Mutter hat wohl Schnupfen gekriegt", bemerkt er mit Blick auf die Ärztin. In diesem Moment schlägt Nora benommen die Augen auf und registriert verwundert den Betrieb rund um ihr Bett. „Stimmt was nicht, Frau Doktor?"

Die Ärztin lächelt ein nichts sagendes Lächeln und ordnet eine sofortige Röntgenaufnahme des Schädels an.

„Röntgen bei Schnupfen?", fragt Tom erstaunt. „Beim Röntgen hat sie sich doch den Schnupfen geholt!"

Die Ärztin überhört Toms Frage und verlässt mit Yvonne das Zimmer.

„Sag mal, warum bist du eigentlich nicht in der Schule, Tom?", wendet sich Nora an Tom.

Tom zieht mit dem Fuß einen Stuhl an ihr Bett heran und schiebt die Wasserflasche auf dem Nachtschrank ein Stückchen weiter zur Mitte, um Zeit zu gewinnen. Diese Frage hat er schon lange erwartet. Nora scheint eindeutig auf dem Weg der Besserung zu sein. Als sie anhebt, mit mühsam erhobenen Brauen ihrer Frage zu wiederholen, platzt Pfleger Manni ins Zimmer. Ohne Tom auch nur ansatzweise zu beachten, löst er die Bremsen des Bettes und bugsiert es samt Inhalt aus dem Zimmer.

„Was der sich bloß einbildet?", flucht Tom, als er allein im Raum zurückbleibt. Unverschämt, ihn einfach zu ignorieren. Immerhin handelt es sich hier um seine Mutter. Aber die Weißkittel haben nun mal die Macht, denkt Tom mit wachsender Wut im Bauch. Was soll eigentlich die ganze Aufregung auf einmal? Tom rückt seinen Stuhl geräuschvoll ans Fenster und starrt in den noch dunklen Morgenhimmel. Von der Heizung steigt einlullend warme Luft auf und macht Tom schläfrig. Auf einer der düsteren Baumkronen glaubt er die Umrisse des Krähenvogels wiederzuerkennen. Aber vielleicht ist es auch nur ein Trugbild vor lauter Müdigkeit. Als Nora nach dreißig Minuten immer noch nicht zurück ist, beschließt Tom, im Besucherraum ein bisschen in den Illustrierten zu blättern. Von dort aus hat er die dreizehn gut im Blick. Im Vorbeigehen sieht er, wie Schwester Yvonne und eine Kollegin in der Stationsküche mit großen Metallkannen hantieren.

„Als ob der Windig niemanden für die Küche findet ...", schnauft die Kollegin. „Das kauf ich dem nicht ab ... Pass mal auf. Demnächst lassen die uns noch die Patientenwäsche mit nach Hause nehmen, um Kosten zu sparen." Die Frauen lachen.

Tom macht es sich im vorderen Teil des Besucherraums bequem, wo er den Korridor gut im Auge behalten kann. Die beiden Frauen tragen nun gackernd die Kannen aus der Küche, um sie auf dem Teewagen neben dem Essencontainer zu platzieren. Dass die bei dem Job noch lachen können, denkt Tom bei sich. Echt bewundernswert. Als er sich vorbeugt, um zwei, drei Illustrierte vom Tischchen in der Mitte des Zimmers zu nehmen, bemerkt Tom in einer Ecke des Raumes, wo sonst der Fernseher läuft, einen Mann. Tom hält verblüfft in seiner Bewegung inne. Merkwürdig, dass er ihn nicht schon beim Betreten des Raumes wahrgenommen hat. Manche Leute scheinen tatsächlich das geheimnisvolle Talent zu besitzen, sich unsichtbar zu machen. Einigen Top-Agenten sagt man diese Tarnkappen-Eigenschaft nach. Die absurde Vorstellung, ausgerechnet hier auf einen Top-Agenten zu treffen, amüsiert Tom und er lacht kurz auf, was den Tarnkappenmann von der Illustrierten aufblicken lässt, in die er vertieft gewesen zu sein scheint. Tom grüßt mit einem leichten Kopfnicken und schnappt sich nun seinerseits eines der zerfledderten Käseblätter vom Tisch. Merkwürdig, dass ich den Kerl übersehen habe, wundert sich Tom noch immer. Muss wohl am ganzen Stress liegen. Dann richtet er sein Augenmerk erneut auf den Flur. Ein Mann mit schwarzen Haaren, schwarzem Schnäuzer und schwarzer Lederjacke baut sich mit in die Hüften gestemmten Händen vor Yvonne auf, als sie dabei ist, eines der

Frühstückstabletts aus dem Essenwagen zu ziehen. Sogar aus der Entfernung macht der Mann einen geballt unsympathischen Eindruck. Yvonne lässt sich jedoch keineswegs beirren und fährt stoisch in ihrer Arbeit fort. Als es dem Schnäuzer nicht gelingen will, Yvonne in ein Gespräch zu verwickeln, dreht er wütend ab und verlässt die Station, wahrscheinlich um sich irgendwo über irgendwas zu beschweren.

Eine Stunde später wird Nora in Toms Beisein von der Stationsärztin darüber informiert, dass sie einen leichten Schädelbasisriss hat.

Leicht?, echot es in Tom. Wie kann ein Schädelsriss leicht sein? Gerissen ist gerissen. Aber er hält den Mund und hört weiter zu.

„Das Wasser, das Ihrer Mutter aus der Nase läuft, ist kein Schnupfen, sondern Liquor", erklärt die Ärztin mit Blick auf Tom. „Gut, dass Ihnen das aufgefallen ist."

Tom reißt entsetzt die Augen auf und hält sich am Fußende des Bettes fest.

„Kein Grund zur Besorgnis", lenkt die Ärztin ein und hebt beschwichtigend beide Hände. „Derartige Haarrisse kommen häufig vor und schließen sich in der Regel wieder schnell."

Auf dem halben Weg zur Tür dreht sich die Ärztin noch einmal um: „Pfleger Manni hat mich noch gebeten, Sie auf die Einhaltung der Besuchszeiten hinzuweisen."

Mit Weltuntergangsstimmung im Bauch sucht Tom Trost im Backwarenladen der krankenhausinternen Konsumabteilung. Als er seine Geldbörse aus der Hosentasche zieht, um seine Finanzlage zu überprüfen, fällt ihm die penibel klein gefaltete Kostenübernahmebescheinigung der Krankenkasse in die Hände, die er bereits vor zwei Tagen in der Verwaltung hätte abgeben sollen. Auf ein paar Minuten mehr kommt es jetzt auch nicht mehr an. Tom kratzt drei Euro Kleingeld aus seinen Hosentaschen zusammen und kauft sich vier ungefüllte Croissants.

Im Foyer des staubfrei gewienerten Verwaltungstraktes, in das der Aufzug ihn entlässt, dreht Tom sich dreimal um die eigene Achse, um sich zu orientieren. Glatt und kühl wirkt das Ambiente, trotz des Bemühens, die Atmosphäre mit maisgelben Vorhängen und ein paar Pflanzen ein bisschen aufzulockern. *Personalstelle Herr Windig*, liest Tom vor dem Abzweig in den Gang mit der Abteilung Finanzen auf einem der Infoschildchen neben den hellgrauen Türen. *Anmeldung Zi. 28*. Tom merkt auf. Eine total verrückte Idee schießt ihm in den Kopf. Er schenkt sich die Anmeldung im Zimmer achtundzwanzig und klopft direkt bei Herrn Windig an.

„Ja?", erklingt es prompt von der anderen Seite.

Tom nimmt Haltung an und tritt ein. Herr Windig, ein stattlicher Mann um die Vierzig mit glänzend kahlem Schädel, ist gerade im Begriff, sein braunes Jackett überzustreifen, um den Raum zu verlassen. „Was kann ich für Sie tun, junger Mann?"

„Ich …", hebt Tom an.

Herr Windig streift Tom mit dem geübten Blick eines Personalchefs und Tom spürt, dass sein menschengeschultes Gegenüber in der nächsten Sekunde entscheiden wird, ob er den ungelegenen Eindringling abwimmeln wird oder nicht. Toms frisch gebügeltes Hemd scheint sich ein weiteres Mal auszuzahlen.

„Wenn's kurz ist, bitte sehr. Ansonsten lassen Sie sich bitte einen Termin in Zimmer achtundzwanzig geben."

„Mein Name ist Tom Witzeck. Ich suche Arbeit als Küchenhilfe", beeilt sich Tom zu sagen. „Bin ich da richtig bei Ihnen?"

„Küchenhilfe?", fragt der Mann erstaunt. Mit einer derartigen Anfrage hatte er nicht gerechnet.

„Haben Sie schon Erfahrung mit Küchenarbeit, Herr Witzeck? Ich meine in einer Großküche?"

„Mein Onkel ist selbstständig in der Gastronomie", lügt Tom. „In den Ferien habe ich immer bei ihm gearbeitet. Küche, Service, alles kein Problem."

Herr Windig lässt sich etwas unwillig in den hochlehnigen, bordeauxfarbenen Bürostuhl zurückgleiten und macht Notizen in dem vor ihm liegenden Tagesplaner.

„Könnten Sie sich auch vorstellen, direkt auf einer der Stationen zu arbeiten, Herr Witzeck?", fragt Herr Windig, während er sich nachdenklich mit dem Kugelschreiber gegen die Stirn tippt. „Das bedeutet in der Teeküche und in den Zimmern. Da fallen allerhand kleinere Arbeiten an, die für den Stationsablauf wichtig sind."

„Klar", antwortet Tom wie aus der Pistole geschossen. „Kein Problem."

Auf Tom landet ein skeptisch prüfender Blick, als traue Windig seinem Gegenüber noch nicht ganz. Doch die Zeit drängt – entweder entscheidet er sich sofort oder er muss das Gespräch auf später vertagen.

„Würden Sie auch als Springer arbeiten, um wegen Krankheit ausfallende Kollegen zu ersetzen?"

„Klar, ist doch interessant."

Herr Windig scheint nun überzeugt zu sein und nickt, wobei er ein paar abschließende Notizen vor sich hin kritzelt. Dann rückt er das Revers seines Jackets zurecht und steht eilig auf, ohne den Kugelschreiber aus der Hand zu legen.

„Wann können Sie anfangen?"

„Morgen."

„Morgen? Warum eigentlich nicht morgen! Allerdings muss ich Sie noch informieren, dass wir lediglich Dreimonatsverträge abschließen und bei Bedarf verlängern."

Tom nickt.

Herr Windig kritzelt ein paar Zahlen in ein Formular und

reicht es Tom. „Damit gehen Sie in die Wäscherei und besorgen sich Arbeitskleidung. Morgen früh um sieben melden Sie sich bitte auf der Urologischen Abteilung, Station zwölf. Die brauchen dringend jemanden."

Tom wird blass.

„Und könnten Sie mir bis morgen Ihren Personalausweis dalassen? Dann würde ich den Arbeitsvertrag anfertigen lassen."

Tom wird noch blasser. Er ist gerade mal siebzehn geworden. Sein genialer Plan fällt wie ein Kartenhaus zusammen.

„Gibt es keine Station acht? Acht ist meine Glückszahl", geht Tom in seiner Verzweiflung aufs Ganze.

„Wie bitte?" Herr Windig lacht bellend auf. „Sind Sie etwa abergläubisch? Gut, dann eben auf die acht", beschließt er kurzum ohne Toms Antwort abzuwarten. „Die werden sich auch freuen."

Herr Windig schließt die Aktentasche, die rechts von ihm auf dem Tisch liegt, und Tom macht sich aus dem Staub, bevor Windig die Sache mit dem Ausweis wieder in den Sinn kommt.

„Und melden Sie sich bei Pfleger Manni!", ruft Windig Tom nach.

Im Aufzug dreht Tom den Zettel für die Wäscherei, die Legitimation, sich ab morgen im Krankenhaus bewegen zu dürfen, wo immer er will, wie eine Trophäe in seinen Händen. Ab morgen gehört er zur Liga der Weißkittel. Tom ist mit sich zufrieden und beschließt, Nora den Rest des Tages in Ruhe zu lassen, auch wenn ihm die Sache mit dem Schädelbasisriss Schweißausbrüche bereitet und er sich am liebsten an ihren Bettpfosten ketten würde.

Am Markt entsichert Tom sein Fahrrad, das er wie immer vor Zillys Pommesstube abgestellt hat, und gurtet die Plastiktüte mit der Schutzkleidung, die man ihm in der Wäscherei ausgehändigt hat, auf den Gepäckträger. Seit Tagen ist endlich mal wieder die Sonne durchgebrochen, das strahlende Blau des Himmels nimmt der feuchten Kälte die Schärfe, ähnlich wie der Arbeitsvertrag, der nach den Hiobsbotschaften der letzten Tage ein bisschen Licht in Toms seelische Verfassung bringt.

Jetzt erst mal nach Hause, essen und ein Nickerchen halten.

Die siebte Stunde neigt sich gerade dem Ende zu, als Tom Fahrrad schiebenderweise den Schulhof überquert. Wie ein Abtrünniger kommt er sich vor, wie einer, dem wie Sterntaler vom Himmel ein Grund in den Schoß gefallen ist, die Schule links liegen zu lassen.

Jennys roter Flitzer ist schnell ausgemacht und Tom quetscht sein nicht halb so schmuckes Vehikel daneben. Als Tom unter der Überdachung des Fahrradständers hervortritt, zieht er den Kopf ein und schlägt den Jackenkragen hoch. Feine Eiskristalle glitzern auf dem großen grauen Schulhof und in Toms Haar. Noch acht Minuten bis zum Beginn der Pause. Bis dahin hat er sich längst in Sicherheit gebracht. Auf keinen Fall darf er Schober in die Arme laufen. Schober erfolgreich zu belügen ist so unmöglich, wie nach zwei Flaschen Wein noch nüchtern zu sein. Außerdem würde es Tom schwer fallen, Schober die Unwahrheit zu sagen.

Mit in den Hosentaschen vergrabenen Händen steuert Tom im Schutz der stattlichen Hainbuchenhecke auf das Veranstaltungsgebäude zu, das sich auf der anderen Seite des Schulhofs im rechten Winkel zum Hauptgebäude erstreckt. Ein moderner Ziegel-Flachbau mit farbigen, bleiverglasten Oberlichtern, die dem Ganzen einen sakralen Touch geben. Tom stellt dankbar fest, dass der Hausmeister den Nebeneinlass bereits geöffnet hat, und verschwindet im Inneren des Gebäudes, wo sich der Treffpunkt der Theater-AG befindet. Zum ersten Mal ist Tom vollkommen allein im Festsaal, dessen Fensterfront von der letzten Filmvorführung her noch abgedunkelt ist. Planlos betätigt Tom die links neben der Tür befindlichen Lichtschalter. Er hat keine Ahnung, welcher Schalter mit welchem Leuchtkörper verbunden ist, und probiert so lange, bis er die kleine Bühnenbeleuchtung erwischt hat. Dann schreitet er mit affektiert ausladenden Armbewegungen wichtigtuerisch zur Bühne. Der Raum erscheint Tom noch unwirtlicher als beim letzten Mal. Beerdigungsatmosphäre, denkt Tom, und nimmt es als ein schlechtes Omen. Nachdenklich steigt er die fünf Holzstufen zur Bühne empor und macht es sich auf seinem Lieblingsplatz neben dem gerafften Bühnenvorhang bequem.

„Ich bin Tom“, ruft er mit donnernder Stimme einem imaginären Publikum zu. „Tom Witzeck, der Einzige.“

In diesem Moment öffnet sich die große Saaltür und Jenny, umstrahlt vom einfallenden Licht, steht da wie eine Heiligenerscheinung. „Tom!!“

Mit einem Jauchzer rennt sie zur Bühne, hastet die Treppe hoch und schmeißt sich rittlings auf Tom, der einen heiseren Laut ausstößt.

„Stöhnst du vor Schmerzen oder vor Wolllust?“

„Es ist die Qual, die aus mir spricht“, entgegnet Tom und meint es durchaus ernst.

„Du hast ja heute voll geschwänzt! Echt super, dass du noch gekommen bist. Was macht Nora?“

In wenigen Sätzen wird Jenny auf den neusten Stand gebracht. Als Tom jedoch von seinem Küchenjob-Coup erzählt, starrt Jenny ihn entgeistert an. „Und die AG?“, wendet sie mit zaghafter Stimme ein und befreit Tom von ihrem Gewicht. „Was ist mit der AG? Wir brauchen dich doch auch.“

„Ist doch nur vorübergehend“, startet Tom einen Beruhigungsversuch. „Ich hab einfach kein gutes Gefühl, wenn ich nicht in Noras Nähe bin. Die Pflegekräfte da sind doch alle total überlastet. Die haben ja nicht einmal den Schädelbasisriss bemerkt!“ Und dann kommt ihm ein Gedanke, wie er der Situation einen bisher nicht bedachten, zusätzlichen Nutzen abgewinnen kann. „Außerdem geht die Kohle, die ich im Krankenhaus verdiene, in die AG-Kasse.“

Jennys Augen leuchten auf und sie beglückt Tom ein weiteres Mal mit hautnaher Präsenz. „Echt?“

„Echt.“

„Wie viel kriegst du denn?“

Tom zieht die Augenbrauen hoch und schürzt nachdenklich die Lippen. Das Thema Geld hatten Windig und er nicht ansatzweise gestreift.

„Sitzt ihr dienstlich oder privat aufeinander?“ Marks Pranke knallt auf Toms Schulter, als er neben Tom in die Hocke klappt, um mit ihm auf gleicher Augenhöhe zu sein. „Hab ich da eben was von Knete gehört? Mensch Alter, echt stark dich zu sehen.– Die Sache mit Nora tut mir wirklich Leid. Aber Jenny meinte, es ginge ihr schon wieder ganz gut.“

Tom nickt und belässt Mark in dem Glauben. Er hat keine Lust, die Sache mit dem Gehirnwasser noch mal von vorne durchzukauen. Mark schaut mit fragendem Blick zur Tür.

„Mehr sind wir heute nicht“, beantwortet Jenny Marks Frage, noch bevor dieser sie gestellt hat. Dann steigt sie von Toms Oberschenkeln und macht auf dem federnden Holzboden Hampelmannbewegungen, um die Kälte zu vertreiben. „Marie-Ann hat keine Lust mehr auf Theater“, erklärt sie im Stakkato. „War ja eh nur wegen Tom da. Kein großer Verlust. Was meint ihr?“

Tom betrachtet die Spitzen seiner abgewetzten Wildlederstiefel, Marke ‚Winter in Canada‘. Nicht dass er Marie-Anns Anwesenheit in der AG vermissen wird. Eher das Gegenteil ist der

Fall. Auf ihre erzwungenen Berührungspunkte in der AG kann er bestens verzichten. Die haben die Gruppe am Schluss sowieso mehr gehemmt als gefördert. Aber irgendwie scheint die AG im Moment an allen Ecken und Kanten zu bröckeln.

„Und Annett?", fragt Mark mürrisch. „Warum kommt Annett nicht? Ich reiß mir den Arsch auf wegen dem ganzen Sponsoring und jetzt hockt man hier alleine."

Schwer atmend baut Jenny sich vor Mark auf. „Reg dich ab, Mark. Annett hat schlicht und ergreifend Grippe und Maren ist zurzeit mit ihrem Milchfluss beschäftigt. Die muss sich erst mal an den neuen Mann an ihrer Seite gewöhnen. Ich soll euch übrigens schön grüßen von ihr. Sie ist seit heute Morgen wieder zu Hause."

Jenny dreht ihren Pony um den Zeigefinger und bringt ihn ohne Hilfsmittel senkrecht zum Stehen.

„Was ist eigentlich aus dem Namen von dem Kleinen geworden?", hakt Mark versöhnlich nach. „Darf er jetzt Kleiner Bär heißen, oder nicht?"

„Nee, leider nicht", antwortet Jenny, während sie sich eine längere Haarsträhne über dem Ohr vorknöpft. „Aber der Standesbeamte hat Urs vorgeschlagen. Urs bedeutet der Bär, wusstet ihr das?"

„Urs klingt blöd, Urs", mault Tom. „Kleiner Bär passt viel besser."

„Kleiner Bär wird aber irgendwann groß", hält Jenny dagegen. „Und Großer Bär klingt ja wohl auch ziemlich beknackt."

Mark knackt mit den Fingergelenken und zieht fröstelnd seinen schicken grauen Wollmantel enger um seinen Oberkörper. „Glaubt Maren eigentlich immer noch, dass ihre Großmutter ermordet worden ist?"

Jenny schiebt ratlos die Unterlippe vor. „Also mir gegenüber hat sie keine Mordfantasien mehr geäußert."

Tom zuckt mit gespielter Gleichgültigkeit die Schultern und beschließt, wohlweislich die Klappe zu halten. Es würde keinen Sinn haben, jetzt zu verkünden, dass sich die Situation sozusagen umgekehrt hat, dass Maren mittlerweile selbst an ihre Schwangerschaftsdingsda glaubt, die sie gehabt haben soll, wohingegen er, Tom, sich da nicht mehr so sicher ist. Sein Gefühl hinsichtlich der plötzlichen Todesfälle ist mehr als zwiespältig.

Mark zieht für Jenny und sich zwei Stühle von dem Stapel grüner Plastikstühle im Bühnenhintergrund, fläzt sich rittlings auf einen drauf und ergießt sich in allen Einzelheiten über die erfolglose Klinkenputzerei. Nicht einmal der Zeitungsartikel, den er mit viel Elan angegangen war, habe die geringste Resonanz gebracht. „Keiner hat Geld und für Kultur schon gar nicht", resümiert Mark bitter.

„Hab ich schon befürchtet", fällt Jenny mit Totengräberstimme in das Gejammer ein. Eine ihrer auf Stand frisierten Ponysträhnen sinkt auf Halbmast. „Es müsste irgendwie ein Wunder geschehen." Trost suchend lehnt sie ihren Kopf an Toms Schulter.

„Und jetzt?", fragt Tom in das resignierte Schweigen. Eine derartige Trübsal hatte er nicht erwartet. Nach der elenden Krankenhausodyssee steht ihm der Sinn nach etwas Netterem.

„Ehrlich gesagt habe ich keine Hoffnung mehr", bringt Jenny mit Blick auf Tom ihre Laune auf den Punkt. „Die Schule lässt uns hängen, keiner gibt uns Geld und du fällst auch noch aus … Vielleicht sollte ich das Gymmi wirklich an den Nagel hängen. Ich frag mich eh schon lange, was der ganze Blues hier soll."

„Vielleicht gibt's ja noch andere, total abgespacte Möglichkeiten, um an Geld zu kommen", versucht Tom einen optimistischen Anlauf. „Die Banken fragt doch jeder."

„Vielleicht, vielleicht", echot Mark kraftlos und legt sein Kinn auf die Stuhllehne. „Nicht einmal die fünfzehn Euro Kopierkosten haben wir reingekriegt. Ich jedenfalls habe keine Lust, noch mehr aus eigener Tasche zu zahlen."

Als die Freunde sich nach ein paar weiteren Diskussionsanläufen trennen, sind sie kein Stück weitergekommen.

Zu Hause wird Tom von einem riesigen Karton Lebensmittel empfangen, der wie ein König auf einer leeren Holzkiste vor der Remisentür thront. Tom frohlockt. Es gibt sie also doch noch Wunder! Nachdem Tom das Wunder ein bisschen genauer unter die Lupe genommen hat, wird ihm klar, dass dieses Chaos aus Päckchen, Netzen und Dosen nur von Jenny verursacht worden sein kann, in Zusammenarbeit mit ihrem Vater. Denn außer Nora und Jenny dürfte kaum jemand seinen Lieblingsjogurt kennen, der neben anderen Wichtigkeiten wie Mirakuli und Äpfeln in stattlicher Menge vorhanden ist. Die beiden müssen noch vor der Schule einkaufen gefahren sein, um das liebevolle Care-Paket zusammenzustellen. Jenny hat dienstags ja die ersten beiden Stunden frei. Tom schickt ihr einen dankbaren Luftkuss. Er selbst hat sich in den letzten Tagen nur das Allernötigste aus dem Krankenhaus mitgebracht, aus transporttechnischen Gründen dazu nur in kleine Mengen. Erst jetzt geht ihm auf, was für eine ständige Schlepperei die Einkäufe für Nora bedeutet haben, zumal mit einem Vielfraß wie ihn als Sohn.

Als Tom den Karton auf seine Unterarme wuchtet, um ihn nach oben in die Wohnung zu tragen, rutscht ein gefalteter Zettel zwischen zwei Spagettipackungen hervor. Tom setzt den Karton wieder ab und liest: *Lass deine Finger von Sachen, die dich nichts angehen*. Tom wundert sich, wie der Zettel zwischen sein Gemüse kommt, und lässt ihn in der Papierabfalltonne verschwinden. Er fühlt sich damit nicht angesprochen. Dann reißt er eines der Obstnetze auf, klemmt sich einen Apfel zwischen die Zähne, die Tageszeitung aus der Zeitungsbox unter den Ellbogen, hebelt den Karton wieder auf die Arme und wankt, einen vom Absturz bedrohten Camembert vor der Nase, die Treppe hoch.

Oben angekommen stellt er Nudelwasser auf, öffnet liebevoll eine Packung Mirakuli und räumt die Lebensmittel in die Schränke. Es ist wie Weihnachten in Anbetracht der versorgungstechnisch dürren Tage, die hinter ihm liegen.

Jenny ist eine echt gute Freundin. Die Möglichkeit, sie zu verlieren, sitzt wie ein Stachel in Toms Bewusstsein. Er traut ihr durchaus zu, alles hinzuwerfen, zumal Maren ihm bei seinem letzten Besuch gesteckt hatte, dass Jenny ihre Fühler bereits nach Bremen ausgestreckt habe. Als Putzfrau könne sie dort jederzeit sofort Arbeit finden. Und Jenny würde jeden Job machen, um ihrem Traum der Schauspielerei einen Schritt näher zu kommen.

Ich muss einen Weg finden, Geld aufzutreiben, hämmert es in Toms Kopf. Das, was im Krankenhaus rausspringen wird, dürfte als Rettungsmaßnahme kaum reichen. Vor allem weil er den Job nur so lange machen will, bis Nora wieder auf den Beinen ist. Und je schneller das geschieht, desto besser.

Tom schaut an dem leeren Pappkarton auf dem Küchentisch vorbei auf die Gasflamme des Herdes. Das feurige Element beruhigt ihn, brennt seinen Kopf leer, verwandelt Gedanken, Sorgen, Befürchtungen in Nichts. Die Leere tut gut und scheint gleichzeitig wie ein Magnet zu wirken, denn plötzlich kommt aus dem Nichts die rettende Idee herbeigaloppiert. Tom springt auf und reißt mit einem befreiten „Jep, das ist es!“ die geballten Fäuste hoch. Das ist es! Genau das! So müsste relativ schnell ein gutes Sümmchen zusammenkommen. Leute, die wenig Zeit haben, gibt es schließlich genug und solche, die schlecht zu Fuß sind, auch.

Mit einem Gefühl der Zuversicht lässt Tom die Spagetti in eine Schüssel gleiten und kippt Tomatensoße nebst Pseudoparmesankrümel gleich dazu. Jetzt ist essen angesagt und gemütlich MTV gucken. Nicht einmal die Nachricht, dass die Wiedervereinigungspläne seiner geliebten Fugees eine Ente war, kann seine Laune trüben. Hauptsache, ihr werdet glücklich, ist sein gedanklicher Kommentar. Er, Tom, wird auch bald wieder glücklich sein und Nora und Jenny und Maren gleichermaßen. Alle werden glücklich sein.

7

Fünf Uhr. Hinter halb geschlossenen Lidern üben Toms Augen das Wachsein. Ein mieser Albtraum, etwas mit Nora und Schmerzen, hallt unangenehm in Tom nach. Dann tritt der neue Job in sein Bewusstsein und er springt aus dem Bett.

Im Bus ist erst einmal Frühstücken angesagt. Der Brotberg, den Tom bereits am Vorabend zubereitet hatte, schrumpft schnell auf die Hälfte und Tom ahnt, dass das mulmige Gefühl in seiner Magengegend diesmal andere Gründe haben muss als Hunger. Er versucht, sich Mut zu machen, denkt an Nora, daran, dass er nun viele Stunden in ihrer Nähe sein darf und kein Pfleger Manni ihm einen Strich durch die Rechnung machen kann. Der wird vielleicht dumm gucken! Mist ist nur, dass Nora auf Mannis Wohlwollen angewiesen ist. Schließlich leitet er die Station. Tom darf es sich auf keinen Fall mit ihm verderben, er muss sich zurücknehmen und alle miesen Kommentare verkneifen. Tom hofft auf Yvonne. Sie ist sein einziger Lichtblick.

Als Tom aus dem Bus steigt, ist alles anders als bisher. Tom ist jetzt kein Besucher mehr, sondern Teil des Krankenhausbetriebes. Die Plastiktüte mit Dienstkleidung in seiner Hand lässt keinen Zweifel daran. Sogar die Glastür des Haupteinganges scheint sich bereitwilliger zu öffnen als sonst. Treten Sie ein, Tom Witzeck der Einzige, scheint sie ihm zuzuraunen. In aufrechter Haltung schreitet Tom zu den Aufzügen. Er wird seinen Job machen, und das in doppelter Hinsicht. Als Tom die Schwingtür der Station acht aufschwingen lässt, sind alle erhabenen Gedanken schlagartig wie weggeblasen und alle siegesgewissen Gefühle mit ihnen. Wie ein begossener Pudel bleibt Tom mit seiner Tüte im Eingangsbereich stehen. Die Aussicht, im nächsten Moment Pfleger Manni Auge in Auge gegenüberzustehen, stimmt ihn nicht optimistischer. Kaum hat das Wort ‚Manni‘

Toms Hirnwindungen verlassen, öffnet sich rechts vor ihm eine Zimmertür und selbiger eilt mit vorgerecktem Kopf Richtung Fäkalienspüle. Diesmal jongliert er beachtliche drei Bettpfannen auf einmal. Das zeugt von akrobatischem Talent. Vielleicht hätte Manni lieber zum Zirkus als ins Krankenhaus gehen sollen, denkt Tom spöttisch. Aus dem Fäkalienraum erklingt das Tosen der Cyberspülanlage, dann kommt Manni zurück. Als er Tom sieht, beschleunigt er seine Schritte und bleibt mit entschlossener Miene einen Meter vor ihm stehen. Tom befürchtet ernsthaft, seinen Kopf im nächsten Moment zwischen zwei Nachttöpfen wiederzufinden.

„Jetzt ist keine Besuchszeit. Troll dich!"

Tom hält schützend die Wäschetüte vor seinen Oberkörper. „Ähm, ich bin die neue Küchenhilfe."

Als er das hört, lässt Manni fassungslos die Pötte sinken.

„Würden Sie mir bitte sagen, was ich zu tun habe, Pfleger Manni?"

„Ich sag dir gar nichts mehr."

Und schon ist Manni verschwunden.

Mist!, flucht Tom in Gedanken. Es ist noch mieser gelaufen, als er befürchtet hatte. Zwanzig Sekunden später stürmt Schwester Yvonne aus dem Zimmer und grinst Tom wohltuend breit an.

„Ihr mögt euch nicht besonders, was?" Mit einer Kopfbewegung bedeutet sie Tom, ihr zu folgen, was Tom ohne Umschweife auch tut.

Eine Minute später ist er informiert, wo sich der Umkleideraum und die Personaltoilette befinden und nach fünf weiteren darüber, was man von ihm als Küchenhilfe erwartet: literweise Tee kochen, den Tee bis um acht auf den Teewagen stellen, Geschirrspülmaschine aus- und Küche aufräumen. Dann mit Lappen und Desinfektionslösung durch die Zimmer wandern und die Nachtschränke abwischen, wobei gleichzeitig leere Wasserflaschen durch volle ersetzt und Papierkörbe geleert werden müssen. Die nette Art von Yvonne macht Tom Mut. Sie ist wirklich süß. Ein bisschen erinnert sie ihn an Jenny, obwohl Yvonne ein ganz anderer Typ ist, nicht so ruppig und immer auf dem Sprung wie Jenny.

„Dann leg mal los, Tom. Ich muss zurück zum Betten", verabschiedet sich Yvonne fürs Erste. „Die Teeliste hängt über dem Kühlschrank. Um acht ist Frühstück. Alles klar?"

Tom nickt und schaut Yvonne verstohlen nach, wie sie in einem der Zimmer verschwindet. Dann spürt er ein leises Vibrieren an seinem rechten Oberschenkel. Das blöde Handy kann er jetzt gar nicht gebrauchen! Er angelt das hartnäckig zappelnde Ding aus den Tiefen seiner Hosentasche und stellt es ab. Dann zieht er einen Schutzkittel aus der Tüte und streift ihn über. „Eisverkäufer", kommentiert Tom sein neues Outfit. Dann rupft er die blass-gelben Einbauschränke auf, um sich einen Überblick über deren Inhalt zu verschaffen. Der Warmwasserboiler ist über der Spüle angebracht und auf dem Kühlschrank reihen sich die Edelstahlkannen für den Tee aneinander wie die sieben Zwerge.

Frühstück: 4-mal schwarzer Tee, 1-mal Hagebutten, 1-mal Pfefferminz, liest Tom auf dem Teezettel, der mit Tesafilm über den Kannen an den weißen Kacheln befestigt ist. Eine knappe Stunde bleibt ihm noch bis zum Frühstück. Das bisschen Tee müsste bis dahin locker zu schaffen sein. Tom steckt seinen Kopf durch die Tür. Die Luft ist rein. Schwestern und Pfleger sind in den Zimmern beschäftigt. Tom schnappt sich eine Flasche Mineralwasser aus einer der Getränkekisten, die sich hinter der Küchentür türmen, und flitzt zum Zimmer dreizehn.

Frisch gebettet und mit geschlossenen Augen liegt Nora da. An diesen leblosen Anblick hat Tom sich mittlerweile gewöhnt. Zwei Infusionsflaschen tropfen, eine kleine und eine große, ihr

Kopfverband ist verschwunden, stattdessen verdeckt jetzt ein breites Pflaster die Platzwunde auf ihrer Stirn. Als er Nora so daliegen sieht, fühlt Tom tiefe Liebe. Zu gerne würde er sie umarmen, seinen Kopf an ihre Brust drücken, Geborgenheit suchen und finden, so wie er es als Kind immer getan hat. Aber er darf Nora jetzt nicht umarmen.

„Mama?“, fragt Tom leise.

Anstelle einer Antwort erklingt leises Stöhnen.

„Hast du Schmerzen, Mama?“

Nora öffnet die Augen und starrt Tom an, als stehe ein Gespenst neben ihr.

„Was machst du denn hier?“

„Wir haben Projektwoche, Mama. Berufliche Praxis mit schriftlicher Nachbereitung. Bietet sich doch total an, das hier zu machen. Hat auch gleich geklappt. Super, was?“

Nora lacht, allerdings nur kurz, weil die Muskelanspannung in ihrem Gesicht sofort mit neuen Schmerzen quittiert wird.

„Du bist total verrückt.“

„Sag mal, hast du Schmerzen?“

„Schon. Manni hat mir aber eben was gegeben. Aber das Zeug wirkt nicht. Seine Spritzen wirken nie. Es ist wie verhext.“

„Das kann ja wohl nicht angehen. Ich sag draußen mal Bescheid.“

Tom deponiert die Wasserflasche, an der er sich die ganze Zeit festgehalten hat, neben zwei anderen auf dem Nachttisch und verlässt das Zimmer.

Auf dem Flur herrscht plötzlich reges Treiben. Patientinnen, zumeist alte Frauen, werden zu Untersuchungen geschoben, die Stationsärztin ist als Vampir unterwegs und Yvonne schleift zwei prall gefüllte Schmutzwäschesäcke Richtung Fäkalienraum. Tom würde am liebsten mit Yvonne über Noras Schmerzen sprechen. Aber sie ist noch Schülerin und hat nicht viel zu sagen.

Tom steuert das Stationszimmer schräg gegenüber der Teeküche an, wo er hofft, auf eine der anderen Schwestern zu treffen. Sein Blick fällt auf Manni, der mit Medikamenten und Ampullen herumhantiert und einige Ampullen in seiner Kitteltasche verstaut. Einem inneren Impuls folgend weicht Tom zurück und entgeht so knapp Mannis prüfendem Blick zur Tür. Tom ist unsicher, was er tun soll. Sein Gefühl befiehlt ihm, seinen Hintern schleunigst in die Küche zurückzubewegen und sich um den Tee zu kümmern, das Bild des schmerzerfüllten Gesichtes seiner Mutter verlangt jedoch das Gegenteil. Tom tritt wieder in die Tür und räuspert sich. „Entschuldigen Sie die Störung, Pfleger Manni, aber meine Mutter sagt, dass sie immer noch Schmerzen hat", teilt Tom in seiner liebenswürdigsten Tonlage mit. „Könnte sie vielleicht noch etwas gegen Schmerzen bekommen?"

Manni dreht sich kurz nach dem Störenfried um und fährt dann in seiner Arbeit fort, als sei Tom gar nicht da. Tom bleibt stur im Türrahmen stehen. Mit einigen Sekunden Verzögerung bequemt sich Manni schließlich, eine Antwort zu geben. „Deine Mutter hat eben erst was gekriegt. Oder willst du sie etwa drogenabhängig machen?"

Das saß. Tom dreht ab und verschwindet ohne ein weiteres Wort in der Küche. Drogenabhängig, hallen Mannis Worte in ihm nach. Natürlich will er Nora nicht drogenabhängig machen. Blöde Frage. Ihm wäre überhaupt nicht in den Sinn gekommen, dass sie derart starke Medikamente bekommt. Tom fühlt einen unangenehmen Knoten in der Magengegend, als er sich endlich ans Teekochen macht. Punkt acht Uhr steht alles wie vereinbart auf dem Teewagen. Tom ist zufrieden. Zumindest bis Yvonne kichernd in die Küche huscht.

„Die Zicken aus Zimmer sechs lassen dir Folgendes ausrichten", hebt sie grinsend an, als sie auf den Hocker neben der Spülmaschine sackt und sich eine Zigarette ansteckt. „Der rote Tee sei dünner gewesen als im Krieg und der schwarze der reinste Herzkiller."

„Ich hab's genauso gemacht, wie auf dem Zettel stand", verteidigt sich Tom.

„Auf dem Zettel steht nur die Anzahl der Kannen, nicht die Anzahl der Beutel. Aber mach dir nichts draus. Die Damen aus der sechs haben immer was zu meckern. Allen voran Frau Böse. Du wirst sie ja gleich kennen lernen."

Yvonne klappt die Oberlippe über die Unterlippe und bläst den Zigarettenqualm kinnwärts. Wenige Minuten später weiht sie Tom in die Geheimnisse der Nachtschrankwischerei ein. Ausgerüstet mit einem Wägelchen, auf dem zwei Eimer mit Desinfektionslösung, zwei Schwammtücher, ein Kasten Mineralwasser und eine Rolle Müllbeutel deponiert sind, zuckelt Tom los zu seinem ersten abenteuerlichen Rundgang durch die Krankenzimmer. Ein Abenteuer mit Horroreinlagen, wie sich bald herausstellen soll. Noch nie in seinem Leben ist Tom so vielen alten Frauen auf einem Haufen begegnet. Jedes dritte Zimmer bombardiert ihn förmlich mit Klagen und Wünschen, allen voran das bereits angekündigte Zickenzimmer. Kaum hat er Zimmer 6 betreten, beginnen die dort anwesenden vier weiblichen Wesen, sich über das Wie und Wann der Zimmerbelüftung in die Haare zu kriegen. Argumente und Sticheleien schießen wie Pfeile durchs Zimmer, so dass Tom unwillkürlich den Kopf einzieht. Als Tom sich gerade auf den vierten Nachtschrank stürzt und ein Ende der Qual in Sicht ist, betritt zu allem Überfluss der schwarze Schnäuzer mit der schwarzen Lederjacke das Zimmer und setzt sich neben das Bett seiner am Fenster residierenden Mutter, die ihren Sohn seltsamerweise nicht eines Blickes würdigt. Und noch etwas irritiert Tom. Diese Frau Böse kommt ihm irgendwie bekannt vor. Auch die alte Dame scheint Tom seit Betreten des Zimmers misstrauisch von der Seite zu beäugen.

Fieberhaft versucht Tom sich zu erinnern, wo er Frau Böse schon einmal begegnet ist. Aber es will ihm nicht einfallen. Vielleicht liegt es an dem hässlichen Krankenhaushemd, das sie aussehen lässt wie alle anderen Frauen auch. Kleider machen schließlich Leute, oder eben auch nicht, wie man hier sehen kann.

Nach einer halben Ewigkeit, so jedenfalls scheint es Tom, kommt er endlich in Noras Zimmer an. Zweieinhalb lange Stunden sind vergangen, seit er sie das letzte Mal besucht hat. Von wegen nicht mehr aus den Augen lassen ... Während seiner Putzaktion hatte er das Rufsignal über ihrem Zimmer leuchten sehen. Es war jedoch schnell wieder verloschen und Tom war beruhigt.

Nora nimmt gerade einen Schluck aus ihrer Schnabeltasse und grinst belustigt, als Tom mit seinem Wägelchen ins Zimmer gezuckelt kommt. Normalerweise kann Tom es auf den Tod nicht ausstehen, wenn Nora sich auf seine Kosten amüsiert. Aber ‚normalerweise' ist zurzeit außer Kraft gesetzt und Tom freut sich, Nora zum Lachen bringen zu können und gibt erst recht den Clown für sie. Mit übertriebenem Eifer wienert er den Nachtschrank ab, um danach auf allen Vorsprüngen im Zimmer den Fingertest zu machen und jedem Staubkörnchen entrüstet zu Leibe zu rücken. Tom, den Hausstaub bislang so viel interessierte wie eine Bachstelze ein Glas Eierlikör, mutiert zum Putzteufel.

„Was machen die Schmerzen?", fragt Tom so beiläufig wie möglich, als er den Putzlappen einmal mehr in die Lösung taucht, um ihn mit übertriebener Kraftanstrengung wieder auszuwringen.

„Bei so einem Unterhaltungsprogramm nichts", antwortet Nora ein kleines bisschen entspannter lachend. „Ich hoffe, dein Eifer hält auch zu Hause noch ein bisschen an." Dann ächzt sie wieder. „Ich kann nicht mehr liegen, Tom. Ich besteh fast nur noch aus Rücken. Du ahnst ja gar nicht, wie gerne ich mal aufrecht sitzen würde. Aber ich darf nicht wegen diesem blöden Riss in der Platte."

„Bald dürfen Sie ja, gnädige Frau ...", mimt Tom die mitfühlende Putzfee.

Nora winkt Tom mit dem Zeigefinger zu sich und drückt ihm einen Kuss auf den Mund.

„Wenn ich dich nicht hätte, mein Süßer ..." Das kam so von Herzen und war so ungemein ehrlich, dass Tom ein paar Mal kräftig schlucken musste, um nicht haltlos loszuheulen. Wie konnte er nur je an ihrer Liebe zweifeln?

Als Tom schließlich mit wedelndem Lappen und wackelndem Hintern das Zimmer verlässt, stößt er fast mit Yvonne zusammen, die mit einem Teewagen voller Taschen und Oberzicke Böse im Schlepptau über den Gang schiebt.

„Wir ziehen um in die dreizehn", trällert Yvonne, als Tom mit schwappenden Eimern eine Vollbremsung macht. „Große Schritte machen", fordert sie Frau Böse dann auf, deren angeschwollene Beinen nicht so recht in Schwung kommen wollen. Tom verkneift sich einen frechen Kommentar. Ausgerechnet die alte Schreckschraube müssen sie Nora aufs Zimmer legen.

„Würden Sie mir vielleicht auch noch etwas Wasser einschenken, junger Mann? Oder herrscht hier die Zweiklassengesellschaft?"

Tom wollte sich einfach mal in Ruhe an Noras Bett setzen, da hat die Böse ihn schon am Wickel.

Eigentlich hat Tom ja jetzt Feierabend. Eigentlich. Aber Tom ist von Tom zum Rund-um-die-Uhr-Dienst verdonnert worden. Er ist schließlich nicht zum Spaß hier und will so lange wie möglich an Noras Seite sein. Vielleicht hätte er jedoch um deutlich zu machen, dass er Dienstschluss hat, seinen Kittel ausziehen sollen.

„Zweiklassengesellschaft?“, wiederholt Tom und zwinkert Nora schelmisch zu. „Schon möglich.“

Als er sich dann auch noch zu Nora auf die Bettkante setzt und Nora einen Kuss gibt, fallen der Böse fast die Augen aus dem Kopf.

„Na, wollen Sie auch einen?“, fragt Tom frech.

Die Angesprochene wendet zackig den Blick ab und kramt lautstark in ihrem Nachttisch herum. „Ich hasse Krankenhäuser“, brabbelt sie dabei vor sich hin.

„Kennen wir uns eigentlich von irgendwoher?“, unternimmt Tom einen Versöhnungsversuch. „Sie kommen mir irgendwie bekannt vor.“

„Muss eine unangenehme Begegnung gewesen sein“, antwortet Frau Böse knapp.

Nora steht kurz davor, laut loszuprusten, und kneift Tom in den Po, damit er die Situation nicht noch weiter aufheizt. Dann klärt sie Frau Böse auf, um des lieben Krankenzimmerfriedens willen.

„Tom ist mein Sohn, Frau Böse. Er absolviert hier gerade eine Projektwoche für die Schule. Und ich hatte einen Autounfall.“

Frau Böses Gesichtszüge hellen sich erleichtert auf. „Dann sind Sie auch nicht freiwillig hier, Tom?“

„Mehr oder weniger“, gesteht Tom. „Sind Sie denn unfreiwillig hier?“ Vielleicht war die Böse deshalb ja so schwierig. Von Yvonne wusste er, dass sie fast jede Untersuchung abgelehnt hatte.

Frau Böse ringt nach Worten. „Ich bin froh, wenn ich in fünf Tagen wieder draußen bin“, sagt sie dann schnell.

„Sie wissen schon genau, wann Sie entlassen werden?“, fragt Nora. Ein bisschen Neid schwingt in ihrer Stimme mit.

Frau Böse knetet an ihrem fleischigen Handgelenk herum und bleibt eine Antwort schuldig. In diesem Moment fällt Tom ein, wo er ihr zum ersten Mal begegnet ist. Auf der Wöchnerinnenstation war es, als er zusammen mit Jenny Maren besucht hatte. Körper an Körper waren sie da aneinander geraten.

Als Tom sich zwei Stunden später auf den Heimweg macht, probt Schnäuzer wieder mal den Aufstand. Yvonne scheint sein absolutes Lieblingsopfer zu sein. Sie räumt gerade Wäsche in den Einbauschrank neben dem Fäkalienraum ein.

„Der Tee meiner Mutter war lauwarm", hört Tom ihn zetern. „Außerdem hat sie ständig ihr Gebiss nicht im Mund."

„Ihre Mutter bekommt extra lauwarmen Tee, damit sie sich nicht den Mund verbrüht", pariert Yvonne seelenruhig. „Und die Zähne nimmt sie sich ständig selber raus."

„Wollen Sie etwa behaupten, meine Mutter sei nicht mehr in der Lage, heißen Tee zu trinken?"

Gleich fängt er an zu kläffen, denkt Tom, als er anhält, um Yvonne einen schönen Feierabend zu wünschen.

„Was die Zähne angeht", gibt er seiner Kollegin Schützenhilfe. „Sehen Sie doch mal unter dem Hintern Ihrer Frau Mama nach. Wahrscheinlich beißt sie sich selbst gerade da hinein." Schnäuzer dreht empört ab und verschwindet im Zickenzimmer.

„Das gibt bestimmt Ärger", kommentiert Yvonne kichernd.

Dabei hat Tom Recht. Alle auf der Station amüsieren sich köstlich darüber, dass Frau Berstein ständig auf ihren Zähnen sitzt.

Schon viel zu lange wartet Tom von einem Bein aufs andere tretend an der Bushaltestelle. Die frostige Luft vertreibt den letzten Krankenhausmief aus seiner Nase und das Knallblau des Himmels wird schon wieder von der Dämmerung eingefangen. „Im Dunkeln kommt man, im Dunkeln geht man" murmelt Tom unwillig. Der Winter hat sich dieses Jahr früh eingestellt. Es ist gerade Anfang November. Tom soll's recht sein. Hauptsache, der Himmel ist zwischendurch mal blau. Blauer Himmel ist die halbe Miete. Auf der anderen Straßenseite hält bereits der zweite Bus, dem auf wundersame Weise Jenny entsteigt. Eigentlich war Tom gerade im Begriff, zu ihr zu fahren, um ihr von seiner genialen AG-Rettungs-Geschäftsidee zu erzählen. Tom überzeugt Jenny kurzerhand, ihren Nora-Besuch um ein paar Minuten zu verschieben, und geht mit ihr ins Krankenhaus zurück, wo sie sich in der Nähe von Noras Plastikskulptur auf eine der Besucherbänke setzen. Jenny bekommt große Ohren, als Tom ihr seine Projektidee vorstellt: einen Lebensmittellieferservice, den sie höchstpersönlich auf die Beine stellen werden. Jennys Versuche, einen oder mehrere Haken an der Sache zu entdecken, wollen nicht gelingen. Toms Plan ist wirklich gut. Angefangen bei der Beschaffung der Lebensmittel, über die Logistik bis hin zur Kundenwerbung hat er die Angelegenheit bereits gründlich durchdacht.

„Und sieh dich doch mal hier um, Jenny", fordert Tom Jenny voller Eifer auf und weist wie ein römischer Imperator mit ausgestrecktem Arm auf die Leute im Foyer. „Alles potenzielle Kunden, sag ich dir. Jeder vierte ist dermaßen mies auf den Beinen, dass er seine Einkäufe kaum noch selbst erledigen kann. Ich werde Mark bitten, einen Flyer zu gestalten. Den werde ich dann auf den einzelnen Stationen verteilen. Wir müssen die Zeit unbedingt nutzen, die ich noch hier bin! Annett und du, ihr könntet euch am besten noch heute die Supermärkte vorknöpfen, Preise vergleichen und aufschreiben. Mit Benno hab ich auch schon gesprochen. Der macht für den Anfang den Fahrer, bis die Sache läuft. Ich hab noch was gut bei ihm. Und wenn die Vorbereitungen so weit stehen, setzen wir ein paar Kleinanzeigen in die Zeitung. Du wirst sehen, Jenny, der Laden wird laufen wie blöd."

Jenny schaut Tom wie durch dichten Nebel an und kommt mit einem geräuschvollen Schlucken ins Hier und Jetzt zurück.

„Und ich dachte, dir sei die AG scheißegal. Danke Tom." Aber Jenny macht immer noch eine betretene Miene. Sie räuspert sich und rutscht näher an Tom heran. „Der Obduktionsbericht von Marens Oma liegt vor", sagt sie leise, als handele es sich um eine gefährliche Botschaft. „Stell dir vor, sie soll sich umgebracht haben. Kannst du dir das vorstellen?"

Ein ungenehmer Schauer kriecht wie nasse, kalte Finger Toms Nacken hoch. Niemals hat die Selbstmord gemacht!, geht es ihm durch den Kopf. Dafür würde Tom nicht nur seine Hand ins Feuer legen.

„Sie soll 'ne Menge von den Tropfen genommen haben, die sie nach ihrem Unfall gegen die Schmerzen bekommen hat. Das Zeug hat sie offenbar aufbewahrt. Mord ist also ausgeschlossen, in dieser Hinsicht kann Maren sich jetzt beruhigen. Aber Selbstmord finde ich, ehrlich gesagt, fast noch schlimmer ..."

8

Toms Wochenenddienst gestaltet sich dank zwei kranker Kollegen genauso chaotisch wie die anderen Tage und Tom bleibt nicht allzu viel Zeit für Nora. Nora geht es täglich besser. Der Liquorfluss hat aufgehört, sie darf bereits das Kopfende ihres Bettes ein wenig hochstellen und Frau Böse ist eine fürsorgliche und nicht uninteressante Zimmergenossin. Manni hat frei und Nora ist wie durch ein Wunder den ganzen Morgen schmerzfrei. Die Spritzen von Schwester Clio schlagen fantastisch an, obwohl es das gleiche Medikament ist wie immer, wie sie versichert. Vor Toms geistigem Auge spult sich zwischen Pfefferminz- und Hagbuttenteebeuteln plötzlich ab, wie Manni vor ein paar Tagen Spritzenampullen in seiner Kitteltasche verschwinden ließ. Wozu eigentlich?, geht es ihm nun durch den Kopf. Damals hatte er sich nichts dabei gedacht. Aber mittlerweile hat er mitbekommen, dass die zu verabreichenden Spritzen immer im Stationszimmer aufgezogen werden, nie bei den Patienten. Warum also hat Manni dann Ampullen eingesteckt? Tom nimmt sich vor, Yvonne danach zu fragen. Vielleicht weiß sie eine Erklärung dafür. Yvonne hat heute jedoch auch einen freien Tag und Tom stellt fest, dass er sie richtiggehend vermisst. Ihr rosarotes Lippenstiftlächeln und noch mehr …

Die ständig knappe Besetzung hat mittlerweile auch dazu geführt, dass Tom in das Geheimnis des Töppeschwenkens eingeweiht worden ist, eine Disziplin, in der man es auch mit wenig Übung durchaus schnell zur Meisterschaft bringen kann. Tom soll und darf zwar nur seinen Küchenjob machen, aber Tom hat sein Herz für Patienten und Personal entdeckt und pfeift auf die Krankenhausleitung. Die haben den ganzen Notstand ja schließlich zu verantworten.

Als Tom nach dem Verteilen des Mittagessens eine Illustrierte für Frau Böse aus dem Besucherzimmer holen will, sitzt da plötzlich wieder der Tarnkappenmann. Offensichtlich besucht er keine Angehörigen – was macht er also hier?

„Entschuldigung, warten Sie vielleicht auf jemanden?", fragt Tom freundlich interessiert. „Oder wollen Sie jemanden besuchen?"

Der Mann scheint nicht besonders gesprächig zu sein. Jedenfalls antwortet er nur widerwillig mit vor der Brust verschränkten Armen.

„Ich warte auf meine Cousine." Tom glaubt einen leichten amerikanischem Akzent herauszuhören. „Wir wollen unsere Tante besuchen."

„Wer ist denn Ihre Tante?", hakt Tom geistesgegenwärtig nach.

Der Mann überhört die Frage, greift eine Illustrierte vom Tisch und nimmt weiter keine Notiz von Tom.

Mit dem Kerl stimmt was nicht, den muss ich im Auge behalten, grübelt Tom, als er zurück in die Teeküche trabt, um die Spülmaschine auszuräumen. Durchtrainiert wie er ist, könnte er glatt in einem zweitklassigen Actionfilm mitspielen. Er muss monatelang an Fitnessmaschinen verbracht haben …

Als Tom im Zuge der Nachttischwischerei Nora und Frau Böse von seinem Theaterrettungslebensmittelservice erzählt, hebt Nora überrascht die Augenbrauen und Frau Böse ist Feuer und Flamme. Ohne Umschweife bietet sie sofort ihre Hilfe an. Immerhin kenne sie einen Haufen alter Tanten und Onkel, so ihre Worte, denen man die Sache schmackhaft machen könne. Wenn die endlich mal aufhörten, sich von überlagerten Dosensonderangeboten zu ernähren, wäre hinsichtlich einer gesunderen Lebensweise schon einiges gewonnen. Mittlerweile hat Tom sich an das facettenreiche Wesen der gar nicht bösen Frau Böse gewöhnt. Wahrscheinlich sind alte Frauen einfach ein bisschen merkwürdig. Noch merkwürdiger, als es junge sowieso schon sind.

Gegen Mittag ruft Yvonne an, um sich bei Tom nach dem Rechten zu erkundigen. Tom findet das nett und freut sich, ihre Stimme zu hören, wobei seine Herzfrequenz deutlich ansteigt. Yvonne bittet Tom außerdem, in der schmutzigen Personalwäsche nach einem Schlüssel zu suchen, den sie versehentlich mit einem Kittel entsorgt hat, bevor er auf Nimmerwiedersehen in der Wäscherei verschwindet. Tom verspricht, sofort nachzusehen.

„Und was machst du heute Abend, ich könnte dir den Schlüssel doch schnell noch vorbeibringen", beeilt er sich zu sagen, als Yvonne das Gespräch beenden will.

Yvonne hat noch nichts vor und zwei Minuten später jubiliert Tom über seinen erfolgreichen Versuch, Yvonne ins Kino eingeladen zu haben.

Als Tom Yvonne kurz vor Beginn der Abendvorstellung an der Popcornmaschine entdeckt, überreicht er ihr gönnerhaft den wiedergefundenen Schlüssel. Yvonne bedankt sich unerwartet mit einem Küsschen auf die Wange, was Tom erst heiß und dann rot wie ein Feuerwehrauto werden lässt. Shrek 2 wird sicher die perfekte Fortsetzung dieses grandios gestarteten Abends, denkt Tom selbstzufrieden. Gute Entscheidung von ihm, genau diesen Film vorzuschlagen. Yvonne erinnert sich begeistert an ein halbes Dutzend Szenen aus dem ersten Shrek-Film: Weißt du noch die Szene mit … Tom hört gnadenlos gut zu. Antworten werden zum Glück nicht von ihm erwartet, denn er hat den ersten Teil des Films nie gesehen. Trotzdem ist Yvonne, wie sie sich fast überschlägt vor Vorfreude, unschlagbar süß, findet Tom.

Mit einer Eimerportion Popcorn und zwei Dosen Coke begeben sich die beiden auf ihre Plätze. Reihe zehn, außen links. Toms absolute Lieblingsposition. Das Popcorn in einer Hand haltend lehnt Tom sich entspannt zurück und genießt die Werbung, wobei er seine nette Begleitung nicht vergisst und alle dreißig Sekunden von dem geplatzten süßen Mais anbietet, obwohl Yvonne gleich zu Anfang dankend abgelehnt hat.

Als der Zwischenvorhang fällt und das Licht etwas hochgedimmt wird, stupst Yvonne ihr Knie gegen Toms Oberschenkel. „Sieh mal, da vorne ist Manni mit seinem Freund."

Tom reckt erschrocken den Hals, als habe ihm jemand Eiswürfel in den Nacken gesteckt. Drei Reihen vor ihm, ebenfalls links außen, erkennt Tom Mannis strohblondes, wasserglattes Haar. Seine Schulter lehnt vertraut an der Männerschulter rechts von ihm, die einem schwarzhaarigen Typen mit sonnenstudiobraunem Hals gehört. Manni und sein Freund! Tom fallen fast die Augen aus dem Kopf, als er realisiert, dass Manni schwul ist.

„Die sind oft hier", erklärt Yvonne. „Wohnen gleich nebenan. Praktisch, was?"

Dann erzählt sie, dass sie über Manni vor sechs Monaten ihre neue Wohnung bekommen habe. Sei total nett von ihm gewesen, den Kontakt zum Hausbesitzer herzustellen. Ohne Manni hätte sie die Wohnung nie gekriegt. Tom starrt die beiden nach wie vor ungeniert an, was Yvonne schließlich zu der Frage veranlasst, ob er noch nie ein schwules Paar gesehen habe.

„Ist mir doch egal …", knurrt Tom und schiebt seinen Arm auf Yvonnes Lehne, um ihrem Rücken etwas näher sein zu können.

Es will Tom einfach nicht glücken, sich auf den nun folgenden Film einzulassen. Seine Gedanken schweifen immer wieder ab zu Mannis Schwulsein und den Ampullen, die er in seiner Kitteltasche hat verschwinden lassen.

„Darf ich dich mal was fragen, Yvonne?“, flüstert Tom nach fünfzehn Minuten.

Yvonne lächelt. „Kann das nicht noch warten?“

„Es muss jetzt sein.“

Yvonnes Zeigefinger streift Toms Kinn. Ein Signal, das Tom nicht versteht.

„Sag mal, kannst du mir vielleicht sagen, warum Manni Ampullen in seine Kitteltasche steckt? Spritzen werden doch immer im Stationszimmer aufgezogen, oder?“

„Du bist mit deinen Gedanken auf Station?“, fragt Yvonne fassungslos. „Ich glaube, du spinnst.“

„Sag doch, ist mir ehrlich wichtig“, flüstert Tom nun dicht an Yvonnes Ohr, weil hinter ihm die ersten „Psssts“ erklingen. Yvonne riecht fantastisch.

„Zum Beispiel, weil er dann zwischendurch nicht an den Giftschrank ranmuss. Da kann er sich die ständige Auf- und Zuschließerei in dem ganzen Trubel sparen. Er weiß doch, wer wann was zu kriegen hat.“

Tom nickt. Das macht Sinn. Yvonnes Antwort bringt etwas Ruhe in sein Hirn. Tom befördert eine gewaltige Ladung Popcorn in seinen Mund und genießt den Rest des Films und die glucksend lachende Frau an seiner Seite.

Nach dem Abspann strömt die Menschenmenge Richtung Ausgang. Tom und Yvonne bleiben noch einen Moment sitzen um den größten Trubel erst mal vorbeiziehen zu lassen. Tom erstarrt, als er erkennt, wer der Mann an Mannis Seite ist. Es ist Manson, der leibhaftige Manson. Neben dem milchfarbenen Manni nimmt sich der dunkelhaarige Kerl aus wie der Teufel persönlich. Licht und Schatten, geht es Tom durch den Kopf. Die beiden scheinen gute Laune zu haben. Tom hat trotzdem keine Lust, ihren Weg zu kreuzen, und fummelt geschäftig an seinen Schnürsenkeln herum, während Manni Yvonne freudig begrüßt und in einen Smalltalk verwickelt. Yvonne ist feinfühlig genug, Toms Abtauchen nicht als Zufall abzutun.

„Ja, ich bin allein hier", beantwortet sie gerade Mannis Frage, als Manson Manni am Ärmel zieht und auf einen Bekannten aufmerksam macht, der ihnen von der anderen Seite des Kinos erfreut zuwinkt. Die Männer lassen sich nun auch im Strom der Menschen Richtung Ausgang treiben und Yvonne schließt sich ihnen an. Tom hält sich unbemerkt hinter ihnen. Im Foyer angekommen bleibt er unschlüssig hinter einer Säule stehen und wartet erst einmal ab.

Nach einer Weile reckt er den Hals vor, um zu peilen, ob die Luft rein und das merkwürdige Liebespaar endlich verschwunden ist. Immerhin wollten er und Yvonne noch etwas unternehmen. Auf der anderen Seite der Säule prallt Toms Blick auf ein weiteres bekanntes Gesicht, mit dem er hier nie gerechnet hätte: Tarnkappe. Tom stutzt. Tarnkappe macht keinerlei Anstalten, das Kino zu verlassen und steht reglos im Schutz der Menschenschlange vor der Kinokasse. Für Kinokarten scheint er sich jedoch keineswegs zu interessieren. Er hat Manni und Manson im Auge, die in der Nähe des Eingangs ihren winkenden Bekannten getroffen haben und gerade dabei sind, sich von Yvonne zu verabschieden. Als die drei Männer das Kino verlassen, heftet sich Tarnkappe unauffällig an ihre Fersen.

Tom vergisst Yvonne, die sich bereits suchend nach ihm umsieht, und drängt sich ungalant zwischen den Menschentrauben hindurch, um Tarnkappe nicht aus den Augen zu verlieren. Tarnkappe folgt Manni und den beiden anderen in gebührendem Abstand zum Parkplatz, wo er sich das Nummernschild von Mannis schwarzem Golf notiert, als dieser mit aufheulendem Motor rückwärts aus der Parklücke schießt. Vielleicht ist Mister Tarnkappe ja auch schwul, spekuliert Tom. Vielleicht ist er ein eifersüchtiger Ex von Manson. Vielleicht fahren die Kerle ja genauso auf ihn ab wie die Weiber. Tom kann es kaum erwarten, Jenny und Maren unter die Nase zu reiben, dass der schöne Manson auf Männer steht. So ein toller Typ aber auch ... Hat nur leider nichts mit Frauen im Sinn. Tarnkappe hat auch einen leichten amerikanischen Akzent, überlegt Tom weiter. Die Erklärung mit dem eifersüchtigen Ex scheint also gar nicht so abwegig zu sein.

„Sag mal, gehört das bei dir zur Taktik, oder was?" Es ist Yvonne, die plötzlich hinter Tom aus dem Boden wächst. „Was für eine Paranoia fährst du eigentlich?"

Tom entschuldigt sich. Er hatte Yvonne schlicht vergessen. Je mehr er jedoch versuchte die Situation zu erklären, desto blödsinniger wird der Schwachsinn, der aus seinem Mund quillt. Sein Verhalten ist einfach nicht zu entschuldigen. Logisch, dass Yvonne die Lust auf einen kleinen gemeinsamen Drink gründlich vergangen ist.

Annett, Mark und Maren nehmen Toms Lieferserviceidee am Montag zwar nicht gerade mit Begeisterung, aber doch mit Wohlwollen auf. Alle scheinen zurzeit andere Sorgen zu haben, was Jennys aufflammende Hoffnung auf wundersame Rettung der AG schnell wieder sterben lässt.

Die Gruppe hat sich dieses Mal in der Remise verabredet. Niemand hatte Lust auf den ungeheizten, kalten Festsaal. Da war der winterlich beschwerliche Weg in die Remise das kleinere Übel. Tom entschädigt die Freunde mit einer Riesenkanne Pfefferminztee und diversen Knabbereien aus Jennys Carepaket. Die Heizung hat er auf Fünf gedreht, damit es bullig warm ist, schließlich hat er bereits einen harten Tag hinter sich und einen gemütlichen Feierabend verdient. Nachdem jeder erzählt hat, was ihm auf der Seele brennt – Maren ist bedrückt wegen der Sache mit ihrer Oma, Marks Eltern wollen sich vielleicht scheiden lassen und Annett muss, wie es ausschaut, für eine Fußoperation ins Krankenhaus – wird intensiv über den Lieferservice gesprochen. Alle sind sich einig, dass die Aktion nicht länger als drei, vier Monate dauern soll. Maren bietet sich als Kontaktperson und Sekretärin an. Sie sei wegen Kleiner Bär eh ständig zu Hause und könne problemlos die telefonischen Angelegenheiten erledigen. Es müsse nur eine zweite Telefonnummer freigeschaltet werden, damit ihre Eltern keinen Nervenzusammenbruch kriegten. Ihr Vater stehe wegen seiner Arbeitslosigkeit ohnehin schon kurz davor. Mark erklärt sich bereit, an Flyern und am logistischen System zu arbeiten, Jenny und Annett wollen, als dynamische, junge Geschäftsfrauen verkleidet, erste Kontakte zu den Filialleitern nahe gelegener Supermärkte aufnehmen. Im Laufe der Strategieplanung transformiert Jennys trübsinnige Stimmung in einen, für die Freunde nicht minder anstrengenden, Enthusiasmus. Sie redet nun vehement auf Tom ein, den dämlichen Job im Krankenhaus doch endlich an den Nagel zu hängen, um den Aufbau des Geschäfts mit voranzutreiben. Schließlich habe sich Noras Zustand längst stabilisiert. Zu viert sei die ganze Arbeit unmöglich zu schaffen. Außerdem warte im Gymmi langsam Ärger auf ihn. Schober habe Jenny in der Pause angesprochen, weil nach wie vor keine Entschuldigung für Toms Fehlen vorläge. Mit dem Unfall der Mutter könne er den Direktor nicht mehr lange hinhalten.

Es ist erst zweiundzwanzig Uhr und Tom fühlt sich, als habe er zwei Nächte durchgemacht. Er ist körperlich und mental total groggy. Lustlos blättert er bei Mirakuli und einem kühlen Dosenbier noch ein bisschen in der Wochenendausgabe der Tageszeitung. Mehr ist nicht mehr drin. Aber das Wichtigste ist: Nora geht es gut. Was will er mehr? Jenny hat vollkommen Recht, er könnte seinen Küchenjob beruhigt an den Nagel hängen. Außerdem ist es höchste Zeit, wieder in der Schule aufzutauchen. Ganze neun Tage sind mittlerweile ins Land gezogen. Der Geduldsfaden der Personalstelle dürfte in ein bis zwei Tagen ebenfalls endgültig gerissen sein. Denn auch der zweiten Aufforderung, ihnen endlich seinen Personalausweis vorzulegen, ist Tom unter Angabe von fadenscheinigen Gründen wieder nicht nachgekommen.

Von nun an ist der Lieferservice dran, beschließt Tom, damit Jenny ihm nicht nach Bremen abhaut und ihren Theatertraum vorerst am Gymmi weiterträumen kann. Das ist er ihr schuldig. Morgen wird mein letzter Küchentag, beschließt Tom und trinkt einen Schluck Bier darauf. Bei dem Gedanken an Yvonne steigt Wehmut in ihm auf. Der gestrige Abend war einfach supermies gelaufen. Dabei fing alles so gut an. Ob Yvonne ihn außerhalb der Klinik überhaupt noch sehen will?

Tom stopft sich eine übervolle Gabel Nudeln in den Mund und schlägt mechanisch die Seiten *Lokales* auf, als er auf ein bekanntes Gesicht stößt und glatt das Kauen vergisst. *Stadtabgeordneter Jürgen Berstein muss seinen Kurzurlaub wegen eines komplizierten Beinbruchs im Bethanien-Krankenhaus beenden,* liest Tom die Bildunterschrift zu einem vorteilhaften Foto von Schnäuzer. *Prof. Dr. Müller, Chef der chirurgischen Privatstation, äußerte sich optimistisch …*

Tom hofft inbrünstig, dass Schnäuzer auf der Bauchchirurgie gelandet ist wie Nora. Er würde ihm liebend gerne pisswarmen Kamillentee servieren und dann genüsslich zappeln lassen, wenn er ihn wieder loswerden will. Tom malt sich ein Knäuel übler Geschmacklosigkeiten aus, wie er sich und die anderen auf Station rächen könnte, allen voran Yvonne. Vielleicht könnte er so ein paar Pluspünktchen bei ihr sammeln. Aber Schnäuzer ist ein Erste-Klasse-Patient, dem der Hintern mit handbemaltem Klopapier abgewischt wird.

Als hätte der Teufel persönlich Toms schändliche Fantasien vom Vorabend erhört, bietet sich ihm an seinem letzten Tag ein Abschiedsgeschenk der besonderen Art: „Tom, könntest du so lieb sein, mal zur Inneren Ambulanz zu flitzen, Frau Berstein abholen, die haben gerade angerufen. Du weißt doch, Ebene eins, rechter Flügel. Ich kann grad nicht weg."

Schwester Inge schaut Tom aus blassgrünen Augen bittend an. Tom lenkt sein Putzwägelchen kurzentschlossen vor den Fäkalienraum, ruft ein fröhliches „Hallo" in die dreizehn und spurtet los. Er nimmt die Abkürzung über den hinteren Treppenaufgang, um sich die lästige Warterei auf die Aufzüge zu ersparen.

In der Röntgenabteilung steht alles Kopf. Auf dem Flur reihen sich die Betten mit Patienten in einer langen Schlange aneinander. Auf einer der Röntgentüten, die griffbereit an den Fußenden liegen, liest Tom im Vorbeigehen *Berstein, Jürgen*. Tom macht eine Vollbremsung und wirft einen Blick auf den dazugehörigen Patienten. Er schläft; es ist tatsächlich Schnäuzer. Nur ohne Oberlippenbart. Ohne das Namensschild hätte Tom ihn nicht erkannt. Ein irrwitziger Gedanke durchzuckt Tom und sein Herz verdoppelt in freudiger Erwartung die Frequenz. Er schaut kurz über seine Schulter, dann löst er lautlos und sanft die Bremse und rollt ‚Berstein, Jürgen' zielstrebig zwei Gänge weiter zum Bettenaufzug. Schnäuzer schläft tief und fest, was sich allerdings jeden Augenblick ändern kann. Als der Aufzug sich öffnet, schiebt Tom das Bett so vorsichtig es geht hinein, um jede Erschütterung zu vermeiden. Dann drückt er auf *Untergeschoss*.

Schächte und Rohrleitungen zieren im Kellergeschoss die Decken der Gänge. Die Umgebungstemperatur ist merklich wärmer, was den erkalteten Damen und Herren, die hier im Allgemeinen entlanggerollt werden, wohl egal ist. *Pathologische Abteilung* liest Tom auf einer Infotafel am zweiten Gang rechts. Tom grinst, lenkt das Bett supersanft nach rechts und bleibt vor einer lindgrünen Doppelflügeltür mit der Aufschrift *Obduktionsraum. Kein Zutritt für Unbefugte* stehen. Tom lauscht. Dann steckt er den Kopf durch die Tür. Der Anblick des sterilen, bis unter die Decke weiß gekachelten Raumes mit den blitzenden Edelstahlablagen an den Wänden und den Metalltischen in der Mitte lässt Tom erschaudern. Es sieht genauso aus, wie man es aus einschlägigen Fernsehsendungen kennt. Da weit und breit kein Mensch zu sehen ist, öffnet Tom die Tür und schiebt das Bett schnell zwischen die matt glänzenden Seziertische. Dann hastet er aus dem unheimlichen Raum, um sich an die Erledigung seines eigentlichen Auftrags zu machen.

Zurück im Aufzug könnte Tom laut jodeln vor Freude. Schade nur, dass er nicht Mäuschen spielen kann, wenn Schnäuzer seine Augen öffnet …

Yvonne ist keineswegs überrascht, als Tom ihr nach der Übergabe steckt, dass heute sein letzter Tag im weißen Bereich sein wird. Ihr war längst klar, dass er den Job nur wegen seiner Mutter gemacht hat. Aber sie verhält sich ihm gegenüber kaum anders als sonst. Na ja, ein kleines bisschen zurückhaltender vielleicht. Tom legt seinen ganzen Charme in die Waagschale, in der Hoffnung, eine zweite Chance zu bekommen, und verlässt die Station tatsächlich mit der Aussicht auf einen weiteren gemeinsamen Kinobesuch am nächsten Kinotag.

Pünktlich um drei trifft Tom in der Remise ein. Jenny wartet bereits auf ihn. Sie trägt ein förstergrünes Lodencape und eine rote Pudelmütze, die ihr halbes Gesicht verdeckt. Tom hat längst aufgehört, sich über ihren Geschmack zu wundern. Am Morgen war die von Mark entworfene Werbeanzeige in der Lokalzeitung erschienen und Jenny hält sie Tom unter die Nase, kaum dass er vom Sattel gestiegen ist.

„Stell dir vor, Tom, zehn Interessenten haben sich schon bei Maren gemeldet. Sechs weitere über eine Frau Böse, die dich von irgendwoher zu kennen scheint. Super, was?! Theoretisch könnten wir Mittwoch, sprich morgen, mit der Lieferung beginnen. Aber Annett und ich basteln immer noch an den Preislisten herum. Bei zwei Supermärkten haben wir ein paar fette Rabatte ausgehandelt. Und jetzt halt dich fest, das Schönste kommt noch: Spar hat uns angeboten, die Bestellungen der jeweiligen Kunden gleich lieferbereit in Kartons zu verpacken! Ab dreihundert Euro Warenwert die Woche ohne Aufpreis. Echt gut, dass du wieder voll auf dem Plan bist, Tom. Jetzt, wo es richtig losgeht."

„Luft holen", ermahnt Tom und nutzt die kurze Unterbrechung in Jennys Redeschwall, um die Remisentür zu öffnen. Die feucht-kalte Witterung kriecht ihm langsam die Waden hoch und er muss dringend was essen. Jenny folgt Tom schweigend in die Wohnung, wo beide ihre nassen Schuhe abstreifen. Tom stellt unverzüglich Nudelwasser nebst Teekessel auf den Gasherd und tritt ans Küchenfenster, um seine wiedergewonnene Freiheit zu genießen. Die Kastanie steht nach wie vor unverrückbar in der Mitte des Hofes, das Einzige, was in Toms Leben zur Zeit unverrückbar erscheint. Besser als gar nichts, denkt Tom lakonisch und atmet tief durch. Der Morgen war anstrengend wie immer. Nora stimmte es ein bisschen traurig, dass Toms Projektwoche plötzlich vorbei war. Wenn sie wüsste ... Rückblickend erscheint es Tom wie ein Wunder, dass die ganze Sache nicht aufgeflogen ist. Im Hintergrund hört er die immer noch wortlose Jenny mit der Teekanne hantieren. Sie scheint zu spüren, dass Tom eine kleine Auszeit braucht.

„Pfeffi oder was?"

„Pfeffi ist okay."

„Spagetti oder Spirelli?"

„Spagetti. “

„Soße?“

„Rechts oben im Schrank. Tomate mit Kräutern und Knoblauch, bitte.“

Tom genießt es, ein bisschen verwöhnt zu werden.

Drei Minuten später schwebt der Duft von Pfefferminztee durch den Raum und nach weiteren zehn der von Spagetti mit Tomatensoße.

„Kommen bei dir eigentlich auch Phasen richtiger Ernährung vor?“, fragt Jenny beiläufig, als sie die Spagetti randvoll in zwei Teller schüttet. „Wenn du immer so ein Zeug isst, hast du spätestens mit sechzig ...“

„Quatsch“, fällt Tom ihr ins Wort und schaufelt genuss- und geräuschvoll die erste Ladung Nudeln in seinen Mund. „So alt will ich gar nicht werden.“

„Darf ich jetzt vielleicht weitererzählen?“, fragt Jenny höflich, als Tom nach dem Verzehr einer zweiten Riesenportion seine Gabel in Pausenposition auf dem Tellerrand ablegt.

„Weißt du, was der Hammer ist? Die Lebensversicherung von Marens Oma will nicht zahlen. Die zahlen bei Selbstmord frühestens nach dreieinhalb Jahren.“

Tom atmet schwer durch. Die Geschichte mit Marens Oma will einfach kein Ende nehmen. Und tief innen drin weiß er auch warum: Weil etwas faul ist an der Sache, weil mit ihrem Tod etwas nicht stimmt. Aber nach der Mafia-Angelegenheit im letzten Jahr, die Jenny und ihn fast Kopf und Kragen gekostet hätte, hatte er geschworen, sich nie wieder in faule Angelegenheiten einzumischen. Nie wieder ... Aber er scheint faule Sachen regelrecht anzuziehen wie Scheiße die Fliegen.

„Versteh ich nicht“, sagt Tom mit müdem Blick auf sein zerzaustes Gegenüber.

„Hab ich erst auch nicht kapiert, ist aber logisch. Die dreieinhalb Jahre sind eine Art Sicherheitsfrist. Sonst könnte doch jeder, der Selbstmord plant, im Vorfeld eine knackige Versicherung abschließen und einen schönen Reibach aus seinem vorzeitigen Ableben schlagen. Die Versicherung von Marens Oma war zweieinhalb Jahre alt. Und sie hatte die Police kurz vor ihrem Tod noch auf Maren umschreiben lassen, um Maren und das Kind finanziell abzusichern, sollte ihr was zustoßen. Ist das nicht schrecklich?"

„Scheiße", kommentiert Tom und schenkt Jenny und sich noch einen Tee nach. „Verdammt scheiße sogar. Dabei könnte Maren das Geld jetzt echt gut gebrauchen."

Denn leeren Nudelteller zwischen den aufgestellten Ellenbogen vergräbt Tom sein Gesicht in den Händen, um die Situation zu rekapitulieren. Es war ja keineswegs so, dass Frau Hoffmann eine verwirrte alte Frau war, überlegt Tom. Ganz im Gegenteil. Sie hatte ihre sieben Sinne mehr als gut beisammen und wusste genau, was Sache war. Folglich muss ihr auch sonnenklar gewesen sein, dass ihrer über alles geliebten Nichte das Geld der Lebensversicherung durch die Lappen gehen würde, sollte sie Selbstmord begehen. Das steht doch garantiert im Kleingedruckten. Selbstmord ist vollkommen absurd, resümiert Tom und schüttelt ungläubig den Kopf. Völlig ausgeschlossen. Was, wenn Maren mit ihrer Anfangsvermutung, dass ihre Oma umgebracht worden ist, doch Recht hatte? Wenn Mister Obernett gar nicht so nett ist, wie alle denken? Tief im Inneren schwelte in Tom schon lange der Verdacht, dass Manson der Schlüssel zu allem ist, er wollte es nur nicht wahrhaben. Jetzt aber kommt er nicht mehr drum herum, sich den Knaben ein bisschen genauer anzusehen. Es wäre feige, sich zu drücken, zumal jetzt auch noch dieser Riesensack Geld mit dranhängt, Geld, das Maren und Kleiner Bär dringend brauchen. Genauer ansehen … Fragt sich nur wie und wann?

„Tom, ich bin noch nicht nach Hause gefahren", bringt Jenny sich in Erinnerung.

„Ich finde, wir sollten uns jetzt langsam mal auf den Lieferservice konzentrieren“, wechselt Tom das Thema, um das beklemmende Gefühl in seinem Bauch loszuwerden. „Benno macht doch den Fahrer, oder? Das habt ihr doch festgeklopft. Du kennst Benno doch. Der vergisst gerne mal was, wenn er es vergessen will.“

„Benno steht ab morgen voll getankt in den Startlöchern. Hat er versprochen. Bis die Sache gut angelaufen ist, will er mitmachen. Dann müssen wir uns was anderes überlegen. Montags, mittwochs und freitags liefern wir direkt nach dem Unterricht. Einer von uns muss dann jeweils parat stehen, je nachdem, wer gerade kann. Besser noch zwei, aber ob das immer klappt, ist fraglich. Die AG fällt vorerst ins Wasser. Auf der kalten Bühne friert man sich ja den Hintern ab. Wenn Annett und ich es heute Abend schaffen, die Bezugsquelle für die Lebensmittel festzulegen, können wir die Preise festklopfen und morgen Nachmittag loslegen. Na, wie klingt das? Ich bin für Spar, wie du dir schon denken kannst. Die sind zwar in der Regel ein bisschen teurer, haben aber ansonsten die besten Konditionen.“

Tom ist mit allem einverstanden. Dann lüftet er verschmitzt das Geheimnis um Frau Böse. Jenny amüsiert sich köstlich, als sie erfährt, dass ihre Wohltäterin ausgerechnet die Frau ist, mit der Tom zu Beginn des ganzen Krankenhausmarathons auf der Wöchnerinnenstation zusammengestoßen ist.

9

Mit einem fast feierlichen Gefühl im Bauch schiebt Tom Mittwochmorgen sein Fahrrad an einer Horde Schüler vorbei Richtung Fahrradständer. Zehn lange Tage war er nicht hier. Es kommt ihm vor wie zwölf Wochen, so viel Leben ist in der Zwischenzeit passiert. Er hat Unangenehmes gesehen und gerochen, hat es ertragen gelernt, hat sogar alten Frauen den Hintern abgewischt und andere, wenig appetitliche Sachen erledigt. Das wird er jedoch für sich behalten und garantiert niemandem auf die Nase binden. Er ist doch nicht blöd, Piffi und Konsorten freiwillig Stoff für neue Lästereien zu liefern. Tom atmet tief durch. Frei atmen zu können ist schön. Kein Asthma oder sonst was zu haben, bei dem einem die Nase blau anläuft, ist schön. Zu leben ist schön.

Das Geplärre um ihn herum erscheint Tom plötzlich maßlos kindisch, genauso wie das gockelhafte Gehabe von Piffi, der im nächsten Moment mit in den Hosentaschen vergrabenen Händen an ihm vorbeistromert, ohne Notiz von ihm zu nehmen. Scheint mich niemand vermisst zu haben, stellt Tom ernüchtert fest. Niemand rempelt ihn kumpelhaft an, niemand begrüßt ihn. Ob überhaupt jemandem aufgefallen wäre, wenn er nie wieder hier aufgetaucht wäre? Tom fühlt sich plötzlich wie ein Fremdkörper, unangenehm einsam unter den vielen Menschen. Als er auf dem Weg in den Deutschunterricht die steinernen Stufen des Hauptportals nimmt, stellt er verwundert fest, dass er sich auf Schober freut. Auf Schobers misstrauisch blitzende Augen hinter der kuriosen Hornbrille, die er alle paar Sekunden in die richtige Position zurückbefördert, auf Schobers Klugheit im Allgemeinen wie im Speziellen. Eines hofft Tom jedoch inbrünstig: dass er heute, an seinem ersten Tag, von den Bremer Stadtmusikanten verschont bleibt.

„Tom!“ Zwei Arme schlingen sich ungestüm um Toms Hals. Es gibt also doch jemanden, der ihn vermisst hat: Jenny, das geliebte Ungeheuer. Untergehakt fädeln sich die beiden in den Strom der Schüler ein, bis Tom seinen Klassenraum erreicht und rechts abbiegen muss.

Schober ist ehrlich erfreut, Tom wiederzusehen. Nach einer herzlichen Begrüßung, bei der er seine Hand dreimal kräftig auf Toms Schulter fallen lässt, zieht er schwungvoll einen Stapel Papier aus seiner Arbeitstasche, einer brandneuen, wie Tom erstaunt feststellt. Schober hat es tatsächlich übers Herz gebracht, seine abgewetzte Ledertasche in Pension zu schicken ... Irgendetwas Einschneidendes muss demnach auch in seinem Leben passiert sein. Im nächsten Augenblick realisiert Tom, dass es sich um die Klassenarbeiten handelt, die Schober nun verteilt. Tom fühlt sich mit einer Vier minus gut bedient.

„Wahrscheinlich war es dein Besuch bei Maren, der dir diesen hartnäckigen Virus eingebrockt hat“, weist Schober Tom auf die noch fehlende Entschuldigung hin, als er ihm die ‚Bremer Stadtmusikanten‘ unter die Nase hält. Unauffällig liefert er gleichzeitig einen Tipp, was in Toms Entschuldigung stehen könnte. Ein Virus, denkt Tom dankbar. Virus klingt gut, das wird er sich von Rudi, Freund und Arzt des Hauses, gleich morgen bescheinigen lassen.

Nachmittags findet die erste Lieferung statt. Bis auf Maren erleben alle mit Stolz geschwellter Brust die Übergabe der ersten Lebensmittelberge durch Herrn Filialleiter Meyerkort. Weder Tom, Jenny, Mark oder Annett wollen es sich nehmen lassen, bei der Jungfernfahrt mit dabei zu sein. Das bedeutet drei Fuhren. Denn neun Kartons, sieben Tüten und sie selbst können beim besten Willen nicht in Bennos verbeultem Polo untergebracht werden. Eingezwängt zwischen Kartons warten alle ungeduldig darauf, dass es endlich losgeht. Der Herr Filialleiter beobachtet mit regloser Miene, wie Benno mehrfach versucht, seinen Wagen zu starten. Das, was sich hier vor seinen Augen abspielt, hat nichts mehr mit dem professionellen Auftritt der beiden jungen Geschäftsfrauen vor ein paar Tagen zu tun.

„We are the champions", grölen die Freunde, als der Lebensmittellieferservice *Rolling Home* endlich seinen allerersten Kunden ansteuert. Alles klappt wie am Schnürchen. Der Kunde öffnet, nimmt die Ware entgegen und bezahlt. Maren hatte im Vorfeld exakt die Liefertermine abgestimmt und die zumeist älteren Damen und Herren sind beglückt über die jungen Gesichter und die frischen Lebensmittel, die ihnen ins Haus geschneit kommen. Die Trinkgelder fallen unerwartet hoch aus, eine zusätzliche Geldquelle, die im Vorfeld niemand bedacht hatte. Jeweils zu zweit tragen die Freunde die Kartons und Tüten an die Türen, stellen sich höflich mit Firmennamen und persönlichem Namen vor, wohlweislich erwähnend, dass da noch zwei andere Kollegen sind, mit denen die verehrten Kunden auch bald Bekanntschaft machen werde.

Zwei Stunden später wird das erste verdiente Geld in Zillys Imbissbude lustvoll auf den Kopf gehauen. Das bringt Glück, prophezeit Tom aus nicht ganz uneigennützigen Gründen. Der Laden ist brechend voll, die Kaffeezeit scheinen viele Leute gern bei Pommes und Cola zu verbringen. Die frisch gebackenen Geschäftsleute sind gut drauf und lassen die zum Teil kuriosen Gestalten, die nun ihre Kunden sind, noch einmal Revue passieren. Bald jeder Zweite hat ihnen das nette Angebot gemacht, noch auf ein Tässchen Kaffee zu bleiben.

Jenny hockt schweigsam da und schiebt nachdenklich ein Pommesstäbchen nach dem anderen in ihren Mund. Ihre sensiblen Antennen haben die Einsamkeit mancher Menschen deutlich wahrgenommen. Rolling Home jedenfalls hat seinen ersten Tag mit Bravour über die Bühne gebracht. Die Feuerprobe ist sozusagen bestanden. Als Jenny aus ihren Grübeleien um Alter und Einsamkeit wieder auftaucht, bringt sie einen Toast aus. Auf Tom, dem die geniale Idee aus dem Hirn gesprungen ist.

Später am Abend meldet sich auch Maren bei Tom, um zu gratulieren. Weitere vier Kunden seien hinzugekommen, zwei davon vermittelt von Frau Böse. Tom spürt jedoch, dass der eigentliche Anlass für Marens Anruf ein anderer ist. Diesmal wird er ihr jedoch nicht ausweichen, sie nicht mehr beschwichtigen.

„Tom …?"

„Schieß los."

„Meine Eltern haben Omas Banksachen erledigt."

„Mmh, und …?"

„Sie hatte dreitausend Euro abgehoben, noch kurz bevor sie …" Maren schluckt. „Von einer Waschmaschine wussten wir ja, aber dreitausend Euro …? Ganz schön viel Geld. Da, wo sie die Waschmaschine kaufen wollte, ist nie eine Anzahlung eingegangen. Mein Vater hat gestern in dem Laden nachgefragt. Und dann haben wir Reiseprospekte gefunden und eine Reservierungsbestätigung, aber keine einzige Überweisung an ein Reisebüro. Das Geld ist spurlos verschwunden. Meine Eltern finden das auch merkwürdig. Wo Oma in Geldangelegenheiten doch immer so penibel war."

„Ja, wirklich merkwürdig."

„Tom … Vielleicht hast du gar nicht so Unrecht damit, dass Manson nicht ganz astrein ist. Ich meine, schließlich war er der Einzige, der außer uns regelmäßig Kontakt zu Oma hatte."

„Schon denkbar, dass mit dem Typen was nicht stimmt."

„Tom …?" Maren ist plötzlich ganz kleinlaut. „Ich muss dir noch was beichten. Ich habe Manson neulich erzählt, dass du ihn für den Mörder meiner Oma hältst. Einfach so, aus Spaß."

„Wie bitte!?" Tom gefriert das Blut in den Adern.

„Er kam mehrmals im Bethanien vorbei, um Kleiner Bär und

mich zu besuchen. Sein Freund arbeitet doch dort. Ich hab es wirklich nur so im Spaß gesagt. Tut mir echt Leid."

Tom atmet schwer durch. „Und wie hat er reagiert?"

Auf der anderen Seite ist es still.

„Du weißt es nicht mehr, stimmt's?"

„Ehrlich gesagt, nein, Tom."

„Das musst du irgendwie wieder geradebiegen, Maren. Wie soll ich mir den Kerl vorknöpfen, wenn er mich die ganze Zeit vielleicht schon im Visier hat?"

„Du willst ihn dir vorknöpfen?!" Tom kann den Luftsprung förmlich sehen, den Maren am anderen Ende der Leitung macht. „Das find ich so was von ..." Maren fehlen die Worte. „Echt total nett, dass du's dir anders überlegt hast. Bevor die Sache mit meiner Oma nicht klar ist, kann ich nicht mehr richtig glücklich sein. Aber wie soll ich das denn geradebiegen? Ich meine, die Sache mit Manson und dir?"

Tom fläzt sich mit dem Telefon auf sein Bett und rauft sich die Haare. „Vielleicht triffst du dich mit ihm. Du kannst ja vorschützen, dass du ihm etwas geben willst, ein Andenken an deine Oma oder so. Du musst ihn in absoluter Sicherheit wägen, hörst du, mach dir Vorwürfe wegen ihres Selbstmordes, sag, du hättest dich nur noch um deine Schwangerschaft gekümmert und nicht mehr um sie oder so'n Schwachsinn. Deine Oma hat sich nie im Leben selbst umgebracht! Das ist so sicher wie das Amen in der Kirche, Maren."

„Findest du auch, nicht? ... Allerdings bist *du* dann aber noch nicht aus dem Schneider."

„Erzähl Manson von mir aus, dass ich einen Knall habe, dass ich zurzeit gerade einen Pauker verdächtige, sein Gehalt mit Banküberfällen aufzubessern."

„Und dann steck ich Manson noch, dass du ihn total süß findest und nur wegen ihm auch Krankenpfleger werden willst ..."

Die Freitag-Lieferung läuft ebenfalls glatt. In doppelter Hinsicht. Die Straßen sind überfroren und Benno schaltet in einen superlahmen zweiten Gang. Alles dauert doppelt so lange. Da etliche Kunden diesmal jedoch gleich das Wechselgeld bereithalten, holen Mark und Tom den Zeitverlust einigermaßen wieder auf. Eine zierliche ältere Dame mit rosa Haaren fasst sich ein Herz und bittet Tom sogar, ihren Hausmüll draußen im Container zu entsorgen. Sie ängstige sich, weil es draußen so rutschig sei. Im letzten Winter habe sie sich bei solch einem Wetter den Oberschenkelhalsknochen gebrochen. Dankbar drückt sie Tom nach Erledigung der kleinen Gefälligkeit einen Euro zusätzlich in die Hand.

Als sie alle Waren ausgeliefert haben, rechnet Mark auf der Rückbank im Auto den Tagesverdienst aus.

„Dreiundsiebzig Euro und das bei schlappen zwölf Kunden“, stellt Mark anerkennend fest. „Ich glaub, ich schmeiß das Gymmi und mach einen auf Lebensmittel!“

„Pro Lieferung im Schnitt zehn Minuten“, rechnet Tom auf dem Beifahrersitz mit Blick auf seine Armbanduhr aus. „War ’ne gute Route, die Maren uns zusammengestellt hat. Hut ab. Abzüglich der Spritkosten macht das sieben Euro Stundenlohn für Mann und Maus. Nicht schlecht, was?“

„Übrigens, bevor ich’s vergesse, Tom. Schönen Gruß von Maren“, meldet Benno sich zu Wort. „Sie hat die Sache mit dem Banküberfall erledigt, soll ich dir sagen. Dann können wir die dämliche Fahrerei ja jetzt an den Nagel hängen, was?“

Mark schaut Tom ehrlich entsetzt an.

Am Wochenende hat Tom sich freigenommen. Richtig frei. Keine Termine, keine Verpflichtungen, nichts. Abgesehen von der Angelegenheit mit dem Virus. Tom hatte Rudi bereits telefonisch von seinem Problem erzählt. Begeistert war er zwar nicht gerade, vor allem weil Nora nichts von der Sache erfahren sollte, ließ sich dann aber doch breit schlagen, Tom ein ärztliches Attest für die Schule zu schreiben. Dieses Problem war jetzt wenigstens aus der Welt geschafft. Bleibt nur noch der große Rest: Die Sache mit den toten Frauen, die Sache mit dem Versicherungsgeld, die Sache mit der AG ... Tom dreht sich unwillig auf den Bauch. Nicht einmal sein Bett zeigt die sonst übliche, tröstliche Wirkung auf sein inneres Befinden. Tom muss sich eingestehen, dass er nicht die leiseste Ahnung hat, wie er Manson beikommen könnte. So ratlos war er selten. Tom greift die Fernbedienung vom Boden und lässt ein weiteres Mal in Überschalllautstärke die Fugees laufen, worüber sich niemand mehr beschwert, seitdem er allein in der Wohnung ist. Der wirklich einzige Vorteil, der mit Noras Abwesenheit verbunden ist.

Die Montagslieferung haben Jenny und Tom übernommen. Drei weitere Kunden sind hinzugekommen, allesamt geworben von Frau Böse, die nach wie vor kräftig die Werbetrommel zu rühren scheint. Mark und Annett schlagen sich mit einer Klausurphase herum. Hätte Tom vorher gewusst, dass Nora ausgerechnet heute aus dem Krankenhaus entlassen werden soll, wäre Mark bestimmt für ihn eingesprungen. Nora hat ihm die freudige Nachricht jedoch erst morgens kurz nach sieben überbracht, kurz bevor Tom sich auf den Weg in die Schule machen wollte. Nun setzt er alles daran, die anstehenden Lieferungen zügig über die Bühne zu bekommen. Schließlich will er möglichst schnell zu Hause bei Nora sein.

„Nun mach hinne“, feuert Tom Benno an, als der Anlasser seines Wagens vor sich hinorgelt und keinerlei Anstalten macht, den Motor zum Laufen zu bringen. Den gleichen Spruch lässt er bei Jenny los, als sie zusammen einen voll gepackten Karton zu Herrn Stanzick in die dritte Etage eines Mietshauses schleppen. Neben etlichen Kleinigkeiten hat der Kunde siebzehn Dosen

Erbsensuppe bestellt und die sind ordentlich schwer. Am Ziel angekommen, lassen Tom und Jenny ihre Fracht schnaufend auf den abgelatschten Fußabtreter vor der Tür fallen.

„Ob der 'ne Party schmeißen will?“, fragt Jenny mit Blick auf die Dosen. „Erbsensuppe wär mir ehrlich gesagt zu gefährlich für ein Massenevent. Darmgase, Darmgase. Aber vielleicht ist das in dem Alter ja angesagt.“

Tom klingelt Sturm. „Warum der Kerl nicht aufmacht?“

Tom kann sich noch gut an den verwahrlosten Mann erinnern, dem sie am Mittwoch ein paar Äpfel und Nudeln geliefert hatten, was weit unter der Lieferpauschale lag. Geistig machte Herr Stanzick jedoch einen durchaus wachen Eindruck und Maren hatte sich von ihm noch am Vormittag den Liefertermin bestätigen lassen. Tom drückt den Daumen ein weiteres Mal hartnäckig auf den Klingelknopf. In der Wohnung rührt sich nichts. Jenny weist zur Nachbartür, was Tom mit ratlosem Schulterzucken quittiert.

„Vielleicht weiß da ja jemand, was los ist“, sagt Jenny, als sie die Nachbarklingel betätigt, was ein krächzendes Geräusch hinter der mausgrau gestrichenen Wohnungstür verursacht. „Wir können Stanzicks Sachen ja auch hier abgeben.“

Eine Frau um die Dreißig erscheint im Türrahmen. Sie scheint geradewegs aus der Dusche zu kommen und hat ihr nasses Haar mit einem schmuddeligen Badehandtuch bedeckt. Die zerlaufene Wimperntusche unter ihren Augen lässt sie übernächtigt und krank aussehen.

„Der Stanzick war morgens noch auf den Beinen. Hab gesehn, wie er den von Rapid zum Duschen reingelassen hat. Wird schon seinen Grund haben, wenn er nicht aufmacht“, ist ihr knapper Kommentar, mit dem sie die Tür wieder schließen will. Lust, etwas für Stanzick entgegenzunehmen, hat sie schon gar nicht.

Dreist stellt Tom einen Fuß in die Tür. Wenn es so weitergeht, wird es Mitternacht, bis er bei Nora ist.

„Haben Sie nicht vielleicht einen Schlüssel, Frau Wienströer? Sie sind doch die Nachbarin", hakt er mit Blick auf das Namensschildchen an der Tür leicht verzweifelt nach. „Wir stellen die Kiste gleich vorne in den Korridor. Herr Stanzick ist doch auf die Lebensmittel angewiesen!"

„Na gut. Dünn genug isser ja", lässt sich Frau Wienströer erweichen. „Aber nur reinstellen und dann wieder raus. Ich pass auf."

Sie verschwindet in ihrer Wohnung und kommt mit einem lila Plastikschildchen, an dem ein Schlüssel baumelt, zurück.

Frau Wienströer öffnet die Wohnungstür und Tom drängt samt Kiste dicht hinter ihr in den Hausflur.

„Da liegt er ja", bemerkt Frau Wienströer überrascht, als sie durch die halb offene Tür am Ende des Korridors späht. Tom stellt den Karton ab und tritt zögernd neben sie. Herr Stanzick liegt entspannt auf dem Sofa seiner Wohnstube, als würde er schlafen. Aber er schläft nicht, er ist tot. Das erkennt Tom im Gegensatz zu Frau Wienströer, sofort an dem wachsweißen Gesicht.

„Herr Stanzick, Ihre Lebensmittel sind da", unternimmt Frau Wienströer einen Weckversuch, ohne sich von der Stelle zu rühren.

Der braucht keine mehr, kommentiert Tom in Gedanken und wundert sich, dass die Frau die Lage nicht erfasst.

„Ich glaube, es ist jetzt besser, wenn Sie einen Arzt rufen, Frau Wienströer."

Frau Wienströer tritt entschlossen ans Sofa heran. „Wach werden, so werden Sie doch wach, Herr Stanzick." Sie stupst ihn schnell am Arm an, um den Körperkontakt möglichst kurz zu halten, was Tom gut verstehen kann. Das Umfeld ist nämlich wenig appetitlich. Der ehemals rote Fransenteppich unter ihren

Füßen hat durch jahrelang eingetretene Speisereste eine gräuliche Farbe bekommen und verströmt einen säuerlichen Geruch. Auch die Glasplatte des Couchtisches ist mit Speiseresten übersät, dazwischen liegen Illustrierte mit nackten Frauen, getrocknete Apfelschalen und leere Bierdosen. Toms Blick wandert unwillkürlich in die Gegend von Stanzicks Hosenschlitz. Dort beult sich der braune Wollstoff von getrocknetem Urin und verbreitet einen penetranten Geruch. Kaum zu glauben, dass dieser Mann von einem Pflegedienst betreut worden ist.

In diesem Moment fällt auch bei Frau Wienströer der Groschen. Mit ungläubigen Augen glotzte sie Stanzick an.

„Ist was?" Jenny tritt in den Türrahmen und bleibt alarmiert stehen.

„Dabei ging's dem Stanzick wieder ganz gut", presst Frau Wienströer mit belegter Stimme hervor. „Bis auf die Schmerzen ... Aber was will man da machen?"

Tom merkt auf. *Da hat nichts geholfen*, echot es in seinen Ohren. Die Hälfte der Nation scheint unter unstillbaren Schmerzen zu leiden.

„Aber an Schmerzen stirbt man nicht", gibt Tom zu bedenken.

Frau Wienströer drückt noch einmal den reglosen Oberam ihres Nachbarn und schleicht aus dem Zimmer. Jenny heftet sich mit blasser Nase an ihre Fersen.

Tom bleibt neben dem übel riechenden, toten Mann stehen. Jetzt, wo er allein ist, kann er sich ein bisschen in der Wohnung umsehen. Von dem ganzen Dreck einmal abgesehen, macht alles einen recht normalen Eindruck. Im benachbarten winzigen Schlafzimmer wird Tom von derart üblem Geruch empfangen, dass er den Atem anhält. Ein kleines, braunes Medikamentenfläschchen auf dem Nachtschrank lässt ihn aufmerken. *M-bena-Tropfen, 2%*, liest Tom. Und den Hinweis *Morphinderivat, stark wirksames Analgetikum*. Die Flasche ist zu zwei Dritteln bereits leer. M-bena. Der Name kommt Tom bekannt vor. Ist das nicht das Medikament, das auch Nora die ersten Tage gegen ihre Schmerzen bekommen hat? Allerdings in Spritzenform?

Als Tom zurück in die Wohnstube tritt, schallen aus dem Treppenhaus Stimmen in die offene Wohnung. Wenige Sekunden später stehen ein Arzt und zwei Polizisten im Zimmer. So schnell hatte Tom nicht mit ihnen gerechnet. Der Arzt begrüßt Tom, dann nimmt er die üblichen Untersuchungen an Herrn Stanzick vor und füllt den Totenschein aus. Die Polizisten, ein Mann und eine Frau, protokollieren, was Jenny, Benno und Tom zu sagen haben. Sie gehen davon aus, dass der alte Herr eines natürlichen Todes gestorben ist, so dass die Freunde bald entlassen sind und ihre Arbeit fortsetzen können. Allerdings müssten sie damit rechnen, dass sie zwecks Zeugenaussagen noch einmal vorgeladen würden.

Die Sache mit Herrn Stanzick hat ihr Liefertiming hoffnungslos über den Haufen geworfen, weshalb Tom eine volle Stunde später als geplant die Holztreppe der Remise hinaufstürzt. Tom verkneift es sich, Nora von Lebensmitteln und Todesfällen zu erzählen, Themen, die in letzter Zeit nicht Gutes hinaufbeschworen haben.

Als Mutter und Sohn bei frisch gebrühtem Kaffee und Hefeschnecken, die Tom in weiser Voraussicht bereits bei Spar besorgt hatte, in trauter Zweisamkeit beisammen sitzen, ist die Welt endlich mal wieder richtig in Ordnung.

„M-bena gibt es also in Tropfen- und Spritzenform“, überlegt Tom laut, als er kurz nach Mitternacht in seiner Koje liegt und die Ereignisse des Tages noch einmal Revue passieren lässt. Morgen Nachmittag wird er Maren bei der Lagebesprechung fragen, von welchem Pflegedienst ihre Oma betreut wurde, wer also Mansons Arbeitgeber ist. Dann muss er herausfinden, von wem Stanzick betreut wurde. Tom würde sich nicht wundern, wenn der bereits bekannte Name wieder ins Spiel käme. Was, wenn es gar keine Tropfen, sondern Injektionen waren, die Marens Oma in den Tod geschickt haben? Ob die das bei einer Obduktion überhaupt feststellen können? Der winzig kleine Punkt einer Einstichnadel ist bestimmt leicht zu übersehen, vor allem, wenn nicht explizit danach gesucht wird. Außerdem sind Blutentnahmen und Spritzen bei alten Menschen heutzutage an der Tagesordnung. Vor allem quält Tom jedoch die eine Frage, auf die letztlich alles hinauslaufen wird: Wie kann er Manson auf die Schliche kommen? Wie auch immer Tom es anstellen wird, er muss verdammt vorsichtig sein, um Manson nicht misstrauisch zu machen. Sonst bringt er sich am Ende selbst noch in Gefahr ...

Mit erotischen Fantasien, in denen Yvonne und er die Hauptrollen spielen, beschließt er schließlich das Tagesprogramm und fällt in einen traumreichen Schlaf.

In der Nacht hatte es geschneit und die Minusgrade haben die weiße Pracht den ganzen Tag über erhalten.

Schöne weiße Weste, denkt Tom sarkastisch, als er kurz nach fünfzehn Uhr mit seinem Zweirad die ungeräumte Fabrikzufahrt in Richtung Innenstadt durchpflügt. Tom hat einen schwarz-gelb gestreiften Schal umgewickelt und zwei Paar Handschuhe übergestreift. Obwohl Handschuhe was für Weicheier sind, wie sein Vater immer behauptet hat. Aber der hat ziemlich viel Mist erzählt. Das mit den Handschuhen ist Tom jedoch hängen geblieben.

Gut durchblutet trifft Tom dreißig Minuten später bei Maren ein. Mark serviert zur Freude aller einen selbst gebackenen Apfelkuchen, was insbesondere Toms Laune beflügelt. Die Freunde setzen sich um den Küchentisch, im Hintergrund prustet die Kaffeemaschine und Marens Vater kramt fluchend in einer

Schublade herum, um den Raum dann schimpfend zu verlassen.

„Er hat eine Saulaune, seitdem er arbeitslos ist“, vertraut Maren ihren Freunden an. Irgendwo in der Wohnung fängt Kleiner Bär an zu schreien. Marens Vater scheint sich jedoch umgehend um ihn zu kümmern, jedenfalls ist der kleine Schreihals sofort wieder still. Als Mark dann die Bilanz der ersten Lieferungen präsentiert, sind alle ganz Ohr, bis auf Maren, die einen zerstreuten Eindruck macht. Maren scheint mit ihren Gedanken ganz woanders zu sein. Als Jenny sie darauf anspricht, reagiert sie zickig. „Du willst also wirklich wissen, was los ist?“, platzt Maren los. „Ich dachte, ihr wollt nichts mehr davon hören. Ich dachte, das Thema sei für euch erledigt.“

Die Freunde sehen Maren irritiert an. Keiner hat auch nur den blassesten Schimmer, was plötzlich in sie gefahren ist.

„Sag schon, was ist passiert?“, fragt Tom in väterlich ruhigem Ton, was Maren erst recht auf die Palme bringt.

„Mach hier jetzt ja keinen auf guten Onkel!“

Kaum sind ihr die Worte über die Lippen gekommen, presst Maren schuldbewusst die knochigen Kiefer zusammen. Sie hat seit der Geburt des Kindes stetig an Gewicht verloren und sieht regelrecht ausgemergelt aus. Überhaupt scheint ihr ihr Äußeres zurzeit ziemlich egal zu sein. Die strähnigen Haare hat sie im Nacken mit einem Gummiband nachlässig zusammengebunden und ihre Fingernägel könnten auch ein bisschen Pflege vertragen. Vielleicht haben wir ihr mit der ganzen Terminplanung einfach zu viel aufgebürdet, überlegt Tom. Er macht sich langsam ernsthafte Sorgen um Maren. Vielleicht hätte man sie mit dem ganzen Lieferservice in Ruhe lassen sollen. Dazu noch die Arbeitslosigkeit ihres Vaters und die Dauerbelastung wegen ihrer Großmutter … Wenn's mit dem Teufel zugeht, dann richtig, pflegt Nora immer zu sagen. Wie Recht sie damit hat.

„Was ist los mit dir, Maren?“, hakt Tom ein weiteres Mal vorsichtig nach und Maren schießen sofort die Tränen aus den Augen. Mit dem Zeigefinger schiebt sie ein paar Kuchenkrümel auf der Tischplatte zusammen.

„Meine Eltern haben festgestellt, dass ein paar von Omas Schmuckstücken fehlen“, berichtet Maren. „Ein Saphirring zum Beispiel. Den hat sie total geliebt, war ein Geschenk von meinem Opa.“

„Und wie erklären sich das deine Eltern?“, fragt Jenny einfühlsam.

„Die erklären sich gar nichts“, antwortet Maren und klemmt sich schniefend eine Haarsträhne hinters Ohr. „Für die hat sich die Angelegenheit mit Omas Beerdigung erledigt. Oma soll ihren Seelenfrieden haben, sagen sie. So'n Quatsch. Ich hab den Eindruck, Oma geistert die ganze Zeit hier im Haus herum und will uns was sagen.“

Toms Gedankenapparat läuft auf Hochtouren, aber er lässt sich nichts anmerken. Ganz beiläufig erkundigt er sich bei Maren, welcher Pflegedienst ihre Oma versorgt hatte. „Rapid“, lautet die prompte Antwort. Tom und Jenny tauschen bedeutungsvolle Blicke.

10

Es ist ein Leichtes für Tom herauszufinden, dass Rapid einer der drei Pflegedienste ist, der im Landkreis ambulante Betreuung anbietet. Kurz entschlossen ruft Tom in der Rapid-Zentrale im nahen Cloppenburg an und gibt sich als Neffe von Herrn Stanzick aus. Sein Onkel habe ihm so viel von dem netten Pfleger erzählt, der ihn betreut hatte, und er wolle im Namen seines Onkels ein kleines Dankeschön übermitteln, flunkert er Schwester Kati am anderen Ende vor. Die freut sich über das Lob und gibt gerne den Namen ihres Kollegen preis: Larry Manson.

Gleich zu Beginn der Freitagslieferung sieht Tom einen weißen Polo mit der blauen Aufschrift *Rapid Pflegedienst* vor einer roten Ampel stehen. Tom kann den Fahrer jedoch nicht erkennen, weil die Ampel eine Spur zu schnell wieder auf Grün schaltet. Das heutige Lieferpensum fällt besonders groß aus. Etliche Kunden haben frisches Backwerk bestellt, um den Beginn des Karnevals gebührend zu feiern. In den Wohnungen laufen die Fernseher und einige der alten Herrschaften haben sich sogar bunt schillernde Hütchen aufgesetzt und freuen sich, wenn Tom und Mark das lustig finden.

„Schade, dass Sie immer so schnell wieder wegmüssen", bekommen sie mehr als einmal zu hören. „Sonst würde ich Sie gern noch zu einem Pfannkuchen einladen."

Tom weiß, dass Einsamkeit hinter den Einladungen steht, und findet es jämmerlich, nicht wenigstens dem einen oder anderen die kleine Freude zu bereiten. Es kratzt ihm an der Seele, wie schon ein kleiner Wortwechsel in der Tür ein Gesicht zum Leuchten bringen kann. Gegen frische Pfannkuchen hätte er natürlich auch nichts einzuwenden. Aber sie müssen ihren Job machen und pünktlich liefern.

Die nächste Adresse befindet sich ebenfalls in Wildeshausen. Als Benno vor einem der Reihenhäuser hält, erspäht Tom zwei Blöcke weiter wieder einen Rapid-Wagen.

„Das Kartönchen schaffst du doch alleine", sagt Tom über die Schulter zu Mark, der gerade im Begriff ist, einen voll beladenen Karton aus dem Kofferraum zu heben. „Bin gleich zurück. Muss kurz was erledigen."

Drei Minuten später lehnt Tom an der Wand eines cremeweiß gestrichenen Treppenhauses. Irgendwann muss der Rapid-Mensch ja wieder runterkommen. Tom hofft nur, dass es bald ist. Die Chancen, Manson persönlich anzutreffen, stehen nicht schlecht. Tom hat nämlich herausgefunden, dass die *men in white* jeweils für bestimmte Orte zuständig sind, damit sie ohne lange Fahrzeiten einen Kunden nach dem anderen abklappern können. Wenn Toms Verdacht sich bestätigt und Larry Manson es auf das Geld alter Menschen abgesehen hat, ist jeder, der von Manson betreut wird, in akuter Lebensgefahr! Die süße Frau Fischer und ihr Mann vielleicht, Frau Teipisch, Herr Kulmbach. Wer weiß, ob die nicht auch von Manson betreut werden. Der helle Rapid-Polo verwandelt sich vor Toms geistigem Auge in eine dunkle Leichenlimousine und Tom spürt plötzlich eine unendlich schwere Verantwortung auf seinen Schultern lasten. Eine Verantwortung, die er alleine eigentlich nicht tragen kann. Hielte er nur irgendetwas Stichhaltiges in den Händen, etwas Eindeutiges, dann würde er sofort die Kripo informieren. Aber da ist noch nichts, was den Beamtenapparat in Bewegung setzen könnte.

Trotz Daunenjacke und Kapuze kriecht Tom die Kälte langsam am Körper hoch. Sein Atem schwebt als feiner Nebel vor seinem Mund und Tom spielt mit gerundeten Lippen Dampfmaschine, um sich die Zeit ein bisschen zu vertreiben. Diesen selbst produzierten Nebel fand Tom schon als Kind faszinierend. Er stellte sich damals immer vor, dass so Wolken gemacht werden, von einem riesigen Riesen, der irgendwo im Himmel wohnt. Tom ballt die klammen Finger zur Faust und überlegt, wie er Manson anquatschen soll, falls es überhaupt Manson ist, als Schritte im Treppenhaus erklingen.

Eine weiß gekleidete, hagere Gestalt wird auf dem Treppenabsatz sichtbar, in der Hand eine dunkelblaue Nylontasche. Es ist Manson.

„Entschuldigung, dass ich Sie einfach so anquatsche. Aber Sie sind doch Krankenpfleger, oder?“

Manson grinst Tom an, als habe er es mit einem geistig Minderbemittelten zu tun. Aber er scheint Tom glücklicherweise nicht wiederzuerkennen. Dem dürren Kerl scheint die klirrende Kälte im Hausflur nichts auszumachen, obwohl er nur in dünne Baumwolle gekleidet ist. Muss ein zäher Bursche sein.

„Klar bin ich Krankenpfleger“, antwortet Manson. „Was sonst? Brauchst du vielleicht auch ein bisschen Pflege?“

„Sie kennen doch bestimmt viele Leute, die schlecht zu Fuß sind“, fährt Tom unbeirrt fort und schluckt.

„Willst du mir etwa eine Christmasgeschichte erzählen?“, reagiert Manson plötzlich ungehalten und steuert auf die Haustür zu.

„Nein, nein“, beeilt sich Tom zu sagen und tritt hinter Manson durch die Tür. „Es ist nur wegen der Adressen. Ich, ähm, wir haben nämlich einen Lieferservice für Lebensmittel. Ich meine, viele Kranke können doch nicht mehr alleine einkaufen gehen, oder?“

„Gut kombiniert“, antwortet Manson genervt. „Und was hab ich damit zu tun?“

„Sie könnten uns vielleicht weiterempfehlen.“

Manson merkt auf. „Und was springt dabei für mich raus?“

„Wie?“

„Wie viel Prozente für mich?“

„Ach so. Da muss ich erst mal die anderen fragen. Wollen Sie ... am besten Sie geben mir Ihre Telefonnummer, ich rufe Sie dann an.“

Manson steht einen Moment unentschlossen da, dann zückt er eine Visitenkarte des Pflegedienstes aus der Brusttasche und schreibt seine private Telefonnummer dazu.

„Das bleibt unter uns“, sagt er, als er Tom die Karte reicht. Dann zieht er den Kopf ein, um sich vor den fallenden Schneeflocken zu schützen, und eilt auf sein Auto zu.

Irgendwie sieht der Kerl aus, als ob er selbst Pflege braucht, denkt Tom. Vielleicht ernährt er sich aber auch nur ein bisschen zu viel von Tiefkühlpizza so wie Tom. Tom verstaut Mansons Visitenkarte in der Jackentasche, nimmt sich vor, etwas mehr Gemüse zu essen, und beeilt sich, zurück zu den anderen zu kommen.

Benno und Mark sind stinksauer, als Tom endlich die Beifahrertür aufreißt und sich auf seinen Platz fallen lässt .

„Reg dich nicht auf. War wichtig“, pariert Tom einen Anschnauzer von Mark.

„Hast du da etwa ’ne Perle?“, fragt Benno, der den Wagen schlitternd in Fahrt bringt.

„Vor dir kann man aber auch nichts geheim halten. Komm fahr schon und frag nicht so blöd.“

Perle ... hallt es in Tom nach und Yvonnes süßes Lächeln schiebt sich vor sein inneres Auge. Heute, ja heute Abend noch, wird er Yvonne endlich wiedersehen.

„Wenn das so weitergeht, können wir glatt ’ne Nachtschicht einlegen“, meckert Mark auf der Rückbank und stemmt seine Knie gegen den Beifahrersitz in Toms Rücken.

Tom ist klar, dass es allerhöchste Zeit ist, die anderen in die Sache mit Manson einzuweihen. Sie müssen so schnell wie möglich herausfinden, wer von ihren Kunden von Manson betreut wird. Die gefährdeten Alten müssen dringend gewarnt werden, ohne dabei zu viel Staub aufzuwirbeln, versteht sich. Aber ohne die Hilfe von Jenny, Mark und Annett kann Tom das unmöglich bewältigen.

Die letzte Kiste Lebensmittel ist für die Remise bestimmt. Nora hat darauf bestanden, wie ein ganz normaler Kunde behandelt zu werden und entsprechend zu bezahlen. Sie ist von Herzen froh, dass ihr die lästige Einkauferei endlich abgenommen wird. Als Benno den Wagen auf den glatten Pflastersteinen wenige Zentimeter vor dem Geräteschuppen zum Stehen bringt, fällt das Scheinwerferlicht auf die herausgebrochene Latte in der Schuppentür. Nora scheint den Schaden noch nicht bemerkt zu haben und Tom nimmt sich vor, die Stelle in den nächsten Tagen zu reparieren. Dann verabschiedet er sich von Mark und Benno und wankt mit dem randvoll bepackten Lebensmittelkarton die Treppe hinauf.

Mit dem Verzehr zweier Tiefkühlpizzas läutet Tom seinen wohlverdienten Feierabend ein. Nora taucht nicht in der Küche auf. Sie hat sich sofort nach ihrer Entlassung wieder in die Arbeit gestürzt, obwohl sie den Ärzten etwas anderes versprochen hatte, und muss schon nach kurzer Zeit vor dem Bildschirm zu Aspirin greifen. Zwei wichtige Abgabetermine waren auf Grund ihres Krankenhausaufenthaltes geplatzt, was wie durch ein Wunder keinerlei negative Konsequenzen für sie nach sich zog.

Draußen hat sich frühe Winterdunkelheit über die Dächer gelegt. Tom summt ‚Stille Nacht, Heilige Nacht' und freut sich auf Yvonne. Der heutige Abend wird ein ganz besonderer werden, da ist er sicher. Inwiefern besonders, das muss sich noch herausstellen. Jedenfalls wird Tom alles, was ihn von Yvonne ablenken könnte, in den letzten Winkel seines Hirns verbannen. Er wird nur Augen für sie haben, wird sich von seiner besten Seite präsentieren (nur, welche das wohl sein mag?), sich um Yvonne bemühen (wie geht das eigentlich?), sie bezirzen und am Ende des Abends gekonnt verführen (da kann sich Tom an einschlägige Filmszenen erinnern). Der Untergang der ‚Titanic' dürfte hierbei nur hilfreich sein. Wunschfilm der Woche im hiesigen Provinzkino, ganz ohne Popcornmaschine und hauseigenem Parkplatz.

Im Kino wimmelt es nur so von Liebespärchen, was Tom als gutes Omen deutet. Er genießt es, Yvonnes Begleiter zu sein, und spürt nicht ohne Stolz, dass andere Geschlechtgenossen ihn darum beneiden. Gentlemanlike fragt er, wo sie sitzen möchte, und lässt sich dann lässig neben sie in den Sitz fallen, den Arm wie selbstverständlich hinter ihrem Rücken auf der Lehne. Millimeter für Millimeter arbeitet sich Tom dann vor, bis Yvonnes rosa-grüner Flauschpulli seinen Handrücken kitzelt. Tom lächelt Yvonne an. Ihre rötlich getönten Haare stehen witzig nach allen Seiten ab und ohne den blöden Krankenhauskittel sieht sie gleich wieder dreimal so gut aus. Yvonne neigt ihren Kopf leicht zu Tom und zieht eine verschmitzte Schnute.

„Hab ich dir eigentlich schon von der Sache mit Berstein erzählt, Tom?" Sie kann sich ein Kichern nicht verkneifen. „Mein über alles geliebter Berstein hatte sich beim Wintersport doch die Haxen gebrochen und ist ausgerechnet im Bethanien gelandet. Und stell dir vor, der Berstein wird zum Röntgen gekarrt und wacht danach in der Pathologie auf. In der Path, zwischen den Seziertischen! Stell dir das mal vor, Tom! Der Typ macht die Augen auf und denkt, er ist tot ...!" Yvonne prustet los. „Wir haben uns auf Station in die Hosen gemacht vor Lachen. Ich könnte den knutschen, der das gemacht hat."

Tom ist einen kurzen Moment ernsthaft versucht, sein Geheimnis zu lüften. Doch den Joker bewahrt er sich für später auf.

„Kannst dir ja vorstellen, wie die Kacke am Dampfen war. Damit sich der Berstein endlich beruhigte, hat die Verwaltung dann vorgegeben, den Schuldigen gefunden zu haben. So'n Quatsch. Niemanden haben sie gefunden! Dann wäre doch irgendein Name aufgetaucht? Zwei Stunden lang soll er sich die Lunge aus dem Leib geschrien haben, bis ihn ein Pathologe gefunden hat. Berstein konnte mit seinen Brüchen ja nicht aufstehen."

Yvonne schüttet sich aus vor Lachen und Tom fühlt sich stark wie ein Käfig voller Löwen. Heute steht er auf der Siegerseite. Keine Frage.

Das Licht im Saal erlischt langsam, die Werbung beginnt und dann endlich der Film. Yvonne regt sich von der ersten Szene an über Leonardo di Caprio auf, den sie unmöglich findet. Das ist doch kein Mann für *diese* Frau, sagt sie mehr als einmal. Das kann Tom natürlich nur recht sein, nur leider geht Yvonne die ganze Liebesgeschichte am Arm vorbei. Im Gegensatz zu Tom, der, als di Caprio mit seiner Angebeteten in der Autokarosse verschwindet, um leidenschaftlich Liebe zu machen, einen Steifen bekommt.

Als das Ende des Films absehbar ist, wird Tom nervös. Was, wenn Yvonne gleich einfach „Tschüs" sagt, „Danke für die Einladung". Wenn sie ihn freundschaftlich umarmt und sich dann auf den Heimweg macht. Als Tom neben Yvonne den sandbedeckten Kinovorplatz betritt, überlegt er fieberhaft, wie er die Situation in den Griff bekommen kann.

„Willst du nicht …?", hört er Yvonne fragen.

„Was?", fragt Tom verdattert. „Natürlich will ich! Das wollte ich dich auch gerade fragen. Komm …"

Gemeinsam laufen sie auf die andere Straßenseite, wo Yvonne

ihr Auto geparkt hat. Tom hat plötzlich Hitzewallungen, so von unten, als säße er auf einer Herdplatte.

„Oder hast du eben was anderes gemeint?", erkundigt sich Tom unsicher, weil Yvonne plötzlich verstummt ist.

„Nein, nein."

Als die Wohnungstür hinter ihnen ins Schloss gleitet, hilft Tom Yvonne galant aus dem Mantel und ist darüber mehr erstaunt als Yvonne, die es grinsend geschehen lässt. Dann stellt er sich dicht neben sie und pustet sanft in ihren Nacken. Yvonne neigt den Kopf genießerisch vor und Tom streift die weiche Wölbung ihres Halses mit seiner Nasenspitze, was Yvonne mit einer Art Schnurren beantwortet. Tom erkennt sich selbst nicht wieder. Seine Nase muss ein Eigenleben besitzen. Ihm selbst wäre eine derart raffinierte Liebkosung kaum eingefallen. Der Flur, in dem sie stehen, ist winzig klein, überall sind Blumen aus Stoff drapiert und Tom findet alles weich und erotisch.

„Soll ich dir verraten, wer das mit Berstein gemacht hat?", flüstert Tom dicht an Yvonnes Ohr.

„Nein …" Yvonne fährt herum. „Jetzt sag bloß, du warst das?"

Tom grinst von einem Ohr zum anderen. „Ich wollte ja eigentlich nur Bersteins Mama aus der Inneren Ambulanz holen. Aber als ich durch die Röntgenabteilung ging und Schnäuzer da so lieblich schnorchelnd im Gang liegen sah, konnte ich's mir einfach nicht verkneifen …"

Yvonne zieht Tom an beiden Ohren zu sich heran und küsst ihn kurz auf den Mund!

„Wie, das war's schon?", beschwert sich Tom.

Tom nähert sich langsam ihrem Mund und streichelt unter schrecklichem Herzklopfen mit der Zungenspitze ihre Oberlippe. Ganz sanft. Yvonne lässt es geschehen. Wenige Minuten später finden sich beide unter der Dusche wieder. Und dann begreift Tom, was es bedeutet, einen Körper zu haben.

Nun ist es Yvonne, die ihre Zunge suchend über seinen liegenden Körper gleiten lässt. Tom kann es kaum ertragen, so schön ist es, fast betäubend, diese Wahnsinnsempfindungen, die Yvonne seiner Haut entlockt. Ziemlich schnell spürt er dann nur noch das tierische Verlangen eines einzigen Körperteils und taucht kopflos in ihren Körper ein. Taucht auf, taucht ab, bis er endlich platzt und den Urknall im Inneren einer Frau erlebt. Wie ein Feuerwerkskörper schießt Tom in die Galaxis. Purer Wahnsinn ist das!

Als Tom im übernächsten Moment seine sieben Sinne wieder beisammen hat und sich an seinen Vor- und Nachnamen erinnern kann, schaut er Yvonne, die unter ihm liegt, staunend in die Augen. Yvonne lächelt, oder besser schmunzelt, gutmütig und küsst Tom aufs Kinn.

„Du kannst ja vielleicht abfahren. Ist das bei dir immer so?"

Tom wird rot und legt anstelle einer Antwort seinen Kopf auf Yvonnes Bauch. Eine Hand breit entfernt von dem dunklen Dreieck, dieser geheimnisvollen Pforte, nach der er sich so lange gesehnt hat. Yvonne ist schön, denkt Tom. Wie sie mich wohl findet?

„Und du?", fragt er unsicher. „Wie geht es dir?"

„Schon okay", antwortet Yvonne mit lächelnden Augen. „Hab mir schon gedacht, dass du noch Jungfrau bist. Das nächste Mal wartest du aber ein bisschen auf mich, okay?"

„Okay", antwortet Tom, innerlich frohlockend, dass Yvonne von einem nächsten Mal gesprochen hat, obwohl sie ihn gleich als blutigen Dilettanten entlarvt hat.

Als Tom aus der Schlafwelt entlassen wird und die Augen öffnet, liegt ein strubbeliger Haarschopf dicht neben seinem. Tom setzt sich ruckartig auf. Das ist nicht mein Bett, rast es ihm durch den Kopf. Von einer Sekunde zur anderen ist er hellwach. Das ist das Bett von Yvonne! Ein Blick auf seine Armbanduhr zeigt sieben Uhr sechs. In einer knappen Stunde beginnt die Schule. Bis nach Hause braucht er mindestens eine halbe Stunde und von dort zum Gymmi weitere zwanzig Minuten. Macht zusammen fünfzig Minuten. Er könnte es gerade noch so schaffen. Hoffentlich hat Nora wegen ihm keine schlaflose Nacht verbracht. Kaum ist sie wieder zu Hause, bietet Tom ihr bereits neuen Anlass für Aufregung. Nicht, dass er nicht woanders übernachten dürfte. Nora hatte ihn nur inbrünstig darum gebeten, sie im Falle eines Falles zu informieren, damit sie nicht unnötig der Horror überkommt. Mist! Zu allem Überfluss steht Toms Fahrrad noch vor dem Kino. Tom hofft inständig, dass es nicht geklaut worden ist. Lautlos, die schlafende Yvonne nicht aus den Augen lassend, gleitet Tom aus den Federn. Yvonne liegt eingerollt auf der Seite wie ein Baby. Der obere Teil ihres hellhäutigen Rückens ist entblößt und Tom fällt es schwer, den Blick von dieser schönen Stelle Mensch zu lösen. Erstaunlich, dass er in Anwesenheit einer nackten Frau überhaupt schlafen konnte. In der winzigen Küche der Zweiraumwohnung sucht Tom fieberhaft nach einem Schreibutensil. Dann öffnet er kurzerhand ein Glas Erdbeermarmelade und malt mit dem Zeigefinger ein großes, rotes Herz mitten auf den Tisch.

Nora liegt noch im Bett, als Tom die Wohnung betritt. Ein flüchtiger Blick ins Wohnzimmer lässt vermuten, dass sie einen gemütlichen Abend vor der Glotze verbracht hat. Eine halb leere Flasche Rotwein steht auf dem Couchtisch, eine ebenfalls halb leere Dose Cashewkerne, zwei Frauenzeitschriften und die Tageszeitung. Tom ist beruhigt. Nach einer schlaflosen Nacht sieht das nicht aus. Auf einem Kaffeefilter hinterlässt er noch schnell eine Nachricht, bevor er sich auf den Weg in die Schule macht. *Tut mir Leid Nora, habe gestern Nacht einfach die Welt vergessen. Kuss, Tom.* Dann zaubert er noch ein Herz. Diesmal ein weißes aus Streuzucker. Seit heute Nacht gibt es wieder zwei Frauen in Toms Leben.

Mit zwanzig Minuten Verspätung saust Tom auf den Schulhof. Der Unterricht hat bereits begonnen. Mindestens zehn Zentimeter gewachsen ist er, so jedenfalls sein Gefühl, als er den leeren Schulhof überquert. Tom ist kein Bürschchen mehr wie die meisten Angeber hier, die immer so tun, als ob, in Wahrheit aber die reinsten Windeier sind. Wobei die Windeier in dem Fall durchaus wörtlich zu nehmen sind. Yvonne, denkt Tom zärtlich. Ob er ein schlechter Liebhaber war? Das nächste Mal wird er sich zusammenreißen, zwischendurch kalt duschen gehen, im Geist Vokabeln pauken oder sonst was. Gleich heute Abend wird er sie anrufen. Gegen zehn müsste sie von der Spätschicht zu Hause sein. Hoffentlich hat sie sich das mit dem nächsten Mal nicht doch noch anders überlegt ...

Vom wenig prickelnden Unterricht bekommt Tom so gut wie gar nichts mit. Und von den Pausen genauso wenig. Sein Kopf ist einfach zu voll, kann nichts mehr aufnehmen. Immer wieder drängen sich die Ereignisse der letzten Nacht ins aktuelle Geschehen, Gerüche, Bilder, Geschmäcker ... Diese Nacht hat Tom zum verknalltesten Menschen der ganzen Welt gemacht. Überall taucht plötzlich Yvonne auf: in der Klasse vor ihm auf dem Tisch liegend, auf dem Korridor an der Wand lehnend, auf dem Schulhof zwischen anderen Mädchen ... Ihre Brüste, ihre Schultern, ihr Hals, ihr süßer Mund und das asymmetrische Grübchen in der Mitte ihres Kinns. Immer wieder muss Tom an dieses irre Gefühl denken, als er in ihr war, als er in dieser weichen, warmen

Grube versank. Endlich ist es so weit. Endlich ist er ein Mann. Aus dem Hinterhalt torpedieren jedoch andere Gedanken Toms Sehnsucht. Gedanken an Manson, an die immense Verantwortung, die er den Alten gegenüber hat. Tom würde die Sache mit Manson am liebsten aus seinem Leben ausradieren, damit nur noch Platz für Yvonne ist. Aber auch das sind Dinge, die einen Mann angehen. Ein Mann kneift nicht, schaut nicht einfach weg, wenn ihm was nicht in den Kram passt.

Tom wird die AG heute noch einweihen. Jenny wird genervt sein, keine Frage. Ihr Anliegen ist, in kurzer Zeit möglichst viel Geld zu verdienen, damit die Theaterspielerei weiterlaufen kann. Es wird sie ärgern, dass Tom wieder querschlagen und mit einer neuen Gräuelgeschichte aufwarten muss. Andererseits wird auch Jenny nicht wollen, dass Manson weiter sein Unwesen weitertreibt. Schließlich hat sie den toten Stanzick ebenfalls zu Gesicht bekommen. Und außerdem geht es ja auch noch um Maren, um ihre Großmutter und das viele Versicherungsgeld, das es für Maren zu retten gilt.

Jenny reagiert wie erwartet und holt zu einem vernichtenden verbalen Rundschlag gegen Tom aus, als dieser der AG am frühen Abend von seinen Befürchtungen erzählt und vor allem davon, dass sie Manson dringend im Auge behalten müssen.

Maren sitzt, schlafender Kleiner Bär im Arm, schweigend da und schaut Tom dankbar an. Er ist anscheinend der einzige Mensch auf der Welt, auf den sie im Moment bauen kann.

„Warum musst du eigentlich komplizierte Situationen immer noch komplizierter machen, als sie es eh schon sind?“, ereifert sich Jenny mit bühnenreifer Gestik und Mimik. „Warum kannst du die Kackhaufen dieser Welt nicht einfach mal übersehen?“

Mark grinst und Tom reibt sich verlegen die Nase. Er weiß,

dass es jetzt besser ist, die Klappe zu halten, bis Jenny wieder auf den Boden der Tatsachen zurückkommt. Erfahrungsgemäß müsste das in etwa drei Minuten der Fall sein. Tom schaut auf die Küchenuhr über der Spüle. Genau nach drei Minuten und fünfzehn Sekunden pflichtet Jenny Tom kleinlaut bei. „Sollte sich herausstellen, dass der Tod von Marens Großmutter nicht auf Selbstmord zurückzuführen ist, sondern auf Mord, ist Maren um 50.000 Euro reicher."

Tom, Mark und Annett nicken ernst. Sie sind sich der Tragweite von Toms Ausführungen mehr als bewusst.

„Ich bring den Kerl um", raunt Maren mit Totengräberstimme. „Oder ich lasse ihn umbringen, sobald ich das Geld in den Fingern habe." Dann verschwindet sie mit Kleiner Bär im Badezimmer, um ihm eine neue Windel zu verpassen.

Mark kratzt sich mit dem Kugelschreiber geräuschvoll am Kopf. „Noch ist ja nichts bewiesen", wendet er ein. „Außerdem, wie stellst du dir das eigentlich vor, Tom: die Alten warnen? Sollen wir hingehen und sagen, ‚Entschuldigen Sie, könnte sein, dass Sie demnächst von einem Krankenpfleger umgebracht werden, also passen Sie mal ein bisschen auf', oder was?"

Jenny steht abrupt von ihrem Stuhl auf und umrundet mit vor der Brust verschränkten Armen und kraus gezogener Denkerstirn den Küchentisch. „Ein Glück, dass deine Eltern nicht da sind, Maren", ist jedoch alles, was ihr einfällt.

Tom räuspert sich. „Wir könnten ihnen eine Geschichte verklickern, die sie misstrauisch macht, die sie vorsichtig werden lässt", greift er Marks Frage auf. Das müsste doch irgendwie hinzukriegen sein. Wir könnten zum Beispiel von einem Fall in einer anderen Stadt erzählen und sagen, dass sie den Täter noch nicht haben. Dass sie ihm aber auf der Spur sind."

„Klingt einleuchtend", räumt Jenny ein

„Und wie willst du Beweise gegen Manson finden? ", merkt

Mark mit Blick auf Tom an. „Die Toten sind bereits unter der Erde. Außerdem ist es in seinem Job doch völlig normal, dass Menschen sterben."

„Man müsste ihn auf frischer Tat ertappen", sagt Tom nachdenklich. „Auf frischer Tat ..."

11

Um 20 Uhr 55 Uhr klingelt Tom an Frau Böses Haustür. Eigentlich ist es schon zu spät für einen Überraschungsbesuch bei einer alten Dame, aber es gilt, keine Zeit mehr zu verlieren. Es steht einfach zu viel auf dem Spiel. Tom hat sein Fahrrad in der Innenstadt abgestellt und den Bus genommen. Er hatte keine Lust, sich bei Dunkelheit den rutschenden Autos auszusetzen. Von Krankenhäusern hat er nämlich fürs Erste genug.

Tom lauscht. In der Wohnung scheint sich was zu regen. Bis die Tür jedoch endlich geöffnet wird, hat Tom ausgiebig Zeit, das farbenfrohe, schleifengespickte Plastikblumengebinde vor seiner Nase zu bewundern. Ganze vier Minuten dauert es, bis Frau Böses Auge im Türspion erscheint. Hätte Tom nicht gewusst, dass sie schlecht zu Fuß ist, wäre er längst wieder gegangen. Wie oft ihr das wohl schon passiert sein mag?

Frau Böse ist freudig überrascht, Tom wiederzusehen. Mit ihm hatte sie nun wahrlich nicht gerechnet, schon gar nicht um diese Uhrzeit. Als Tom den zart rosa gestrichenen Korridor betritt, empfängt ihn der Duft von Bratkartoffeln und Wandfarbe. Offensichtlich ist die Wohnung gerade neu gestrichen worden. Frau Böse führt Tom stolz durch die farbenfroh gestalteten Zimmer. Das Wohnzimmer ist mit alten gediegenen Möbeln ausgestattet und erstrahlt in kräftigem Flieder. Die Wände der weißen Einbauküche sind lindgrün. Das Schlafzimmer lässt Frau Böse aus.

„Haben Sie das machen lassen, während Sie im Krankenhaus waren?“, fragt Tom, als ihm das meerblaue Badezimmer präsentiert wird.

Frau Böse nickt und bietet Tom einen Platz in einem der stattlichen maisgelben Polstersessel der Wohnstube an.

„Traf sich ja richtig gut, was?“

Frau Böse nickt nur stumm und macht sich an einer Vitrine mit Gläsern zu schaffen. Ob die Renoviererei etwa der eigentliche Anlass für ihren Krankenhausaufenthalt war?, überlegt Tom. Das würde jedenfalls erklären, warum sie fast alle Untersuchungen hartnäckig abgelehnt hat. Warum sollte sie sich auch grundlos quälen lassen? Frau Böse scheint zu ahnen, was in Toms Kopf vorgeht.

„Ich wusste mir keine andere Lösung", beichtet sie kleinlaut, als sie zwei Saftgläser auf den Couchtisch stellt. „Wo sollte ich denn hin während der Arbeiten hier? Ich hab aber versucht, die Kosten für die Kasse so gering wie möglich zu halten."

Tom lacht und legt freundschaftlich seine Hand auf Frau Böses Unterarm.

„Ist doch in Ordnung. Hat doch gut geklappt mit den geringen Kosten. Für alle Seiten meine ich. Waren die Schmerzen wenigstens echt?"

Frau Böse schüttelt zerknirscht den Kopf.

„Und was haben Sie mit den ganzen Schmerztropfen gemacht? Weggeschüttet?"

Frau Böse erhebt sich schwerfällig und schlurft in die Küche. Mit einer Flasche Orangenlimonade kommt sie zurück. Dann rückt sie ihr grün bedrucktes Hauskleid zurecht, bis die Knopfleiste exakt auf Busenmitte liegt, und lässt sich in einen mit Kissen ausgepolsterten Sessel am Kopfende des Tisches plumpsen.

„Meine Schmerztropfen hab ich der Hanna gegeben. Meiner Freundin aus der zweiundzwanzig. Die hat sie sich so gequält mit ihrem Bauch. Ich konnte das einfach nicht mit ansehen. Ich hab dem Manni so oft gesagt, dass Hanna noch Schmerzen hat." Frau Böse wischt mit dem Handrücken über ihre plötzlich nassen Augenwinkel. „Ich hab's ihm immer wieder gesagt. Und weißt du, was er einmal geantwortet hat? Ob ich die Hanna drogenabhängig machen will, hat er mich gefragt. Drogenabhängig!

Als ob das bei einer todkranken Frau noch eine Rolle spielt! Meine Tropfen haben Hanna jedenfalls immer geholfen. Manchmal habe ich sogar gedacht, dass Manni ihr gar nichts gegeben hat. Dass er nur so getan hat, als ob."

Frau Böses Worte schlagen in Tom ein wie eine Bombe. Auf die Idee, dass Manni Schmerzmittelgaben nur vorgetäuscht haben könnte, ist er selbst noch gar nicht gekommen. Wenn das stimmt, hat er Patienten wissentlich leiden lassen. Nora und alle anderen auch. Dann ist Krankenpfleger Manni ein schäbiger Sadist! Tom spürt kalte Wut in sich aufsteigen. Das Schwein lässt Leute leiden und geilt sich daran auf ... Nicht auszudenken. Pervers ist das! Tom ist fassungslos. Von wegen drogenabhängig machen! Und Nora hat es immer auf ihren Stoffwechsel geschoben, dass die Spritzen morgens bei ihr nicht wirkten. Nachmittags hatte sie ja nie Probleme. Aber da hatte Manni ja auch selten Dienst. Tom lässt seinen Kopf stöhnend in die Hände sinken. Dass er es jetzt auch noch mit einem perversen Pfleger aufnehmen muss, hat ihm gerade noch gefehlt ...

Frau Böse schaut Tom besorgt an. „Was ist los, mein Junge?"

„Ich wollte Ihnen eigentlich auch was sagen", gesteht Tom und kommt auf den eigentlichen Grund seines Besuchs zu sprechen. Frau Böse hebt fragend die Augenbrauen. „Ich habe eine ziemlich große Bitte an Sie."

Frau Böse stellt ihr Limoglas bedächtig auf den mit Kunstblumen geschmückten Couchtisch zurück. „Muss ja was richtig Wichtiges sein. Ich habe mich schon gewundert, was dich so spät am Abend zu mir bringt."

Tom starrt Frau Böse an, als ob er plötzlich vergessen habe, was er sagen wollte.

„Dich scheint ja mächtig was zu bedrücken. Hat es mit eurem Lieferservice zu tun? Reichen die Kunden nicht?"

„Ich habe den Verdacht, dass drei Todesfälle, die in letzter

Zeit passiert sind, nicht mit rechten Dingen zugehen", fällt Tom nun mit der Tür ins Haus. Dann erzählt er von Frau Kauer, von Marens Großmutter, ihrem vermeintlichen Suizid und von Herrn Stanzick. Er berichtet, dass alle drei von einem Tag auf den anderen das Zeitliche gesegnet haben und dass alle von einem Pfleger namens Manson betreut wurden. Frau Böse hört aufmerksam zu.

„Ich habe Manson erst vor kurzem getroffen", ereifert sich Tom. „Als wir ausgeliefert haben. Ein komischer Vogel ist er schon, aber böse? Das würde man erst mal gar nicht von ihm denken. Witzig ist, dass alle Frauen auf ihn abfahren, obwohl er schwul ist."

„Schwul? Ach so, das ist ein anderer Begriff für ..." Frau Böse lehnt sich skeptisch in ihrem Sessel zurück. „Und warum erzählst du mir das alles? Da fehlt doch noch was ..."

„Ich will herausfinden, ob Manson ein Mörder ist. Will ihn in eine Falle locken."

„Und dafür brauchst du mich als Köder", trifft Frau Böse den Nagel auf den Kopf.

Zerknirscht fährt sich Tom mit beiden Händen durch die Haare. „Glaubst du etwa, dass ich lebensmüde bin?"

Tom schüttelt den Kopf.

„Und vor allem – hältst du mich für so mutig?"

„Wenn nicht du, wer dann?", rutscht es Tom heraus.

„Gut, dass du endlich Du sagst", erklärt Frau Böse lachend und reicht Tom die Hand. „Ich heiße Bendine."

„Ich hab mir das so gedacht...", fährt Tom angespannt fort, als er sich aus dem Sessel schält. „Allerdings muss ich dir gleich sagen, dass die Sache nicht ganz ungefährlich ist. Aber ich brauche was Stichfestes für die Kripo ...! Sonst wird Manson nur gewarnt und man kommt ihm nie auf die Schliche. Ich hab da so meine Erfahrungen. Vertraust du mir?"

„Bisher besteht dazu noch kein Grund. Also, was willst du von mir?"

Tom atmet tief durch und setzt sich neben Bendine auf die Armlehne. „Ich möchte, dass du dir diesen Manson mal genauer anschaust. Mit meiner Hilfe, versteht sich. Ich dachte, du könntest ihn vielleicht als Pfleger engagieren, und dann sehen wir, was passiert ..."

„Ob er mich auch umbringt, oder was?" Bendine ist ernsthaft entrüstet.

„Quatsch. So weit wird es natürlich nicht kommen."

„Wie weit denn, wenn ich fragen darf?" Bendine nimmt Haltung an und demonstriert Abwehr.

„Das weiß ich eben selber nicht", antwortet Tom gequält und trinkt ohne abzusetzen seine Limo aus. Dann setzt er sich wieder in seinen Sessel schräg gegenüber von Bendine.

„Es sieht ganz danach aus, dass Manson bei Marens Oma Geld abgezogen hat. Dreitausend Euro sind spurlos verschwunden. Ich nehme an, sie hat Manson für irgendeine Anschaffung Bargeld in die Hand gedrückt. Ein Teil ihres Schmucks ist auch verschwunden."

Frau Böse schluckt.

„Du sollst natürlich niemals mit Manson allein sein", beeilt sich Tom hinzuzufügen. „Ist doch klar, dass ich immer bei dir bin, wenn du Manson in deine Wohnung lässt. Ich werd mich hier irgendwo verstecken."

Frau Böses Gesicht entspannt sich ein wenig und sie beugt sich leicht nach vorne. „In der Besenkammer oder hinter der Gardine? Also, lieber Tom, die Sache ist mir nicht geheuer. Ich finde, das ist Angelegenheit der Polizei."

„Sobald ich den kleinsten Beweis in der Hand habe, wird sofort die Kripo informiert. Ehrenwort. Aber es gibt noch nichts, womit man ihn dingfest machen könnte. Überleg doch mal, was da dranhängt, Bendine. Wenn keiner dem Kerl auf die Schliche kommt, kann er ungestört weiter Leute um die Ecke bringen.“

Tom streicht nervös ein paar Haarsträhnen aus seiner Stirn. Wenn Bendine nicht mitmacht, weiß er auch nicht weiter.

„Gut, sagen wir mal, ich mache mit. Erst mal. Unter der Bedingung, dass ich wirklich nie mit diesem Kerl allein sein muss. Falls der Mensen nicht in Ordnung ist, muss man ihm natürlich das Handwerk legen. Allerdings, was soll das denn für eine Falle sein? Der Mensen ist doch bestimmt nicht blöd.“

„Das wird sich alles zeigen, Bendine. Das weiß ich auch noch nicht so genau. Am besten, du lockst ihn erst mal hierher und dann sehen wir weiter. Vielleicht nimmt er ja auch gar keine Kunden mehr an. Dann ist die Sache von Vornherein schon geplatzt.“

Tom schaut auf seine Armbanduhr. „Zweiundzwanzig Uhr schon.“

Er zieht Mansons Visitenkarte aus der Hosentasche und schnippt sie auf Bendines Couchtisch.

„Und was ist mit der Bezahlung?“, will Bendine nun wissen. „Der will doch bestimmt Geld. Und Geld hab ich weiß Gott nicht.“

Auch das noch, stöhnt Tom im Geiste. „Bezahlt das nicht die Krankenkasse?“

Bendine zieht abschätzend die Mundwinkel nach unten. „Kann schon sein.“

„Ruf doch mal bei ihm an und erzähl was von Schmerzen.“

„Dafür muss aber kein Pfleger kommen.“

„Oder – frag doch einfach Manson. Der muss das doch wissen. Mal sehen, was er dazu sagt. Am besten sofort. So spät am Abend klingt das richtig nach Notruf. Nach allein stehender, hilfloser Frau. Kannst ihm ja sagen, du hättest seine Nummer von einem Bekannten bekommen.“

„Und wenn er den Namen wissen will?“

„Dann sagst du einfach Müller oder so.“

Bendine greift unwillig zum portablen Telefon, das neben einer Plastiknarzisse in der Mitte des Tisches liegt, und tippt Mansons Privatnummer ein. „Hallo? Hallo, spreche ich mit Herrn Mensen? Ja, ich warte.“

„War jemand anders dran“, flüstert Frau Böse bei zugehaltener Sprechmuschel. „Herr Mensen? Ein Bekannter hat mir Ihre Telefonnummer gegeben. Ich komme nicht mehr alleine zurecht. Die Hüfte, wissen Sie. Ich habe solche Schmerzen. Es wäre eine große Hilfe für mich, wenn Sie ab und zu mal bei mir vorbeikommen könnten. Sie sind doch vom Fach, nicht?“

Bendine klingt plötzlich dermaßen hilflos, dass Tom glatt Mitleid bekommt.

„Dem Hausarzt Bescheid sagen, mmh. Ja, vielleicht wäre das auch eine Möglichkeit. Ja, das können wir tun. Was, morgen schon?“

Bendine schaut Tom mit erschrockenen Augen an. Tom kritzelt schnell *ab 15 Uhr* auf ein Kreuzworträtselheft und schiebt es Bendine zu.

„Am Nachmittag wäre es mir recht, ab fünfzehn Uhr.“

Tom nickt heftig zustimmend.

„Ja, gut. Dann bis morgen. Auf Wiederhören.“

Bendine legt auf und schaut Tom mit leerem Blick an.

„Du warst super, Bendine.“

„Und wie soll das morgen vonstatten gehen?“, fragt Bendine, während sie ein Kissen in ihrem Rücken zurechtklopft.

Tom tippt sich mit dem Zeigefinger auf die Nasenspitze.

„Wir müssen irgendwie herausfinden, ob der Typ korrekt ist, oder nicht. Wir müssen ihn locken, am besten mit Geld. Wir sagen, dass der Fernseher spinnt, oder so, und dass du einen neuen brauchst. Mal sehen, wie er darauf reagiert. Ob er dir einen besorgen will und ob er versucht, Bargeld locker zu machen, wenn du per Überweisung zahlen willst. Und dann würde mich interessieren, wie er reagiert, wenn du über Schmerzen klagst."

Frau Böse wird nachdenklich. „Normalerweise würde ich ja bei Schmerzen einen Arzt verständigen und einen Fernseher würde ich telefonisch bestellen. Bei Platzeck, hier am Ort. Der ist ein guter Fachhändler."

„Erzähl das doch genauso dem Manson. Mal sehn, ob er dich davon abbringen will. Das wäre doch schon auffällig, oder?"

Bendine nickt.

„Und wo willst du dich verstecken, Tom?"

Tom schaut sich suchend um. „Nebenan ist dein Schlafzimmer?"

„Mein Schlafzimmer bleibt außen vor", antwortet Frau Böse knapp und hält sich an ihrem Glas fest.

„Ich stelle mich doch nur hinter die Tür!", lenkt Tom beschwichtigend ein. „Das ist einfach der nächste Raum. Von da kann ich alles hören und wenn was ist, bin ich sofort bei dir."

„Mein Schlafzimmer hat seit dreißig Jahren kein Mann mehr betreten. Außer der Maler neulich", räumt Bendine der Ehrlichkeit halber ein.

„Du willst mich doch wohl nicht schon als Mann bezeichnen?", fragt Tom neckend.

Frau Böse legt den Kopf schräg und mustert Tom mit den Augen einer lebenserfahrenen Frau. „Na, so grade eben vielleicht. Wenn ich so drüber nachdenke, Tom, du hast Recht. Genauso machen wir es."

Kurz nach dreiundzwanzig Uhr kommt Tom zu Hause in der Remise an. Er hatte gerade noch den letzten Bus erwischt und den Rest des Weges aus eigener Muskelkraft zurückgelegt. Die Lasagne im Ofen ist kalt. Nora scheint auf ihn gewartet zu haben, jedenfalls ist das Nudelgericht noch unangerührt. Nora liegt trällernd in der Badewanne und die ganze Wohnung duftet nach Badezusatz. Tom lauscht ein paar Sekunden den schiefen Melodien seiner Mutter und spürt eine Woge des Glücks in sich aufsteigen. Der Unfall hat alles irgendwie kostbarer gemacht. Alles, was mit Nora zu tun hat. Es hätte schließlich auch anders kommen können. So, dass Nora nie mehr hätte trällern können …

„Ma?", fragt Tom durch die verschlossene Badezimmertür.

„Ja, mein Herzblatt?"

Tom verzieht das Gesicht, als hätte er in eine Zitrone gebissen. Herzblatt muss ja nun wirklich nicht sein.

„Hat jemand für mich angerufen, Ma?"

„Nein! Leider nicht! … Ist sie süß?"

Tom öffnet die Badezimmertür einen Spalt und lugt hinein. Nora schwelgt in Schaum, auf dem Badewannenrand eine Tüte Gummibärchen und zwei Kerzen.

„Sie ist mehr als süß, Ma. Sie ist gipfelmäßig."

Nora nickt. Eine Spur zu ernst für Toms Geschmack. Tom schluckt. „Soll ich die Lasagne noch mal warm machen?"

„Von mir aus. Bin gleich fertig. Reichen dir zehn Minuten zum Telefonieren?"

Tom schüttelt grinsend den Kopf.

„Zwanzig?"

„Okay."

Leider ist es nur Yvonnes Anrufbeantworter, der Tom eine Minute später ins Ohr quakt. Spontan wählt er die Nummer der Station und hat sofort Manni an der Strippe. Tom sagt nichts und unterbricht die Verbindung. Nachtschicht hat Yvonne also nicht.

Nach einem opulenten Mahl und einem innigen Gespräch über die Liebe fällt Tom todmüde ins Bett.

Am nächsten Tag trifft sich die Belegschaft von *Rolling Home* gleich nach der Schule bei Zilly. Benno war beim Frisör und hat seine Haare à la Manson mit einem glänzenden Zeug gestylt. Auch sonst sieht er ziemlich affig aus mit seinem beigefarbenen Jackett, der grün schimmernden Baseball-Jacke und der Bügelfalten-Jeans. Jenny hat ihr rote Pudelmütze bis unter die Augenbrauen in ihr ausnahmsweise ungeschminktes Gesicht gezogen, Annett scheint ihre Tage zu haben und verbreitet schlechte Laune und Mark blättert gelangweilt in einem Schinken über den Nahen Osten, den er zu Recherchezwecken aus der Schulbibliothek geliehen hat.

Noch bevor Tom die Neuigkeiten mit Frau Böse zum Besten geben kann, verkündet Benno, dass er keinen Bock mehr auf die dämliche Fahrerei hat.

„Was? Du willst uns doch wohl nicht schon hängen lassen?“, braust Jenny auf. „Echt übel.“ Sie zieht ihre Pudelmütze vom Kopf und sieht aus wie ein gerupftes Huhn.

„Was heißt hier *schon*? Bis es läuft, war abgemacht. Die Sache ist super angelaufen. Ich hab meinen Job also gemacht.“

Als Jenny mit drei Pfefferminztee vom Tresen zurückkommt, lässt Mark sein Buch verschwinden und fördert stattdessen eine Liste zu Tage.

„Die hat Maren heute Morgen gemailt. Sieht wirklich ganz gut aus“, bestätigt Mark Bennos Worte. „Mit zehn Kunden haben wir angefangen, jetzt sind es schon dreiundzwanzig. Und jetzt ratet mal, wie viele Leute in den letzten zwei Tagen unsere Flyer angefordert haben? Na?“

„Acht“, rät Benno gedehnt und schnipst eine Fluse vom Ärmel seines Jacketts.

„Falsch.“

„Zwölf“, versucht Tom sein Glück.

„Falsch.“

„Mehr oder weniger?“, fragt Annett und schlürft mit gesenktem Kopf den Tee vom Tassenrand ohne die Tasse anzuheben.

„Mehr.“

„Achtzehn?“

Mark nickt. „Stark, was? Die reinste Kettenreaktion ist das. Ich frag mich nur, wo unsere Grenzen sind. Ich meine, irgendwo muss Schluss sein, zahlenmäßig. „*Unsere* Grenzen?“, mischt Benno sich ein. „*Meine* Grenze ist erreicht.“

„Die Pommes sind fertig“, ruft Zilly in die plötzlich eintretende Stille. Tom steht derart energisch auf, dass sein Stuhl nach hinten wegkippt.

„Ich schlage vor, wir beliefern rund um Großenkneten“, beantwortet er Marks Frage, als er mit Pommes beladen an den Tisch zurückkommt. Mark beobachtet gerade ein weibliches Wesen, das sich draußen am Fahrradständer zu schaffen macht. Er ist wie weggetreten.

„Akuter Notstand, was?“, fragt Benno und haut Mark kumpelhaft auf die Schulter.

Die Frauen verdrehen die Augen. „Da sind auch zwei Anfragen aus Cloppenburg“, meldet sich Mark unvermittelt zurück. „Mit reinnehmen“, beschließt Jenny. „In Cloppenburg kenn ich mich aus. Die paar Minuten Fahrtzeit machen keinen großen Unterschied.“

„Okay, Leute, ich geh dann.“ Benno erhebt sich und streicht sein Jacket glatt.

„Mann, Benno“, bettelt Jenny und klebt ihre rehbraunen Augen an die blassgrünen von Benno. „Nur noch eine Woche, okay? Irgendwann machen wir das wieder gut. Versprochen.“

Ein Blick auf die gelblich verschossene Plastikuhr über der Friteuse lässt Tom unruhig werden. Es ist vierzehn Uhr. Spätestens vierzehn Uhr dreißig muss er bei Bendine sein. Manson könnte ja auch früher bei ihr eintreffen. In fünf Minuten fährt sein Bus von der anderen Seite des Marktplatzes ab.

„Ich muss auch los."

Mark und Jenny sehen sich entgeistert an.

Tom streift seine Daunenjacke über und hat Benno in drei Sätzen eingeholt. Die anderen beobachten, wie er Benno was ins Ohr flüstert.

„Alles klar?", fragt er dann laut.

Benno nickt verkniffen.

Tom dreht sich schnell noch mal um, bevor er mit Benno den Raum verlässt. „Benno liefert weiter. Keine Sorge, Leute."

Als Tom die Treppen zu Bendines Wohnung hochhechtet, sitzt Bendine bereits seit zehn Minuten auf einem Hocker neben der Tür und wartet. Als Tom klingelt, öffnet sie postwendend die Tür. Tom erschrickt, denn er hatte sich auf eine längere Wartezeit eingestellt. Im Korridor duftet es nach Kaffee, den Tom im Moment auch gut gebrauchen kann. Bendine ist nervös. Ihre Hand zittert ein wenig, als sie die Kaffeekanne vom Couchtisch aufnimmt und Tom einschenkt. Sie hat einen dunkelblauen Rock und eine hellblaue Bluse angezogen und ist sorgfältig frisiert. Zehn Minuten haben sie noch, falls Manson pünktlich sein sollte.

„Ich weiß gar nicht, was ich gleich sagen soll. Hoffentlich verpatz ich nicht alles."

„Du machst das schon. Erzähl ihm einfach was von Hüftschmerzen und dem Fernseher, den du kaufen willst, oder frag ihn nach der Kostenübernahme. Das reicht schon fürs Erste. Mal sehen, wie er reagiert."

„Es ist drei vor drei", verkündet Bendine düster, als liefe der Countdown zum Weltuntergang.

Tom trinkt hastig seinen letzten Schluck Kaffee aus, stellt die leere Tasse in der Küche ab und verschwindet mit einem wenig überzeugenden Augenzwinkern in Bendines Schlafzimmer.

Bendine begibt sich schweren Schrittes auf ihr Höckerchen neben der Tür in Warteposition.

Fünf nach drei erscheint Manson. Wie geplant bittet Bendine ihn ins Wohnzimmer und lässt ihn in dem Sessel, wo kurz zuvor noch Tom gesessen hat, Platz nehmen. Bis zur Schlafzimmertür sind es maximal drei Meter. Tom steht reglos hinter der weiß gestrichenen Tür und spitzt die Ohren. Falls Manson aus irgendeinem Grund auf die Idee kommen sollte, Bendines Schlafzimmer zu betreten, muss er unverzüglich in ihr jungfräuliches Bett hechten und sich schlafend stellen. Eine andere Bettstatt wäre ihm allerdings wesentlich lieber … Aber daran darf er jetzt nicht einmal denken, was ihm auch nicht schwer fallen dürfte, da Bendines Schlafkemenate nicht gerade durch erotischen Charme besticht. Eher unbehaglich ist sie mit den schweren braunen Holzmöbeln. Fehlt nur noch eine Christusfigur über dem Bett. Aber religiös scheint Bendine nicht zu sein.

Tom hört auf der anderen Seite der Tür, wie Bendine Manson Kaffee anbietet. Manson spricht allerdings so leise, dass Tom ihn kaum verstehen kann.

„Könnten Sie vielleicht etwas lauter sprechen, Herr Mensen. Ich höre schlecht."

Tom presst die Hand vor den Mund um jedes Atemgeräusch zu ersticken. Bendine ist einfach klasse. Mimt mit Bravour das hilflose alte Mütterlein. Eine wie sie könnten sie noch gut in der Theater-AG gebrauchen.

Ganz nebenbei lässt Bendine jetzt einfließen, dass sie glücklicherweise über eine passable Rente verfüge, woraufhin Manson prompt vorschlägt, sie privat zu versorgen. Das sei durchaus von Vorteil für sie. Sie könne ihn dann jederzeit anrufen, sogar nachts, und er könne auch Dinge für sie erledigen, die außerhalb des Üblichen lägen. Einkäufe und so weiter. Oder auch mal mit ihr ins Kino gehen, falls das alleine nicht mehr klappen sollte. Dann erzählt Bendine von der geplanten Anschaffung eines neuen Fernsehgerätes. Der Platzeck am Ort sei ein guter Fachhändler, dem man wirklich vertrauen könne. Manson legt Bendine nahe, trotzdem ein paar Preisvergleiche bei anderen Händlern zu unternehmen. Nicht selten gäbe es nämlich Sonderangebote und ordentliche Rabatte bei Barzahlungen.

„Meinen Sie wirklich?“, reagiert Bendine überrascht. Und Manson verspricht, sich so bald wie möglich darum zu kümmern.

Nach zwanzig Minuten hebt Manson an, sich zu verabschieden. Frau Böse verspricht, sich das mit der Privatversorgung zu überlegen, und erkundigt sich zaghaft nach dem Stundenlohn, den er sich vorstelle. Diese Frage hatte sie bis zum Schluss vor sich hergeschoben. Manson weicht einer konkreten Antwort aus. Man werde sich schon irgendwie einigen, darüber brauche sie sich keine Sorgen zu machen. Das Gespräch plätschert noch ein bisschen dahin, dann verabschieden sich die beiden. Bendine bedankt sich artig für den Besuch und Manson bittet Bendine, sich keinerlei Umstände zu machen und sitzen zu bleiben. Er finde den Weg hinaus schon alleine. Tom hört das Schnappen der Wohnungstür, verharrt jedoch noch so lange in seinem Versteck, bis Bendine die Schlafzimmertür öffnet.

„Super!“, platzt Tom begeistert los und nimmt die überraschte Bendine in die Arme. „An dir ist echt ’ne Schauspielerin verloren gegangen!“

Alle Anspannung fällt nun von Bendine ab und sie lässt sich erschöpft in ihren Sessel sacken, eine Hand schützend auf die Herzgegend gelegt. Tom hält erschrocken die Luft an. Die Möglichkeit, dass die Aufregung für Bendine zu belastend sein könnte, hatte er gar nicht bedacht.

„Geht’s dir nicht gut?“, fragt Tom besorgt.

„Doch, doch“, wiegelt Bendine ab und stopft umständlich ein weiteres Kissen in ihren Rücken.

„Ich muss dir ehrlich sagen, Tom, ich glaube, ich hätte vollstes Vertrauen zu dem Menschen. Er ist ein höflicher Mensch und macht einen zuverlässigen Eindruck. Aber er hat so merkwürdig unruhige Augen. Ist dir das auch schon aufgefallen?"

Tom nickt. „So was gibt's manchmal."

„Und dann zupfte er ständig an seiner Nase herum. Wahrscheinlich ist er überarbeitet. Ist ja auch kein leichter Beruf."

„Wahrlich nicht", bestätigt Tom. „Ist doch auffällig, wie er gleich von Barzahlung angefangen hat, als du von dem Fernseher gesprochen hast. Oder wie hellhörig er wurde bei deinen Hüftschmerzen. Findest du nicht? Er wollte ganz genau wissen, ob du Medikamente nimmst, ob du herzkrank bist ..."

„Ich fand den Mensen total normal", nimmt Bendine Manson in Schutz. „Er wollte ja sogar wissen, wer meine Hausärztin ist, um sich mit ihr in Verbindung zu setzen. Ich weiß nicht, aber ein Verbrecher scheint er mir nicht zu sein."

„Wir müssen jetzt trotzdem dranbleiben, Bendine", reagiert Tom heftig. „Wir müssen ihn locken, sehen, was weiter passiert. Marens Großmutter hatte dreitausend Euro abgehoben. Kurz vor ihrem Tod. Das Geld ist nirgendwo mehr aufgetaucht!"

Bendine bittet Tom, ein bisschen Obst aus der Küche zu holen.

„Weißt du, was ich wirklich gut gebrauchen könnte?", sagt Bendine, als Tom mit vier Bananen zurückkommt. „Ein Elektromobil, so ein Wägelchen mit dem man auf Gehwegen fahren kann und im Supermarkt. Das wäre genau das Richtige für mich. Dann wäre ich wieder mobil. In Oldenburg gibt es ein Geschäft dafür, das hat mir eine Bekannte neulich erzählt. Allerdings kostet so ein Ding eine Menge Geld. Und woher nehmen und nicht stehlen?"

„Ich denke, du hast so eine super Rente?", flappst Tom.

Bendine macht eine wegwerfende Handbewegung.

„Spaß beiseite. Dann spann Manson doch dafür ein. Das passt

doch prima. Am besten du rufst ihn heute noch an. Vielleicht kann er ja Prospekte besorgen. Dann habt ihr gleich ein Thema fürs nächste Treffen ...“

12

Als Tom am frühen Abend die heimische Küche betritt, liegt eine Nachricht von Nora unter der Zuckerdose. Sie sei mit einer Freundin unterwegs und es könne später werden. Tom stellt Brot, Käse und ein Glas gefüllter Oliven auf den Tisch und lässt es sich erst einmal schmecken. Dann hängt er sich vor den Fernseher, um zu entspannen. Mit der Entspannung meldet sich prompt das süße Kinngrübchen zurück, das er zwischendurch immer wieder vermisst hat. Yvonne hat sich bisher leider noch nicht gemeldet. Das hätte Nora garantiert erwähnt. Die Zeit, die seit dem vorgestrigen Abend vergangen ist, kommt Tom vor wie eine Ewigkeit. Zeit ohne Yvonne. Was, wenn sie es sich anders überlegt hat. Wenn sie doch nichts mehr von ihm wissen will? Wenn er nur ein One-Night-Stand für sie war? Wenn sie ihn plötzlich wegen seiner Unerfahrenheit belächelt oder wenn da noch jemand anders ist? Wenn sie in den Armen von so einem Arztschönling dahinschmilzt? Die Kerle schnappen sich doch immer gleich die süßesten Schwestern. Das sieht man doch jeden Tag im Fernsehen. Und süß ist Yvonne. Verdammt süß sogar. Tom springt auf, wählt Yvonnes Nummer und meldet sich per Anrufbeantworter für den Abend an.

„Ich bin bei einem Freund ganz in deiner Nähe und komm danach mal kurz bei dir vorbei“, flunkert Tom. Dann trabt er in die Küche und belegt drei weitere Scheiben Brot mit Butter, Gouda und Salami. Obendrauf kleckert er eine dicke Schicht Senf.

Mit einsetzender Sättigung seines Magens gewinnt Tom so etwas wie eine optimistische Grundhaltung zurück. Eigentlich hat er keinen Grund zu klagen: Nora ist wieder auf den Beinen, der Lieferservice floriert, der Köder für Manson ist ausgelegt und die Sache mit Yvonne wird er auch schon schaukeln. Allerdings ist Tom bei Mansons Auftritt in Bendines Wohnung in ganzer Tragweite bewusst geworden, dass er sich auf eine verdammt gefährliche Gratwanderung eingelassen hat … Er muss höllisch aufpassen, den Stein, den er ins Rollen gebracht hat, noch rechtzeitig zu stoppen, bevor er außer Kontrolle gerät.

Ab neunzehn Uhr dreißig widmet sich Tom ausgiebig der Körperpflege, dann macht er sich auf den Weg zu Yvonne. Er will die ganze Strecke mit dem Rad zurückzulegen, um von öffentlichen Verkehrsmitteln unabhängig zu sein. Als Tom das Haus verlässt, fängt es in dicken Flocken an zu schneien. Die weißen Glitzerkristalle stieben kreuz und quer durch den nur schwach beleuchteten Innenhof. Tom öffnet laut fluchend die sperrige Schuppentür, als er hinter seinem Rücken Autogeräusche vernimmt. Es ist Nora.

„Was, so spät noch auf Achse? Sehen wir uns heute noch, Tom?"

Tom zuckt mit ratlos vorgestülpter Unterlippe die Schultern und Nora versteht auf Anhieb. Sie streift mit ihrer Hand Toms Schulter und verschwindet mit einem Wird-schon-klappen-Blick im Haus. Tom ist froh, dass Nora nicht weiter nachfragt, und macht sich daran, sein Fahrrad rückwärts aus dem Schuppen zu bugsieren.

Plötzlich wird er von hinten gepackt und brutal in den Schwitzkasten genommen. Tom stöhnt laut auf und geht vor Schmerz fast in die Knie. Eine Sekunde ist er wie gelähmt, dann rammt er mit voller Kraft seinen Ellenbogen nach hinten, um sich zu befreien. Der Schlag geht ins Leere. In der nächsten Sekunde werden seine Handgelenke wie von Schraubzwingen gehalten und zusammengeschnürt. In dem Bretterverschlag ist es stockdunkel. Tom windet sich und versucht, sich loszureißen, als er im nächsten Moment gewaltsam zu Boden gedrückt wird.

„Scheiße! Aufhören!", presst Tom gerade noch hervor, ehe Mund und Augen unter einer festen Schicht Klebeband verschwinden. In panischer Angst bäumt Tom sich gegen den Angreifer auf. Es geht ihm ernsthaft an den Kragen! Jetzt macht Manson ihn kalt! Toms Magen krampft sich zusammen, er knickt ein und landet unsanft auf den Knien. Dann spürt er, wie brennender Mageninhalt in Rachen und Nase aufsteigt und ihm den Atem nimmt. Tom reißt den Kopf herum, würgt und stöhnt und ist kurz vor einer Ohnmacht, als ihm der Kunststofffilm abrupt wieder vom Kopf gerissen wird. Tom stürzt auf die rechte Schulter, übergibt sich und ringt zugleich nach Atem wie ein Ertrinkender. Das Erstickungsgefühl lässt jedoch nicht nach und Tom spürt, wie ihm erneut die Sinne schwinden und seine Umgebung immer weicher und weiter wird. Tom wünscht sich sogar, in Ohnmacht zu fallen, damit alles endlich aufhört … Dann, unerwartet, fühlt er sich allmählich besser. Tom hustet und atmet. Endlich! Dürftig erhellt das Licht, das von der Außenbeleuchtung durch die Ritzen fällt, den Schuppen. Tom ist allein. Er krümmt sich ächzend am Boden und kommt schließlich mit auf dem Rücken gefesselten Händen zum Sitzen. Sein Magen schmerzt von den heftigen Konvulsionen, sein Mund schmeckt nach Kotze und das Schultergelenk schmerzt, als sei es ausgekugelt. Tom rappelt sich auf und tappt mit schmerzgebeugtem Oberkörper im Schuppen herum, bis er eine rostige Säge entdeckt, die seitlich an der Schuppenwand hängt. Tom presst ihre Zähne zwischen seine zusammengeschnürten Handgelenke und bewegt sie vorsichtig hin und her. Als die Kunststofffessel nach einigen Minuten plötzlich unerwartet reißt, knallt Tom mit voller Wucht gegen die Bretterwand. Jetzt auf keinen Fall die Besinnung verlieren, rast es ihm durch den Kopf. Ich würde erfrieren bei der Kälte.

Da hört Tom Schritte auf der Remisentreppe. Nora! Einen Moment ist er versucht, sie um Hilfe zu rufen. Dann zieht er geistesgegenwärtig die Schuppentür hinter sich zu. Nora verlässt das Haus, startet den Wagen und fährt davon. Ein Glück, dass sie ihn nicht gesehen hat, so von oben bis unten voll gekotzt. Und was für ein Glück, dass er allein in der Wohnung sein wird und sich unbeobachtet in einen optischen Normalzustand zurückversetzen kann.

Mit weichen Knien schleppt Tom sich zur Haustür. Das Schneetreiben ist stärker geworden und ein, zwei Flocken heften sich keck an seine Wimpern. Wenige Minuten später salutiert Tom vor dem Bullauge der Waschmaschine, hinter dem in Seifenlauge seine Klamotten kreisen. Als Tom zum zweiten Mal an diesem Abend aus der Dusche klettert und einen kritischen Blick in den Spiegel wirft, sieht er erstaunlicherweise aus wie immer. Er hatte mindestens mit einer haarlosen Schneise in Ohrenhöhe gerechnet. Rein äußerlich hat der Zusammenprall im Schuppen keinerlei auffällige Spuren hinterlassen. Bleibt nur die große Frage, was das Ganze zu bedeuten hat. Manson hätte ihn mit Leichtigkeit ins Jenseits befördern können. Nicht einmal die Finger hätte er sich schmutzig machen müssen, er hätte Tom an seinem eigenen Erbrochenen elegant ersticken lassen können. Aber offensichtlich wollte Manson Tom nicht umbringen. Im Gegenteil. Als er sah, dass die Sache für Tom gefährlich wurde, hat er ihn schleunigst aus seiner schrecklichen Lage befreit. Was wollte der Typ dann von ihm? War es am Ende gar nicht Manson? War es ein ganz banaler Einbrecher, dem Tom in die Quere geraten war? Aber der müsste doch das Licht in der Wohnung gesehen haben! Er müsste mitbekommen haben, wie Nora nach Hause gekommen ist! Tom ist nur froh, dass es nicht Nora erwischt hat. Das wäre eine Katastrophe gewesen, so kurz nach ihrem Unfall.

Tom lässt es ruhig angehen, als er sich ein zweites Mal auf den Weg zu seinem Rendezvous begibt. Der gemächliche Schwung der Räder zieht lange dünne Schlangen in den Schnee. Toms blutig geschabte Handgelenke schmerzen immer noch und seine Schulter auch. Die Armkugel scheint jedoch fest im Gelenk zu sitzen und nur ein bisschen überdehnt zu sein. Kalte Luft streift Toms Gesicht und tut seinen Lungen gut. Und plötzlich erscheint ihm der schreckliche Überfall total irreal. War das alles eben wirklich passiert? Eine merkwürdige Verbindung war zwischen ihm und dem Täter entstanden, der sein Leben zuerst in Gefahr gebracht und dann gerettet hat. Tom muss unbedingt herausfinden, wer es war!

Sobald es hell ist, wird er nach Spuren suchen. Gleich morgen früh.

Als Tom endlich die Stadt erreicht, erstrahlt mit den Lichtern der Vorweihnachtszeit auch seine Vorfreude auf Yvonne. Die Lichterketten und blinkenden Sterne nehmen sich so arglos und friedlich aus, dass Tom sie mit den grässlichen Ereignissen des Abends kaum in Einklang bringen kann. Ich hätte ein Mitbringsel besorgen sollen, um Yvonne eine Freude zu machen, geht es Tom durch den Kopf. Aber die Geschäfte sind natürlich längst geschlossen. Da die Straßen im Zentrum frei von Schnee sind, legt Tom einen Zahn zu.

Eine Frage beschäftigt Tom bereits den ganzen Tag: Soll er Yvonne in seinen Verdacht hinsichtlich Manni und den Medikamenten einweihen? Wahrscheinlich wird sie ihn für verrückt erklären, wenn er in Manni einen Sadisten vermutet, einen Perversling, der Patienten absichtlich leiden lässt. Vielleicht würde sie Manni sogar brühwarm davon erzählen, so wie Maren es mit Manson getan hat. Manson … Von ihm und seinen obskuren Machenschaften darf Tom Yvonne kein einziges Wort erzählen. Eine unbedachte Bemerkung Manni gegenüber und sie bringt sich selbst Gefahr. Tom darf auf keinen Fall neue Risiken eingehen. Das mit Bendine wiegt bereits schwerer, als ihm lieb ist.

Warum hat Manson ihm aufgelauert? Tom ist sicher, dass es Manson war. Aber verdammt, warum nur? Damals im Treppenhaus hatte er Tom bestimmt nicht wiedererkannt. Und Maren ist felsenfest davon überzeugt, dass sie ihren beiläufigen Kommentar, Tom halte ihn für den Mörder ihrer Großmutter, wieder vollständig entkräften konnte. Vielleicht hat Manson ja gespürt, dass mit Bendine etwas nicht stimmte. Vielleicht hat er Tom hinter der Schlafzimmertür atmen hören ... Unsinn, schiebt Tom seine Überlegungen beiseite. Wie er es auch dreht und wendet, immer gibt es irgendwo einen Haken. Vielleicht könnte er Yvonne einfach bitten, die Anzahl der entnommenen Schmerzmittelampullen mit der der Leerampullen im Spritzenkanister zu vergleichen. Dazu müsste sie lediglich das Giftbuch im Auge behalten und am Ende der Frühschicht, beziehungsweise zu Beginn der Spätschicht, den Ampullenkanister kontrollieren. Als Begründung könnte Tom angeben, dass merkwürdigerweise morgens die Schmerzmittel oft nicht wirkten, und die vage Vermutung äußern, dass vielleicht jemand vom Pflegepersonal die Drogen für sich selbst abzweigt. Nur, warum sollte Yvonne sich darauf einlassen? Warum sollte sie ihm vertrauen? Und wenn er ihr von seinen bisherigen kriminalistischen Erfolgen erzählt? Am Ende steht er noch als Angeber da.

Als Yvonne die Tür öffnet, hat Tom das Gefühl, sein Herz bleibt stehen. Er zögert, sie in die Arme zu nehmen. Dann tut er es doch.

„Du siehst so blass aus, geht's dir nicht gut?"

„Das liegt am Licht", antwortet Tom und weist mit den Augen zur grünen Papierlampe, die knapp über seinem Kopf von der Decke baumelt „Nein, im Ernst: Mir war eben ein bisschen übel, vor Aufregung dich wiederzusehen."

„So siehst du aus", flappst Yvonne und schaut zu, wie Tom sich umständlich seiner tropfenden Boots entledigt und sie auf die Fußmatte neben der Haustür stellt. Jacke, Mütze und Handschuhe deponiert er an der poppig gestrichenen Holzgarderobe, deren Mitte ein skurriler achteckiger Spiegel ziert. Tom folgt Yvonne in den von Kerzen erhellten Wohnraum. Der Fernseher läuft.

„Den Film würde ich gern noch zu Ende gucken. Ist ganz lustig. Was dagegen?"

Tom hat nichts dagegen. Ganz im Gegenteil. Das räumt ihm eine gewisse Frist ein, nimmt ihm die Unsicherheit. Erst einmal ankommen und den Rest der Welt im Hintergrund verschwinden lassen. Tom fläzt sich neben Yvonne auf die bunt gestreifte Stoffcouch und versteckt seine lädierten Handgelenke unter den überlangen Ärmeln seines Sweat-Shirts. Wie zufällig lehnen ihre Schultern aneinander und alles ist gut. Der Film, eine amerikanische Gaunerklamotte aus den Sechzigern, ist wirklich lustig, obwohl Toms Blick immer wieder von der Frau rechts neben ihm gebannt wird. In ihrem dunkelroten Nickikleid sieht Yvonne bezaubernd aus. Das könnte noch ein richtig netter Abend werden …

„Wie war's auf Arbeit?", fragt Tom, als die erste Werbepause den Film unterbricht.

„Frag besser nicht", mault Yvonne und atmet zischend ein. „Ich habe den Laden gerade vergessen. Ehrlich gesagt hab ich mir den Job, als ich angefangen habe, ganz anders vorgestellt. Von wegen Menschen helfen und so. Dass ich nicht lache. Ich komme mir vor wie am Fließband. Akkordwaschen, Akkordbetten, Akkordessenverteilen. Mit Menschlichkeit hat das nichts mehr zu tun. Man ist doch schon froh, wenn man die Klingeln schafft und die Leute aus der Scheiße zieht. Sogar das Füttern läuft im Akkord. Wenn jemand nicht gleich will oder kann, hat er eben Pech gehabt." Yvonne faltet die Hände vor der Brust und schaut Tom mit einem Anflug von Verzweiflung an. „Heute hat es Frau Tim endlich geschafft, die Freundin von der Böse. Es war ja schon lange klar, dass sie sterben wird. Aber glaubst du, ich hatte nicht einmal Zeit, ein bisschen ihre Hand zu halten. Ganz allein war sie. Angehörige hatte sie ja keine. Zum Heulen ist das."

Tom legt tröstend den Arm um Yvonnes Schulter. „Vielleicht solltest du nach der Ausbildung einfach die Klink wechseln?"

„Hab ich auch schon gedacht. Aber was ich so von den anderen höre, ist es überall das Gleiche."

Yvonne reckt sich und stützt mit den Händen ihr Kreuzbein.

„Rückenschmerzen?"

„Hab mir an der störrischen Berstein den Rücken verhoben. Wir bräuchten dringend noch einen Pfleger. Aber lassen wir das. Ich hab jetzt Feierabend."

Yvonne wendet sich erneut dem Film zu.

In der nächsten Werbepause greift Tom geschickt eine Szene der Filmhandlung auf, um an seine eigenen kriminalistischen Ambitionen anzuknüpfen. Irgendwie muss er sich ja einen Weg dahin bahnen, wo er hinwill. Yvonne zieht die Knie vor ihren Brustkorb und hört mit in Falten gelegter Stirn zu, wie Tom von seinen Beobachtungen auf ihrer Station erzählt. Auch seine erfolgreichen kriminalistischen Ausflüge erwähnt er beiläufig. Die Kerze auf dem Couchtisch flackert unruhig und Tom spürt, dass Yvonne an seinen Worten zweifelt. Jemand, der den entscheidenden Hinweis zur Festnahme von Geiselnehmern liefert, stellt man sich nicht gerade vor wie Tom.

„Ich habe da eine harmlose Bitte an dich, Yvonne …"

Yvonne hebt fragend die Augenbrauen.

Tom ringt sich ein verkrampftes Lächeln ab und gießt von dem Orangensaft nach, den Yvonne in die Mitte des runden Glastischchens gestellt hat. „Kontrollier doch bitte mal, ob die Anzahl der aus dem Betäubungsmittelschrank entnommenen Ampullen mit der der entsorgten übereinstimmt. Weiter nichts."

„Im Grunde bekommt jeder Examinierte den Betäubungsmittelschlüssel in die Finger“, überlegt Yvonne laut. „Auch wenn er grundsätzlich bei der Schichtleitung bleibt. Manni handhabt das allerdings ein bisschen strenger. Er gibt den Schlüssel nie aus der Hand.“

„Mmh“, macht Tom, so harmlos es geht, froh, dass Yvonne im Begriff ist, sich die Fährte selbst zu legen.

„Aber Manni geht total vorsichtig mit Giften um“, spinnt Yvonne ihren Faden weiter. „Er scheint manchmal eine regelrechte Aversion gegen starke Medikamente zu haben. Du musst ihn mal erleben, wenn die Frage nach Morphinen oder Ähnlichem im Raum steht. Ob wir die Leute abhängig machen wollen, fragt er dann immer. Total beknackter Einwand. Vor allem wenn es sich um Todkranke handelt oder um Alte mit chronischen Schmerzen. Aber auf die Diskussion lässt Manni sich nicht ein.“

„Schon merkwürdig“, merkt Tom an. „Das muss doch einen Grund haben.“

„Keine Ahnung. Ich glaube einfach, er hasst Drogen. Drogen im weitesten Sinn. Zigaretten, Alkohol, Schmerzmittel … Schon irgendwie paradox für einen Krankenpfleger. Vielleicht hat er ja schlechte Erfahrungen gemacht.“

Tom überlegt. „Könntest du dir vorstellen, dass Manni auf Grund seiner Aversion gegen starke Mittel manchmal nur so tut, als verabreiche er welche, ohne es wirklich zu tun?“

Yvonne macht ein ratloses Gesicht. „Mmh. Keine Ahnung. Aber vielleicht … Ja, irgendwie schon.“

„Könntest du dir vorstellen, dass er Betäubungsmittel aus dem Schrank nimmt und sie dann – sagen wir mal, einfach vernichtet?“

„Mmh. Macht zwar keinen Sinn. Aber vorstellen … doch das könnte ich mir schon vorstellen.“

Yvonne steht auf und startet den CD-Player. Etwas Klassisches mit Klavier schwillt aus den Lautsprechern.

„Stehst du auf so was?“, fragt Tom erstaunt.

„Mussorgsky. Bilder einer Ausstellung. Einfach genial.“

Tom zieht ertappt den Kopf ein. Von Klassik hat er nicht den kleinsten Schimmer.

„Aber warum interessiert dich das mit den Medikamenten eigentlich so?“, hakt Yvonne nach und setzt sich in den Blümchensessel gegenüber der Couch. „Du hast doch mit Station nichts mehr zu tun.“

„Ich will es einfach wissen“, antwortet Tom mit fester Stimme. „Weil Patienten ein Recht auf ihre angeordneten Medikamente haben.“

Yvonnes übergeschlagenes Bein wippt unter dem weichen Nickistoff auf und ab.

„Ich lass mir das noch mal durch den Kopf gehen“, sagt sie dann. „Geheuer ist mir das Ganze nicht. Immerhin würde ich ja meine Kollegen bespitzeln.“

Tom nickt und ist zufrieden. Die Sache ist besser gelaufen, als er gedacht hat. Allerdings haben sich seine Hoffnungen auf einen amourös angehauchten Abend zerschlagen. Die Stimmung zwischen ihm und Yvonne ist merkwürdig angespannt und Yvonne kaut gedankenverloren an ihrem Daumennagel herum. Eine halbe Stunde später begibt sich Tom auf den Heimweg. Die Abschiedsumarmung an der Haustür fällt leider nicht sehr aussagekräftig aus. Sie kann alles bedeuten, alles, oder auch nichts. Ein Trostpflästerchen ist lediglich, dass eine neue Verabredung fürs Kino zustande gekommen ist. Für Samstag. Und Samstag ist überübermorgen.

In der Remise brennt Licht, als Tom kurz vor ein Uhr sein Fahrrad durch den dicken, schweren Matsch schiebt, in den sich der Schnee mittlerweile verwandelt hat. Nora scheint noch wach zu sein und hat das Hoflicht für Tom brennen lassen. Nachdem

Tom sein Fahrrad gegen die Remisenwand gelehnt hat, betrachtet er mit gemischten Gefühlen die Silhouetten der Außengebäude, die wie eine düstere, hohe Mauer den Innenhof umgeben. Gefahr ist über den einstigen Ort der Geborgenheit hereingebrochen. Bisher fühlte sich Tom in den heimischen vier Wänden sicher wie in einer Festung, in die niemand einzudringen vermochte. Aber der stumpf-säuerliche Geschmack von angedautem Mageninhalt auf seiner Zunge, eben während des Überfalls, hat alles verändert.

Tom sträubt sich, sein Fahrrad in alter Gewohnheit in den Schuppen zu schieben, der sich linker Hand der Remise anschließt. Die Brettertür ist angelehnt und die Lücke darin immer noch nicht repariert. Aber hatte Tom das defekte Vorhängeschloss nicht wieder eingehängt, nachdem er sich von seiner Fessel befreit hatte? Morgen früh muss er schnellstens das Erbrochene auf dem Boden beseitigen und vor allem Spuren ausfindig machen. Nora darf von dem Zwischenfall auf keinen Fall Wind bekommen. Tom betastet seinen Hals, als wolle er prüfen, ob die Verbindung zum Kopf noch stabil ist. Er hätte jetzt tot sein können. Richtig tot! Die Stunden bei Yvonne haben die Drastik des Überfalls wie mit einem Narkotika eingenebelt. Jetzt dringt sie gnadenlos wieder in Toms Bewusstsein.

Tom trifft Nora rauchend am Küchentisch an. „Schön, dich noch zu sehen“, sagt sie verschmitzt. „Ich hab dich vermisst.“ Dann nach einem prüfenden Blick: „Alles in Ordnung, Tom? Du sieht irgendwie blass aus.“

Nora sucht Augenkontakt und Tom versucht, ihn zu vermeiden.

„Alles okay, Ma. Mir ist nur ein bisschen flau. Hab mich bei Yvonne wohl überfressen.“

„Vor Aufregung?“, fragt Nora verständnisvoll.

Tom versucht, seine Jacke von der Küche aus an den Garderobenständer zu katapultieren. Sie hängt für den Bruchteil einer Sekunde am Haken, dann fällt sie herunter.

„Irgendwann schaff ich's und trete bei Gottschalk auf", verkündet Tom, als er sich zu Nora an den Tisch setzt. „Dass du mit dem Scheißrauchen nicht aufhörst. Das macht Falten und graue Haut und gelbe Zähne. Einer Frau über Vierzig sollte das nicht egal sein. Außerdem ist es schweineteuer."

„Werd nicht frech, mein Sohn. Sieh du nur zu, dass du erst gar nicht mit dem Scheißrauchen anfängst, dann brauchst du auch nicht aufzuhören", kontert Nora. „Und, warum bist du schon zurück?"

„Ich hatte Sehnsucht nach *dir*", albert Tom und weicht einer ernsthaften Antwort elegant aus. Beide müssen lachen. Das tut Tom gut.

„Ich habe deine Sachen übrigens auf den Dachboden gehängt, der Wäschetrockner spinnt mal wieder", informiert Nora Tom, als sie den Aschenbecher im Mülleimer entleert und mit dem nächsten Handgriff die Spülmaschine anstellt. „Finde ich übrigens wirklich nett von dir, dass du auch mal an die Wäsche denkst. Allerdings kannst du demnächst ruhig das Dreifache reinpacken."

„Wird gemacht."

„Ach ja, übrigens scheint wieder ein Marder im Schuppen zu hausen. Es lag ein total zerbissenes Klebeband am Boden. Dass denen das nicht den Magen verrenkt."

Tom hält die zwei Bockwürste, die er soeben hinter sich aus dem Kühlschrank geangelt hat, wie einen Blumenstrauß in den Händen und schluckt. „War sonst noch was nicht in Ordnung?"

„Ich werde morgen bei Tageslicht noch mal nachsehen. Unten an der Tür ist ein Stück Brett rausgebrochen. Da ist er wohl durch. Das müsste mal repariert werden."

„Ja, Mam, wird gleich morgen erledigt."

Tom beißt in beide Würste gleichzeitig.

„Ich dachte, du hättest dich überfressen?"

Die Spurensuche am nächsten Morgen verläuft ergebnislos. Kein abgerissener Knopf, keine Zigarettenkippe, keine Fuß- oder sonstigen Abdrücke. Nicht einmal angedaute Speisereste sind noch auf dem Boden auszumachen. Irgendein hungriger Vierbeiner scheint sich darüber hergemacht zu haben. Tom verspürt einen Anflug von Mitleid. Das zeugt von wahrhaftem Kohldampf! Dann sammelt er die Klebebandfetzen auf und entsorgt sie in der Mülltonne.

Auf die Schule hat er heute ganz besonders wenig Lust. Wenn wenigstens die ihm zurzeit erspart bliebe … Aber immerhin sind die Straßen halbwegs trocken und der Berufsverkehr ist nach Abklingen des Tauwetters auch weniger aufreibend als die Tage zuvor. Vielleicht ist es aber auch Tom selbst, der innerlich gefasster ist. Er hat wie durch ein Wunder wunderbar geschlafen und sich beim Zähneputzen so lange eingeredet, dass er die Lage im Griff hat und im Griff behalten wird, bis er selbst daran glaubte. Eine Methode von Nora. Funktioniert nur nicht immer.

Als Tom den Schulhof betritt, erkennt er mit einem Blick, dass Jenny am Fahrradständer lehnt. Wie eine schwarze Statue sieht sie aus, mit ihren schwarzen, eng anliegenden Klamotten und dem dunklen Haar. Wenn sie auf *ihn* warten sollte, bedeutet das bestimmt nichts Gutes.

„Endlich!", stöhnt Jenny dann auch auf, als Tom sein Rad drei Meter vor ihr in einen freien Platz im Fahrradständer schiebt. „Ich dachte schon, du kommst gar nicht mehr."

„Jetzt keine Tragödien bitte", erwidert Tom mit spannungsgeladenem Unterton. „Das kann ich jetzt nicht ab."

„Wie gnädiger Herr belieben", kontert Jenny und legt unbeeindruckt los. „Stell dir mal vor, irgend so ein Arschloch hat uns verpfiffen!“

„Was?“

„Ob wir eine Genehmigung für unseren Lieferservice hätten? Das Gewerbeamt, frag mich nicht, was das ist, hat bei Maren angerufen. Wir hätten ein Gewerbe, sei ihnen mitgeteilt worden, aber bei ihnen läge keine Anmeldung vor.“

„Na dann melden wir es eben an“, antwortet Tom.

„Wie anmelden?“

„Hingehen und anmelden. Ist doch kein Thema.“

„Muss man dafür nicht achtzehn sein?“

„Nein.“

„Ist das nicht teuer?“

„Nein.“

„Tom, du bist ein Held. Und woher weißt du das alles?“

„Von Benno, der hatte sich mal wegen ’nem Computerberatungsservice erkundigt, aus dem natürlich nie was geworden ist.“

„Puh, da bin ich aber froh. Ich hab schon gedacht, jetzt gibt es Ärger. Da ist noch was, Tom. Annett hat Maren brühwarm erzählt, dass du dir Sorgen machst wegen der Leute, die von Manson betreut werden, dass alle in akuter Lebensgefahr schweben und so. Dabei wollten wir Maren doch aus der Sache raushalten. Aber Annett konnte einfach nicht ihre Klappe halten. Maren ist die Sache total auf den Magen geschlagen. Sie hat natürlich sofort an unsere Kunden gedacht. Zu manchen hat sie durch die ständige Telefoniererei einen ziemlich engen Kontakt aufgebaut. Jedenfalls hat sie voll die Panik gekriegt und alle gewarnt, weil sie nicht gezielt nach Manson fragen wollte.

„Was?!“ Tom schaut Jenny entgeistert an.

„Sie hat einen nach dem anderen angerufen und die Geschichte erzählt, dass ein Krankenpfleger sein Unwesen treibe und alte Leute umbringe und dass man noch nicht wisse, wer es sei. Sie sollten deshalb vorsichtig sein, keine größeren Geldsummen rausrücken und so weiter. Bis auf drei hat sie alle erreicht."

Tom wendet sich seinem Rad zu und schließt es endlich ab.

„Wahrscheinlich hat Maren sogar Recht mit ihrer Aktion. Glücklicherweise hat sie Manson aus dem Spiel gelassen, das ist das Wichtigste. Ob wir die Leute nun bei den Lieferungen warnen oder Maren am Telefon, bleibt sich am Ende gleich. Wahrscheinlich haben sie zu Maren sogar mehr Vertrauen. Bleibt nur zu hoffen, dass Manson nichts davon mitbekommt und dass sich keiner der Alten verplappert. Wen hat Maren denn nicht erreicht?"

Es klingelt und Tom und Jenny trotten über den Schulhof in Richtung Eingang.

„Herrn Matuschek, Herr und Frau Fischer und Frau Böse. Weißt du, ob von den dreien jemand betreut wird?"

„Keine Ahnung. Frau Böse habe ich gestern Nachmittag jedenfalls noch gesehen. Die ist gewarnt." Tom steigt die Schamröte ins Gesicht. Von wegen gewarnt, ihr hat er den Teufel ja erst ins Haus geholt.

„Mark meinte, dass Fischer und Matuschek nicht zu den mobilsten gehören. Matuschek soll wohl ein bisschen durch den Wind sein und Frau Fischer hat Schmerzen beim Laufen. Den Matuschek zu warnen, scheint nicht viel Sinn zu haben. Bei Fischers wollte Maren noch mal anrufen. – Hast du eine Ahnung, wo das Gewerbeamt liegt?"

Tom ist mit seinen Gedanken ganz woanders. Warum Bendine wohl nicht ans Telefon gegangen ist? Gestern Nachmittag ist lange her, stellt er mit wachsender Beklemmung fest. Dann dreht er ab und rennt zum Fahrradständer zurück, als sei der Teufel hinter ihm her.

13

Tom klingelt Sturm. Doch auch nach mehreren Minuten Wartezeit bleibt es still in Bendines Wohnung. Tom klopft und klingelt wie ein Geisteskranker. Nichts rührt sich. Mit zunehmender Verzweiflung versucht Tom sein Glück bei den Nachbarn, aber dort ist auch niemand zu Hause. Die ganze Etage liegt da wie ausgestorben. Vielleicht ist ja Mieterversammlung, überlegt Tom. Tom wagt den Gedanken nicht zu Ende zu führen, dass Manson in der Zwischenzeit aufgetaucht sein könnte und Bendine ihm unvorsichtigerweise geöffnet hat. Tom starrt auf das kleine Messingschild über dem Blumenkranz: *B. Böse* steht da eingraviert, in einer ähnlichen Schrifttype, in der die Todesanzeige von Frau Kauer verfasst war.

Tom macht sich auf die Suche nach einer öffentlichen Telefonzelle. Vage erinnert er sich, eine Querstraße weiter eine gesehen zu haben. Als er die gläserne Schwenktür des Kommunikationshäuschens aufzieht, schlägt ihm beißender Uringeruch entgegen. Tom schnappt sich die zerfledderten Gelben Seiten und klemmt einen Fuß zwischen die Tür, um frische Luft hineinzulassen. Die Nummer eines Schlüsseldienstes ist schnell gefunden. Tom faselt etwas von Verabredung und Großmutter und dass sie ihm die Tür nicht öffnen würde und er sich große Sorgen mache und bekommt eine Abfuhr. Da könne ja jeder anrufen und etwas von seiner Großmutter erzählen, ist die knappe Antwort der Dame am anderen Ende der Leitung. Tom soll sich bitte an die Polizei wenden, die werde dann schon die Öffnung der Wohnungstür veranlassen.

„Die Polizei, dein Freund und Helfer", stöhnt Tom und hängt den Hörer in die Gabel zurück. Warum muss nur immer alles so kompliziert sein? Tom sieht jedoch schnell ein, dass die Polizei die einzige Möglichkeit ist, in Bendines Wohnung zu kommen. Also erzählt er die Geschichte von der Oma noch einmal und fügt dem Ganzen eine drastische Herzkrankheit hinzu, wegen der er unbedingt nach dem Rechten sehen müsse.

Vierzig Minuten später wird Bendines Wohnungstür in Gegenwart dreier Polizisten geöffnet. Alle Zimmertüren stehen sperrangelweit auf und Tom ist erleichtert, als sie nirgendwo über eine tote Bendine stolpern. Das war seine schlimmste Befürchtung. Die Polizisten sehen Tom die Erleichterung an.

„Wahrscheinlich hat die Dame Ihre Verabredung einfach vergessen“, versucht einer einen gutmütigen Erklärungsversuch. Damit ist ihr Einsatz beendet. Die Beamten bitten Tom, mit ihnen zusammen die Wohnung zu verlassen. Das müsse er verstehen. Im Hinausgehen schnappt sich Tom kurz entschlossen noch den randvollen Mülleimer, den Bendine neben der Wohnungstür deponiert hatte. Er wird ihn leeren und eine Nachricht für Bendine daran befestigen. Vielleicht hat sie ja eine Verabredung mit einer Freundin oder ist beim Friseur oder zum Seniorentreff beim Roten Kreuz oder, oder, oder ... Tom spurtet die schmutzig-nassen Treppenstufen hinunter und hätte auf der vereisten Rasenstelle vor den Müllcontainern fast eine Bauchlandung gemacht.

Auf dem Rückweg kommt ihm die Idee, schnell noch einen Abstecher in Bendines Keller zu machen, um ein paar Kartoffeln mit hochzubringen. Beschwerlich, wie der Gang in den Keller für sie ist, kann er ihr damit bestimmt eine Freude machen. Bendine schwört auf ihre Lagerkartoffeln, die seit zwanzig Jahren von ein und demselben Bauern geliefert werden.

Tom betätigt den rot leuchtenden Lichtschalter links neben der Kellertür. Bendines Kellerparzelle befindet sich im zweiten Quergang rechts. Es ist ein grob zusammengenagelter, einsehbarer Bretterverschlag, dessen marodes Vorhängeschloss mit einem kleinen Trick auch ohne Schlüssel zu öffnen ist. Tom drückt auf den zweiten Lichtschalter für den Seitengang, aber das Licht geht nicht an. Der Kellerabschnitt vor ihm liegt weiter in trübem, muffigem Dunkel. Wahrscheinlich ist die Glühbirne hin, kombiniert Tom. Den weiteren Weg kann er sich nun sparen, denn Bendines Keller befindet sich hinter einem rechtwinkligen Knick des Ganges und liegt vermutlich vollends im Dunkeln. Als Tom gerade kehrtmachen will, sieht er schemenhaft vor der dritten Kellerparzelle rechts etwas auf dem Boden liegen. Tom geht ein paar Schritte darauf zu und erkennt einen Männerlederhandschuh. Als er ihn aufheben will, lassen scharfkantige Glasscherben seine Hand zurückfahren. Mit spitzen Fingern nimmt Tom vorsichtig das Fundstück vom Boden auf. Zurück im beleuchteten Zentralgang stellt Tom fest, dass der Handschuh gerade erst verloren gegangen sein muss, da lediglich die dem Boden zugewandte Seite ein bisschen angestaubt ist, das restliche Leder aber sauber und gepflegt erscheint. Tom verlässt den Keller und platziert den Handschuh gut sichtbar ans Ende des Treppengeländers. Butterweich, wie das edle Leder ist, wird sich der Besitzer freuen, das kostbare Stück zurückzubekommen. Dann befördert Tom den leeren Mülleimer in den zweiten Stock zurück und stellt ihn vor Bendines Wohnungstür. Als er sich kurz darauf auf den Weg zurück in die Schule macht, streift sein Blick noch einmal kurz den Müllcontainer. Wenn er nicht gerade vor wenigen Minuten einen braunen Lederhandschuh in der Hand gehalten hätte, wäre ihm weiter gar nichts aufgefallen. So jedoch orten Toms Augen auf Anhieb das braune Stück Leder, das seitlich zwischen Deckel und randvollem Container hervorlugt. Es ist das passende Gegenstück zu dem Handschuh, der auf dem Treppengeländer liegt, stellt Tom einen Moment später fest. Allerdings klebt Blut daran. Frisches Blut. Tom ignoriert das mulmige Gefühl in seiner Magengegend und geht langsam ins Kellergeschoss zurück. Diesmal macht er nicht Halt, als er den unbeleuchteten Seitengang erreicht, sondern zwingt sich weiterzugehen. Schritt für Schritt. Der Überfall im Schuppen sitzt Tom noch im Nacken. Er hat Angst. Ganz ruhig, Alter, versucht Tom sich zu beruhigen und kämpft gegen den Drang an, auf dem Absatz kehrtzumachen und ins Licht zurückzurennen. Das hier ist ein stinknormaler Keller, in einem stinknormalen Mietshaus, hier Angst zu haben ist einfach lächerlich. Toms Atem geht flach. Er versucht, jedes jedes Geräusch zu vermeiden, um selbst die kleinste Regung in seinem Umfeld wahrzunehmen. Da stößt sein Fuß gegen einen dumpf nachgebenden Widerstand. Tom erstarrt und verharrt einen Moment reglos in der Dunkelheit. Dann beugt er sich hinab. Seine vorgestreckten Finger ertasten einen bekleideten Körper. Eindeutig: das, was da vor ihm liegt, ist ein Mensch.

„Alles klar?“, hört Tom sich in die Dunkelheit fragen.

Die Antwort bleibt aus und Tom hastet zurück, die Treppe hoch und hinaus auf die Straße.

Wenige Minuten später steht er zwei der drei Polizisten gegenüber, denen er bereits vor einer Stunde einen Einsatz beschert hatte. Erfreut sind sie nicht gerade, als Tom sie diesmal in den Keller führen will. Tom erzählt etwas von Kartoffeln holen und defekter Kellerbeleuchtung und dass da jemand im Dunkeln liegen würde. Die Polizisten, ein gutmütiger alter Hase mit hängenden Wangen und ein junges, rothaariges Milchgesicht, merken auf. Das Milchgesicht holt auf der Stelle zwei Taschenlampen aus dem Dienstwagen.

„Der Mann ist zusammengeschlagen worden, würde ich mal behaupten“, stellt das Milchgesicht mit Blick auf die im Lichtkegel liegende Gestalt fest, während der ältere einen Rettungswagen verständigt. „Muss erst vor kurzem passiert sein. Die Platzwunde ist noch frisch.“

Tom betrachtet den etwa vierzigjährigen Mann, der zusammengekrümmt auf dem schmutzigen Boden liegt. Sein von Blutergüssen geschwollenes Gesicht ist von einer Blutlache umgeben, die aus einer Platzwunde an seiner Stirn gesickert ist.

„Könnte aber auch mit dem Kopf gegen die Wand gestürzt sein", ergänzt der Rothaarige, nachdem er den Tatort zweimal abgeschritten hat.

„Sieht mir eher aus, als habe ihn jemand gegen die Wand geschleudert", kommentiert Tom. „Ein Glück, dass er noch lebt."

Der junge Polizist, der sich dicht neben den Verletzten gekniet hat, fühlt den Puls an der Halsschlagader. „Puls könnte stabiler sein." Und mit Blick auf Tom, der knapp zwei Meter hinter ihm steht. „Kennen Sie den Mann?"

Tom tritt an den Verletzten heran. „Vielleicht hab ich ihn schon mal gesehen ... Nur bei dem geschwollenen Gesicht, wie soll man da was erkennen? Ich weiß nicht ..."

Die Polizisten nicken einvernehmlich. Eine andere Antwort war kaum zu erwarten gewesen.

Als die Rettungssanitäter den schwer Verletzten abtransportieren, kullert eine Rolle Klebeband über den rauen Betonboden.

„Gehört die Ihnen?", fragt einer der Sanis.

Tom wird heiß und kalt, er blickt sich um und lässt das Klebeband unbemerkt in seiner Jacke verschwinden.

Mit dem Einläuten der zweiten großen Pause kommt Tom in die Schule zurück. Jenny scheint bereits Ausschau nach ihm gehalten zu haben. Jedenfalls ist sie sofort an seiner Seite und überreicht ihm seine Schultasche, die er im Eifer des Gefechts einfach fallen gelassen hatte. Tom wimmelt Jenny ab. Er muss das Erlebte erst einmal sacken lassen und kann jetzt nicht reden. Mit in die Hände gestütztem, schwerem Kopf verbringt Tom den Rest der Pause auf der Jungentoilette.

Die folgenden drei Unterrichtsstunden ist Tom lediglich körperlich anwesend. Zum Glück scheint das keinem der Lehrer aufzufallen, jedenfalls lassen sie ihn in Ruhe. Toms Nerven sind aufs Äußerste gespannt. Es wird ihm langsam alles zu viel. Die neue Liebe, die üble Sache im Schuppen, Bendines Verschwinden, die Halbleiche vorhin im Keller und dann noch die Rolle Klebeband. Ausgerechnet Klebeband! Das gleiche braune Zeug, mit dem er erst vor wenigen Stunden unangenehme Bekanntschaft gemacht hatte.

Der Mann war noch warm, geht es Tom durch den Kopf. Aber sein Leben hing an einem seidenen Faden. Bleibt nur zu hoffen, dass der Faden hält. Tom legt das Klebeband vor sich auf das Arbeitsblatt. Ungefähr zwei Drittel der Rolle ist verbraucht. Es scheint absurd und nahe liegend zugleich, dass ein Teil davon sein Gesicht verziert haben könnte. Nach der Schule wird er es herausfinden. Zumindest, wenn die Müllabfuhr nicht ausgerechnet heute da war, um die Restmülltonne zu entleeren.

Die Kellerlampe wurde wahrscheinlich mutwillig zerstört, rekapituliert Tom und lässt den Geologie-Unterricht an sich vorbeirauschen. Jedenfalls lagen der gläserne Lampenkörper nebst Glühbirne zerstört am Boden. Vielleicht sind Täter oder Opfer aber auch unfreiwillig dagegen gekommen. Nur, wo ist die Verbindung? Wie kommen Manson, der Verletzte und das merkwürdige Klebeband zusammen? Tom kann sich keinen Reim darauf machen. Nicht die geringste Idee hat er, wie er die Versatzstücke zusammenfügen könnte. Vielleicht gehören sie ja auch gar nicht zusammen. Vielleicht hatte ja Gevatter Zufall seine Finger im Spiel. Vielleicht. Vielleicht aber auch nicht.

Nach dem Unterricht sucht Tom schleunigst das Weite, um unbemerkt in der Telefonzelle schräg gegenüber der Schule zu verschwinden. Sein Gefühl sagt ihm, die AG von nun an aus der Angelegenheit herauszuhalten. Die Sache wird schlichtweg zu heiß. Es ist schon schlimm genug, dass er Bendine in sein leckes Boot gelockt hat. Toms Finger fliegen über die mit Kaugummiresten verklebte Tastatur. Zweimal lässt er das Rufsignal bis zum Abbruch durchklingeln. Aber Bendine meldet sich immer noch nicht. Sie wird einen Tagesausflug mit dem Seniorenverein machen, versucht Tom seine innere Unruhe zu beschwichtigen. Ein Tagesausflug dauert nun mal einen Tag. Da kann sie um diese Uhrzeit unmöglich schon zu Hause sein.

In der Remise angekommen stürzt Tom sich sofort auf die häusliche Mülltonne, die glücklicherweise unangetastet an der Remisenwand steht. Tom klemmt seine Handschuhe zwischen die Zähne und zupft mit spitzen Fingern Reste des in sich verklebten Klebebandes zwischen gebrauchten Papiertaschentüchern und Zigarettenkippen hervor und eilt nach oben in die Wohnung. Den blinkenden Anrufbeantworter lässt er links liegen und verschwindet lautlos in seinem Zimmer, in der Hoffnung, Nora nicht auf den Plan zu rufen. Mit seinem Taschenmesser fummelt Tom die klebende Folie auseinander, was mäßig, für seine Zwecke jedoch ausreichend gut gelingt und vergleicht sie mit dem Klebeband aus dem Keller. Es scheint identisch zu sein. Jedenfalls ist das Zeug, mit dem er gefesselt worden ist, von gleicher Farbe und Stärke wie das von der Rolle. Tom trommelt mit den Fäusten gegen seine Stirn. Was hat das zu bedeuten?! Wo ist der Hinweis, die Verbindung, der Zusammenhang, der ihn weiterbringen könnte …? Tom zermartert sich das Hirn erfolglos.

Regelrecht dankbar hört Tom die Tür von Noras Arbeitszimmer klappen und nach vier knarrenden Schritten auf den Holzdielen ein Klopfen an seiner Tür. Das Stück Kirschkuchen, mit dem Nora Tom in die Küche zu locken versucht, kommt ihm mehr als gerufen. Im Vorbeigehen drückt Tom den Wiedergabeknopf des Anrufbeantworters. Eine Nachricht von Maren. Tom geht zwei Schritte rückwärts und lauscht. Maren fragt, ob Tom einen zusätzlichen Fahrer für die Wochenendlieferung wisse.

Mit einem einzigen Fahrzeug sei die morgige Tour in zwei Stunden unmöglich zu schaffen, ganze neunzehn Lieferungen stünden auf dem Plan. Benno weigere sich, eine Minute länger als zwei Stunden zu fahren. Eine andere Variante sei, einen Teil der Lebensmittel schon heute auszuliefern. Spar könne die Bestellungen knapp eine halbe Stunde nach Anruf bereitstellen. Tom stöhnt auf. Er fühlt sich mental total ausgebrannt. Warum kann er nicht einmal seine Ruhe haben? Mit einem gequälten Lächeln betritt er die Küche und setzt sich zu Nora und Kirschkuchen an den Tisch. Nora schaut Tom ruhig an, beugt sich vor und drückt ihm einen Kuss auf die Stirn. „Sorgen?"

Tom rauft sich die Haare. „Könnte man so ausdrücken. Sag mal, Nora, hättest du heute vielleicht zwei Stunden Zeit. Jetzt sofort, meine ich? Wir müssten noch dringend eine Lieferung fahren, sonst schaffen wir es morgen nicht. Könntest du vielleicht, ich meine ausnahmsweise …"

Nora legt ihren Zeigefinger an die Nasenspitze und mimt die angestrengt Nachdenkende. „Kein Problem. Habe gerade eben die dämlichen Übergrößen-Seiten abgeschlossen und eingetütet. Tataaaa …" Dann befördert sie ein Stück Kuchen auf das bereitliegende Messer und legt es Tom auf den Teller. „Danke, Nora. Ist wirklich nett von dir." Toms Miene hellt sich auf und er genießt den frischen Kuchen. So ganz ist die Welt also noch nicht verloren.

Toms Blick schweift aus dem Küchenfenster. Der Himmel ist trüb und grau. Die Sonne scheint in Urlaub zu sein. Genau wie der kleine Zaunkönig, der sich seit Tagen nicht mehr hat blicken lassen. Vielleicht ist er gen Süden geflogen? Dazu hätte Tom auch gute Lust. Gemeinsam mit Yvonne auf eine einsame Insel düsen, wo es niemanden außer ihnen gibt, das wär's.

„Hast du Sorgen mit deiner Süßen?"

Tom schüttelt den Kopf, das Kinn in die Hand gestützt, und

signalisiert, dass seinerseits kein Gesprächsbedarf besteht.

„Wenn wir mit dem Kuchen fertig sind, können wir von mir aus losfahren."

Tom nickt und schiebt sich andächtig eine neben den Teller gepurzelte Kirsche in den Mund.

„Ihr müsstet das Geld für die AG doch bald zusammenhaben", überlegt Nora laut. „Wollt ihr den Service danach eigentlich aufgeben? Wäre doch schade um die ganze Arbeit."

„Stimmt", antwortet Tom tonlos. „Unsere Leutchen werden das bestimmt auch schade finden ..."

Die dankbar lächelnden Gesichter einiger Kunden ziehen an Tom vorbei. Was soll er ihnen nur sagen, wenn es so weit ist und sie die Lieferungen einstellen werden? Allzu lange wird es wirklich nicht mehr dauern. Auf der anderen Seite sehnt Tom die Zeit jedoch herbei. Es gibt ja kaum noch Freiräume in seinem Leben.

„Schau mal, der kleine Zaunkönig da draußen", lenkt Nora ihren Sohn von seinen trübsinnigen Gedanken ab. Der Schein der Bienenwachskerze in der Mitte der Tisches macht ihr Gesicht weich und mädchenhaft, was durch den pinkfarbenen engen Pullover und das bunte Tuch, mit dem sie das kinnlange Haar hochgebunden hat, noch unterstrichen wird.

„Möchtest du auch ein bisschen Kuchen?", fragt Nora mit Blick auf den winzigen Vogel und wippt im Rhythmus seines Schwänzchens mit der Kuchengabel.

Tom steht auf, kneift seiner Mutter liebevoll in den Oberarm und verschwindet im Korridor, um Maren das Okay durchzugeben. „Hi, Maren. Alles klar?"

„Alles klar, alles klar ... Nichts ist klar! Mein Vater hat den totalen Depri und Kleiner Bär brüllt mir Tag und Nacht die Ohren voll. Ich kann schon gar nicht mehr richtig denken. Und dann noch die ständige Bimmelei wegen der Lieferungen. Ich bin total fertig. Ich wüsste echt gern mal wieder, wie das ist, eine

Nacht durchzuschlafen. Nur zu schlafen …

„Was ist denn mit Kleiner Bär?"

„Nichts Besonderes, hat die Ärztin gesagt. Seine Darmschlingen und der ganze Verdauungsapparat sind dabei, sich zu sortieren und davon kriegt er Blähungen. Ich hab schon alles probiert: feuchte Wärme, Fencheltee, Kümmeltee …"

„Igitt, da würde ich auch brüllen."

„Mach dich ruhig noch lustig", giftet Maren gereizt.

„Sorry. Das wollte ich nicht. Ich wollte nur ansagen, dass Nora und ich heute liefern. Kannst also bestellen und die Route durchgeben. Ach so, und die Adressen von Matuschek und Fischer bitte auch. Ich will bei denen mal nach dem Rechten sehen. Du weißt schon. Oder hast du sie mittlerweile selber erreicht?"

„Nein, hab ich nicht. Hab von denen auch keine neuen Bestellungen … Spar hat übrigens sein Sortiment etwas umgestellt. Ich finde, wir sollten die Veränderungen bei den laufenden Lieferungen mitteilen und nicht die ganze Liste neu verschicken. Das kostet zu viel Porto. Was meinst du?"

„Macht Sinn. Jetzt ist es halb drei", stellt Tom mit Blick auf seine Armbanduhr fest. „In vierzig Minuten müssten die bei Spar mit Packen fertig sein, oder? Wie viele Kunden müssen wir denn heute beliefern?"

„Ich würde vorschlagen: heute sechs und morgen acht. Acht müssten morgen locker in zwei Stunden zu schaffen sein, auch bei schlechter Witterung. Nicht dass uns der Benno doch noch abspringt. Mit dem ist zurzeit nicht gut Kirschen essen. Ich glaube, der hat Stress mit Yvonne."

„Yvonne?"

„Seiner Neuen."

Tom fühlt sich einen Moment wie betäubt. „Woher kennt er *die* denn?"

„Keine Ahnung. Ist sein großes Geheimnis."

„Ist sie älter als er?“

„Ich glaube ja.“

Tom spürt, wie ihm die Kehle eng wird. „Weißt du, wo sie wohnt?“

„Nein. Weshalb interessiert dich das eigentlich so?“

„Interessiert mich doch gar nicht.“

„Männer“, stöhnt Maren am anderen Ende. „Pass auf, Tom. Bevor ihr losfahrt, muss ich den Leuten noch Bescheid geben. Vielleicht passt es dem einen oder anderen heute nicht. Ich ruf dich in ein paar Minuten noch mal an und geb dir die Route durch, okay. Was ich noch fragen wollte: Gibt es was Neues über Manson?“

„Nein“, antwortet Tom eine Spur zu eilig.

Um 15 Uhr 58 Uhr treffen Tom und Nora beim Sparmarkt ein. Die Kisten und Tüten stehen bereits im hinteren Teil der Rampe bereit, ordentlich mit den Namen der Kunden beschriftet. Nora spendiert noch zwei dicke Schokoriegel und dann geht's los. Die Fahrt wird lustig. Nora macht der ungewöhnliche Ausflug mit ihrem Sohn sichtlich Spaß und sie blödelt mit ihm um die Wette. Nachdem sie die ersten zwei Kunden beliefert haben, bedarf es nur eines kleinen Schlenkers von knapp zwei Kilometern, um Herrn Matuschek einen Besuch abzustatten. Er wohnt in einem winzigen, geduckten Häuschen mit bröckelnder, grauer Fassade.

Nora ist etwas irritiert, als Tom ihr eröffnet, nur mal kurz nach dem Rechten sehen zu wollen. Er öffnet das hüfthohe, schmiedeeiserne Pförtchen, das den moosbewachsenen Plattenweg zur Haustür freigibt. Das ganze Anwesen macht einen verwahrlosten Eindruck, die Fensterscheiben sind blind vor Schmutz und die gräulichen Gardinen scheinen auch lange kein Wasser gesehen zu haben. Die ehemaligen Blumenrabatten entlang der gesprungenen Betonplatten sind von Unkraut überwuchert. Der Klingelknopf klemmt. Tom klopft gegen das Glas der weißen neuen Kunststofftür, die so gar nicht zum Rest des Hauses passen will.

Tom lauscht. Irgendwo da drinnen läuft in stattlicher Lautstärke ein Fernseher. Der offensichtlich schwerhörige Herr ist demnach zu Hause. Nora beobachtet aus dem Wageninneren Toms Bemühungen, sich bemerkbar zu machen, und hebt fragend die Hände. Tom schaut durch das Fenster rechts neben der Tür und klopft hartnäckig dagegen. Aber weder auf dem Sofa noch auf den beiden Sesseln neben dem Fernseher ist ein menschliches Wesen auszumachen. Tom schaut durch das schmalere Küchenfenster auf der anderen Seite der Tür. In einem heillosen Durcheinander steht der Karton der letzten Lebensmittellieferung noch unausgepackt auf dem Tisch. Tom geht um das Haus herum. Zwei baufällige Schuppen drängen sich im hinteren Bereich dicht aneinander, als wollten sie sich stützen, um den unvermeidlichen Zusammenbruch ein bisschen hinauszuzögern. Die Türen des dreistöckigen Kaninchenverschlages hängen schief in den Angeln.

Tom drückt die dunkle Metallklinke der hinteren Eingangstür herunter, deren abblätternde, grüne Farbe an die schuppige Haut einer Eidechse erinnert. Die Tür gibt nach.

„Herr Matuschek …?"

Tom betritt einen kleinen Vorraum, der nach Bauernhof und Muff riecht.

„Herr Matuschek …?"

Die nächste Tür führt direkt in die Küche. Von dort gelangt Tom durch einen offenen Durchgang in den Wohnraum. Auf der Türschwelle zum Nebenraum liegt Herr Matuschek mit dem Gesicht platt auf dem Boden. Tom bückt sich und sieht, dass seine Augen halb offen sind. Herr Matuschek ist tot. Seltsam gelassen, als gewöhne er sich langsam sogar an den Tod, geht Tom zum Auto zurück.

„Ruf mal die Polizei und einen Krankenwagen. Ich glaube, Matuschek ist tot."

Nora reißt die Augen auf und fingert das Handy aus ihrer Handtasche. Die kurz darauf eintreffenden Sanitäter bestätigen Toms Diagnose und nehmen Herrn Matuschek mit. Nora beobachtet alles vom Auto aus. Sie macht einen betroffenen Eindruck und saugt mechanisch an einer Zigarette.

„Schlimm, wenn man so alleine sterben muss", ist ihr einziger Kommentar, als Tom wieder neben ihr im Wagen sitzt. „Also, so sterben möchte ich nicht."

„Brauchst du auch nicht. Ich bin ja da", antwortet Tom und meint es ernst.

„Vielleicht hat sich Matuschek seine Einsamkeit aber auch selbst eingebrockt", denkt Tom laut weiter. „Manche von den Alten sind echt unausstehlich. Die kannst du nur mit der Kneifzange anfassen."

Nora versinkt unwillkürlich in Gedanken über das Altern und das Sterben. Neulich erst ist sie selbst nah am Tod vorbeigeschrappt. Und das mit sechsundvierzig Jahren. Im Krankenhaus war ihr das gar nicht so bewusst geworden. Da war sie zu sehr mit Gesundwerden beschäftigt.

Tom quält eine ganz andere Frage: Ob Matuschek auch auf das Konto von Manson geht? Nora drückt ihre Zigarette aus, massiert kurz ihre Augenlider und startet den Wagen. Der Rest der Fahrt verläuft schweigsam.

Die Fischers bilden einen erfrischenden Abschluss des heutigen Liefertages. Die kleine Frau strahlt, als Tom ihr den Karton mit Lebensmitteln in die Küche trägt, und hält ein stattliches Trinkgeld bereit. Sie duftet frisch nach Kölnischwasser. Tom atmet tief durch und genießt es.

„Ich muss mich heute ranhalten“, entschuldigt Tom seine Eile.

„Dann bist zum nächsten Mal, Jung“, verabschiedet sich Herr Fischer und klopft Tom kumpelhaft auf die Schulter.

Zu Hause angekommen greift Tom sofort zum Telefon. Ihm fällt ein Gebirge vom Herzen, als Bendines Stimme am anderen Ende erklingt. Der Grund für ihre Abwesenheit erweist sich als denkbar simpel: Morgens war sie zwecks neuer Dauerwelle beim Friseur und danach hat sie frisch frisiert eine Bekannte besucht, wo ihr vierzehntäglicher Rommee-Nachmittag stattfand.

„Und weißt du was, Tom“, fährt Bendine mit verhaltener Stimme fort. „Ich glaube, mein Oberstübchen funktioniert nicht mehr richtig. Ich bin mir ganz sicher, dass ich den vollen Mülleimer im Korridor neben die Haustür gestellt habe. Ich wollte ihn nämlich erst noch runterbringen, hab es mir dann aber doch anders überlegt, weil ich sonst zu spät zum Friseur gekommen wäre. Du kennst ja mein Schneckentempo. Und was glaubst du, als ich heute Abend zurückkomme, steht der Eimer vor meiner Wohnungstür – leer!“

Tom reibt verlegen seine Nase. In dem morgendlichen Wirrwarr hatte er es ganz versäumt, Bendine eine Nachricht zu hinterlassen. Behutsam berichtet er nun, was sich während ihrer Abwesenheit alles ereignet hat. Bendine reagiert mit Schweigen.

„Nicht zu fassen“, sagt sie, als Tom nachfragt, ob sie noch da sei. „Bei uns im Haus ist jemand zusammengeschlagen worden. Wenn ich vielleicht gerade zufällig im Keller gewesen wäre, hätte ich vielleicht eins über die Rübe gekriegt. Herrjesses. Aber warte mal. Ich muss dir auch was erzählen, Tom. Über den Mensen. Ich habe ihm das mit dem Elektromobil gesagt. Er war wirklich nett am Telefon und wollte gleich Prospekte besorgen. Und dann gucke ich gestern früh aus dem Fenster, na, so kurz nach sieben, und da seh ich den Mensen aus dem Auto steigen! Ich war erst nicht ganz sicher. War ja noch nicht hell ... Es hat dann ein ganzes Weilchen gedauert, bis es bei mir geklingelt hat. Wenn du mir nicht ausdrücklich gesagt hättest, ihn nur reinzulassen, wenn du da bist, ich glaube, ich hätte ihm glatt aufgemacht. Außerdem war ich ja gar nicht sicher, ob es Mensen war, weil es so lange gedauert hatte. Jedenfalls hat er die Prospekte vor die Tür gelegt und ist ziemlich schnell wieder gegangen. Ob er vorher vielleicht im Keller ...? Ob er deshalb so lange gebraucht hat?"

Tom klingeln die Ohren. Manson war also im Haus gewesen! Eine knappe Stunde vor ihm! Es könnte also durchaus Manson gewesen sein, der den Kerl so übel zugerichtet hat. Dann könnte es auch Manson gewesen sein, der die Kleberolle verloren hat. Was heißt *kann*? Er war es! Tom spürt eine Welle der Wut und Angst in sich aufsteigen. Wenn es tatsächlich Manson war, der ihm an den Kragen gegangen ist, muss er einen Grund haben; er muss wissen, dass Tom ihm auf den Fersen ist. Sonst ergibt das alles keinen Sinn. Dann ist Manson auch längst klar, dass Tom hinter seiner gehbehinderten neuen Kundin steckt. Wer einen dermaßen brutalen Überfall begeht, sein Opfer halb tot schlägt und es ausraubt, der ist zu allem fähig. Das wird Tom in aller Schärfe klar.

„Tom?"

„Bendine, wir müssen jetzt sehr wachsam sein. Die Sache wird heiß."

Ein wahnwitziger Gedanke versetzt Tom einen zweiten Adrenalinstoß. Was, wenn Manson dem Mann im Keller ein Medikament verpasst hat? Das wäre doch eine elegante Methode für einen Krankenpfleger jemanden außer Gefecht zu setzen. Irgendein Zeug, das gespritzt wird, das er zufällig in seinem Arbeitstäschchen hatte. Da kommen die im Krankenhaus doch nie drauf! Die geben ihr Bestes und können den Typen nicht retten, weil ihnen wichtige Informationen fehlen! Tom muss sofort bei der Polizei anrufen. Oder besser noch gleich im Bethanien. Denn mit ziemlicher Sicherheit haben sie ihn dort hingebracht.

„Tom?" Mit erhobenen Augenbrauen steht Nora in der Badezimmertür und schaut Tom fragend an. „Kannst du mir mal sagen, mit wem du da gerade sprichst und vor allem, worüber?"

Tom hatte die Anwesenheit seiner Mutter total vergessen und könnte sich für diese Dummheit in den Hintern beißen. Er hätte mit dem Handy telefonieren sollen. Tom schüttelt stumm den Kopf.

„Aha." Nora zieht sich verärgert ins Bad zurück.

„Ich muss jetzt Schluss machen, Bendine. Mach niemandem auf, hörst du? Am besten du verlässt überhaupt nicht mehr das Haus. Versprochen?", beeilt Tom sich zu sagen.

„Ja", antwortet Frau Böse zögerlich. „Aber da ist noch etwas ... Ich glaube, mein Zweitschlüssel fehlt. Er hing doch immer an dem kleinen Schlüsselbrett neben der Tür. Bis zu dem Tag, als Mensen da war."

Als der Hörer auf der Gabel liegt, deutet Tom leise fluchend mehrere Kinnhaken gegen sein eigenes Kinn an und verschwindet in seinem Zimmer. Die wichtigsten Telefonnummern vom Bethanien hat er sich hinten auf seinem Stundenplan notiert. Tom wählt die Nummer der Intensivstation.

„Bethanien-Krankenhaus. Doktor Wohlrich am Apparat."

Frau Wohlrich muss genau neben dem Telefon gestanden haben, so schnell, wie die Verbindung zustande kam. Ihre Stimme ist Tom vertraut.

„Sie haben doch heute Morgen einen Neuzugang bekommen, einen Mann, der zusammengeschlagen worden ist", fällt Tom mit der Tür ins Haus.

„Sind Sie ein Angehöriger?"

„Nein."

„Dann darf ich Ihnen keinerlei Auskünfte erteilen. Am Telefon schon gar nicht."

„Nein, nein", beeilt sich Tom zu sagen. „Ich will auch keine Auskunft. Ich war nur dabei, als man den Mann gefunden hat, und ich habe da eine Befürchtung."

„Mit wem spreche ich bitte?", fragt die Ärztin ungehalten. Tom weiß, dass sein Anruf wenig Vertrauen einflößend ist und dass er die Ärztin von der Arbeit abhält.

„Lebt der Mann denn noch? Sonst ist es eh egal."

„Er lebt. Und welche Befürchtung haben Sie?"

„Es könnte sein, dass man ihm ein Medikament gegeben hat. Gespritzt vielleicht. Ein Betäubungs- oder Schmerzmittel."

„Wie kommen Sie darauf?"

„Das kann ich Ihnen jetzt nicht erklären. Ich dachte nur, dass dieser Hinweis Ihnen helfen könnte."

„Das könnte er tatsächlich", antwortet Frau Wohlrich plötzlich nachdenklich. „Ich werde mich darum kümmern. Vielen Dank, Herr … Wie war gleich noch Ihr Name?"

Tom legt den Hörer auf, schiebt eine CD in den Player und streckt sich auf dem ungemachten Bett aus. Die rote Bettwäsche sticht ihm unangenehm ins Auge. Dann wählt er erneut Frau Böses Nummer.

„Hier noch mal Tom. Ich komme morgen früh zu dir. Wenn du den Schlüssel von innen stecken lässt, quer zum Schloss, kann von außen keiner rein."

„Mach dir keine Sorgen, Tom. Was denkst du, wann du hier sein wirst?"

„So gegen neun."

„Dann hol ich uns Brötchen vom Kiosk. Das heißt, wenn du Zeit mitbringst."

Tom ist einverstanden. Kaum hat er die Verbindung unterbrochen, erklingt die Rufmelodie. Eine aufgekratzte Jenny sprudelt los. „War alles kein Problem beim Gewerbeamt. Die waren total nett. Alles im grünen Bereich! Kostet schlappe zwanzig Euro die Anmeldung. Wir müssen ein paar Formulare ausfüllen und fertig. Ist doch super, was?"

„Freut mich Jenny."

„Hast du eigentlich in der Zwischenzeit was über Manson rausgekriegt?"

„Ja", sagt Tom und gähnt verhalten. „Aber das ist nichts fürs Telefon."

„Mach keinen Scheiß, hörst du?", reagiert Jenny alarmiert. „Bring dich ja nicht in Gefahr!"

„Stecke wohl schon mittendrin", gesteht Tom kleinlaut. „Aber ich glaube, ich hab die Sache im Griff."

„Das klingt nicht gut, Tom. Informier lieber die Kripo, hörst du?"

„Ja, mach ich. Bald. Könntest du jetzt bitte das Thema wechseln? Ach nee, besser kein Thema. Ich möchte mich jetzt ausruhen."

14

Als Tom am nächsten Morgen gerade Zahnpasta auf seine Zahnbürste drückt, klingelt es an der Haustür. Wen Nora wohl so früh erwartet? Tom hatte gar nicht gemerkt, dass sie schon wach ist. Er selbst hätte gut und gerne noch zehn Stunden länger schlafen können. Arme Maren, keine Nacht mehr durchzuschlafen stellt Tom sich mörderisch vor. Es klingelt erneut. Tom fühlt sich nicht zuständig und konzentriert sich auf die Morgentoilette. Eigentlich sehe ich gar nicht schlecht aus, denkt er, sein Spiegelbild vor Augen. Rasieren oder nicht?, das ist hier die Frage. Wenn er sich heute überwindet, kann er sich morgen die Prozedur sparen. Seine Haut reagiert immer so empfindlich auf die lästige Enthaarungszeremonie. Danach sieht er jedes Mal aus wie frisch gekochter Hummer. Den Anblick will er Yvonne morgen ersparen. Also heute rasieren, beschließt Tom. Morgen muss es besser laufen. Kein einziges unangenehmes Thema wird er anschneiden. Auch nicht das Thema Manni. Sie werden sich einen schönen Kinoabend machen und vielleicht, vielleicht landen sie ja wieder bei ihr zu Hause. Er wird ihr ein kleines Geschenk besorgen und dann wird man ja sehen. Ideen, was sie gemeinsam so anstellen könnten, hat Tom jedenfalls genug ... Ein zaghaftes Klopfen mischt sich in das Surren des Rasierapparates.

„Was ist?"

„Komm bitte mal raus, Tom."

„Ich bin gleich fertig. Uno momento."

Nora hat bestimmt wieder Druck auf der Blase. Tom klatscht sich ein beruhigendes Gesichtswasser auf die Haut, pinkelt und tritt in Unterhose auf den Flur. Vor ihm stehen zwei Polizeibeamte neben der offensichtlich gerade aus dem Bett gefallenen Nora.

„Ist was passiert?", fragt Tom erschrocken und streicht ein paar nasse Haarsträhnen aus seiner Stirn.

Nora sucht mit ängstlichen Augen Toms Blick, in dem sich pure Ratlosigkeit spiegelt.

„Nichts Besonderes, Herr Witzeck", antwortet einer der Beamten. „Wir würden Sie nur gerne ins Präsidium nach Bremen bringen. Der Kommissar hätte da ein paar dringende Fragen wegen dem Überfall im Ahlhorner Weg. Wir hoffen, dass es Ihnen recht ist. Und entschuldigen Sie bitte die frühe Störung."

Nora versteht überhaupt nichts und schaut ratlos von Tom zu den Polizisten und zurück zu Tom. Tom denkt fieberhaft an seine Verabredung mit Bendine. Die darf er auf keinen Fall gefährden.

„Ich muss aber spätestens um neun zurück sein."

Nora schaut Tom fragend an.

„Da schreiben wir eine Klausur", schiebt Tom eine Erklärung nach.

„Das wird schon klappen", antwortet einer der Beamten mit Blick auf seine Armbanduhr. „Allerdings müssen wir uns beeilen."

Tom flitzt in sein Zimmer und steigt in seine Jeans. Als er wenige Minuten später im Polizeiauto vom Hof fährt, steht Nora im Nachthemd da und schaut dem Wagen sorgenvoll nach, bis er verschwunden ist.

Das Präsidium in Bremen macht einen ganz anderen Eindruck auf Tom als das in Hamburg, in dem er und Jenny im letzten Jahr verhört wurden, als sie in die Fänge der Mafia gerieten. Gute Architektur, befindet Tom, als er aus dem Auto klettert und in Begleitung der Polizisten auf das moderne, lang gezogene Rechteck aus ockerfarbenen Ziegeln und Glas zusteuert. Nora hätte ihre Freude daran. Im überraschend großzügigen Foyer setzt sich die anspruchsvolle, geradlinige Ästhetik fort. Tom hat mittlerweile so viel Erfahrung mit Polizei und Verhören, dass er relativ gelassen den Aufzug betritt. Er ist sogar ein bisschen neugierig, was ihn diesmal erwartet.

Das Büro, das sie in der fünften Etage betreten, nachdem sie einige Sicherheitsvorrichtungen passiert haben, ist ausbruchsicher. Tom registriert, wie sich die elektronisch gesteuerte Tür nach einem leisen ‚Klick' hinter ihm schließt. Ein etwa sechzigjähriger, weißhaariger Kommissar mit grauen Augen hinter randloser, ovaler Brille schaut Tom freundlich an. Er thront auf einem kobaltblauen Chefsessel hinter einem stattlichen, modernen Schreibtisch.

„Da haben wir ja Herrn Witzig", sagt er mit leisem spöttischem Unterton in Richtung zweier Kollegen, einer Frau und einem Mann, die mit Stühlen in der Hand aus dem Nachbarraum hinzukommen. Die Polizisten, die Tom hergebracht haben, werden auf Abruf entlassen. Nach einem weiteren, kaum hörbaren ‚Klick' öffnet sich die Tür wieder und die beiden verschwinden auf den Korridor.

Der Kommissar stellt sich und seine Kollegen vor, bietet Tom ein Glas Cola an und bittet ihn ohne lange Vorrede, die Geschehnisse im Ahlhorner Weg so detailliert wie möglich zu schildern, was Tom gerne tut. Die beiden Assistenten machen fleißig Notizen.

„Wie alt sind Sie, Herr Witzig?", fragt der Kommissar, als Tom seine Ausführungen beendet hat.

„Siebzehn."

„Mich wundert, dass Sie so früh am Morgen nicht in der Schule waren. Sie gehen doch noch zur Schule?"

Tom nickt. „Na ja, ich wollte Bendine besuchen."

„Ist Bendine Ihre Freundin?"

„Nein, eine Bekannte."

Der Kommissar blättert in seinen Unterlagen. „Der Polizei haben Sie erzählt, sie sei Ihre Großmutter. Eine herzkranke noch dazu."

Tom macht ein ertapptes Gesicht und trinkt in einem Zug die Cola aus. „Sonst hätten die mir ja nicht die Wohnung aufgemacht."

„Und warum sollte Ihnen die Wohnung geöffnet werden?"

„Das wissen Sie doch bereits", antwortet Tom. „Weil ich mir Sorgen gemacht habe."

Das Telefon klingelt. Der Kommissar nimmt das Gespräch entgegen, lauscht und legt mit einem „Okay" den Hörer wieder auf.

„Ich habe gerade erfahren, dass Frau Böse nicht herzkrank ist."

Tom stülpt wie ein kleiner Junge die Unterlippe vor. Ein Blick auf die Armbanduhr zeigt, dass es kurz vor acht ist.

„Herr Witzig, Sie haben sich gestern zwischen acht und zehn Uhr morgens im Ahlhorner Weg vierzehn aufgehalten, wo ein Mann überfallen und fast getötet worden ist."

„Ja klar, ich habe den Mann doch schließlich gefunden. Außerdem heiße ich Witzeck, nicht Witzig."

„Pardon."

„Sie geben also zu, sich in der Zeit zwischen acht und zehn Uhr des gestrigen Tages in Wildeshausen im Ahlhorner Weg vierzehn aufgehalten zu haben?"

„Natürlich. Ihre Kollegen haben meine Personalien doch gleich zweimal aufgenommen. Ich wollte bei Frau Böse nach dem Rechten sehen und sie machte mir nicht auf."

„Acht Uhr. Ungewöhnlich früh für eine Verabredung mit einer alten Dame, finden Sie nicht, Herr Witzeck. Warum haben Sie sich nicht nach der Schule mit ihr verabredet?"

Tom zuckt genervt mit den Schultern. Ob es was bringt, jetzt die ganze Geschichte mit Manson erzählen?

Der Kommissar steht auf und verschwindet mit Toms leerem Glas und seinen Mitarbeitern im Nachbarraum, wo Tom sie undeutlich miteinander sprechen hört. Eine geschlagene halbe Stunde lassen sie ihn warten. Toms Magen knurrt mittlerweile wie ein ausgewachsener Hund. Er könnte vor Hunger in den Schreibtisch beißen.

Als der Kommissar endlich wieder auftaucht, ist es 8 Uhr 30.

„Ich müsste mal dringend telefonieren", bittet Tom ohne Umschweife.

Hauptkommissar Walter schaltet die Telefonanlage auf ‚Mithören' und reicht Tom wortlos den Hörer über den Schreibtisch. Tom tippt die Nummer von Bendine ein, die nach zweimaligem, langem Durchklingeln endlich abnimmt.

„Hier ist Tom, Bendine. Es ist heute Morgen was dazwischengekommen. Du musst wohl ohne mich frühstücken."

„Ist was passiert, Junge?"

„Ich rufe dich vom Kommissariat aus Bremen an. Ein Verhör wegen dem Überfall im Keller. "

„Aber was wollen die denn noch von dir, Tom?"

„Das weiß ich auch nicht. Ich hoffe, dass die mich bald wieder gehen lassen. Ich komme später bei dir vorbei, okay? Und lass niemanden rein, hörst du?"

„Tom. Ich glaube, Mensen war in meiner Wohnung."

„Was?!!" Tom springt auf. „Wann?"

„Als ich draußen war zum Brötchenholen."

„Woher weißt du das? Was wollte er denn?"

Tom schaut den Kommissar verzweifelt an.

„Ich glaube, er hat den Zweitschlüssel wieder ans Brett gehängt."

„Bist du dir sicher?"

„Der Schlüssel hängt jedenfalls wieder da. Ich habe Angst Tom. Ich hab das Gefühl, es passiert was."

„Lass immer einen Schlüssel von innen stecken, Bendine! Ich bin so schnell wie möglich bei dir."

Tom gibt mit zitternder Hand den Hörer zurück.

„Bitte setzen Sie sich wieder, Herr Witzeck."

Tom baut sich angriffslustig vor dem Schreibtisch auf.

„Sie haben doch selber gehört, dass Frau Böse in Gefahr ist! Ich muss zu ihr! Glauben Sie mir doch! Außerdem ist mir schon ganz schlecht vor Hunger."

Kommissar Walter schüttelt den Kopf. „Wenn wir hier fertig sind, dürfen Sie nach Herzenslust essen, Herr Witzeck. Wie lange das noch dauern wird, hängt ganz allein von Ihnen ab."

„Was ist denn hier los?", braust Tom auf. „Bin ich jetzt etwa der Angeklagte hier?"

Walter fordert Tom ein weiteres Mal auf, wieder Platz zu nehmen, und fährt stoisch mit seinem Verhör fort. „Haben Sie das Opfer berührt, als Sie es gefunden haben?"

„Ja. An der Schulter, glaube ich."

„Nur an der Schulter?"

„Ja."

„Waren Sie es, der gestern Abend gegen neunzehn Uhr mit Doktor Wohlrich vom Bethanien-Krankenhaus telefoniert hat?"

Das wissen die auch schon, denkt Tom und sagt: „Ja." Langsam wird er ernsthaft nervös. Er schlägt ein Bein über das andere und verschränkt die Arme vor der Brust.

„Haben Sie Doktor Wohlrich die Information übermittelt, dass dem Überfallenen ein Betäubungsmittel gespritzt worden sein könnte?"

„Ja."

„Und wie kommen Sie darauf? Ich denke, Sie haben den Mann erst gefunden, als er schon bewusstlos war? Oder haben Sie da vielleicht doch eine Kleinigkeit vergessen? Vielleicht war er ja noch bei Bewusstsein ... Oder vielleicht kannten Sie ihn ja ..."

„Der Mann lag bewussstlos auf dem Boden, wie ich Ihnen

schon sagte. Ich kann auch nicht ... ich meine, ich weiß nicht, ob ich ihn kenne oder nicht! Der war doch total verquollen im Gesicht. Außerdem würde ich Ihnen gerne *alles* erzählen, die ganze Geschichte. Ich vermute nur, dass Sie mir kein einziges Wörtchen glauben werden."

Toms anfängliche Ruhe ist endgültig dahin. Da der Hauptkommissar schweigt und auch seine Mitarbeiter anscheinend weiter auf Zuhören gepolt sind, legt Tom los: Angefangen beim Tod von Marens Großmutter, den Geldnöten der Theater-AG, dem Lebensmittelservice bis hin zum plötzlichen Tod zweier Kunden, reiht er die Ereignisse der letzten Wochen so gut es geht aneinander, versucht, die Parallelen zwischen den Todesfällen aufzuzeigen sowie die Verdachtsmomente gegen Manson. Auch Matuschek erwähnt er, den er neulich in seinem Häuschen tot aufgefunden hat.

Die Kommissare sind durchaus bemüht, Toms teilweise recht wirren Ausführungen zu folgen. Besonders als er von dem Überfall im Remisenschuppen und dem Klebeband erzählt, werden mit erhobenen Brauen Verständnisfragen gestellt.

„Den Manson müssen Sie sich genauer ansehen. Mit *dem* stimmt was nicht!", schließt Tom heftig seine Ausführungen.

Das Ergebnis seiner rhetorischen Bemühungen folgt auf dem Fuß. „Etwas wirr, Ihre Geschichte", ergreift der Kommissar wieder das Wort. „Aber durchaus nicht uninteressant. Allerdings gefallen mir unsere Vermutungen besser, sie sind plausibler als Ihre Ausführungen. Aber ich will meinen guten Willen beweisen und mich um den jüngst verstorbenen Matuschek kümmern. Der dürfte ja noch nicht unter der Erde sein. Kollegin Detlefsen, wären Sie so freundlich herauszufinden, wer den Totenschein ausgestellt hat?"

Frau Detlefsen nickt und verschwindet eilig im Nachbarraum, um zu telefonieren. Tom könnte platzen vor Anspannung. Bendine hockt wie eine Maus in der Falle und er kann nichts für sie tun! Die scheinen ihn hier festnageln zu wollen und es gibt nicht die leiseste Hoffnung, dass sich das in absehbarer Zeit ändern wird. Himmel, bitte hilf, fleht Tom bei sich. Du weißt doch, dass ich eine reine Weste habe.

„Ich muss dringend zu Frau Böse!“, unternimmt Tom einen neuen verzweifelten Versuch, Hauptkommissar Walter zu alarmieren. „Sie ist in Gefahr! Glauben Sie mir wenigstens das! Manson hat den Zweitschlüssel zu ihrer Wohnung.“

„Aber den hat er doch heute Morgen wieder hingehängt“, reagiert Kommissar Detlefsen spitz und ist sich im Gegensatz zu seinem kopfschüttelnden Vorgesetzten, nicht der Naivität seines Kommentars bewusst.

„Haben Sie in der Zeit vom neunundzwanzigsten Oktober bis zum vierten November auf der Station fünf des Bethanien-Krankenhauses als Küchenhilfe ausgeholfen?“, fragt Walter unbeeindruckt weiter.

„Ja.“

„Und Sie wollen mir doch jetzt nicht weismachen, dass es da keine Möglichkeit gab, unbemerkt an Medikamente ranzukommen.“

Tom schließt die Augen und beginnt zu ahnen, worauf die Sache hinauslaufen wird. Es wird tatsächlich ernst für ihn. Nicht eine Sekunde wäre es ihm in den Sinn gekommen, dass er sich selbst, Schritt für Schritt, in die Rolle des Hauptverdächtigen manövrieren könnte. Es sieht verdammt noch mal nicht gut aus.

„Nun, das sieht nicht gut aus für Sie, Herr Witzeck“, bestätigt Kommissar Walter auch prompt. „Da scheint ein Puzzleteil zum anderen zu passen. Nur eines ist mir ein Rätsel: Ihr Motiv. Warum haben Sie diesen schrecklichen Raubüberfall begangen? Brauchten Sie Geld?“

„Nein! Verdammt, nein! Ich habe mit der Sache nichts zu tun! Warum sollte ich versuchen, jemanden umzubringen und dann die Polizei verständigen? Das macht doch keinen Sinn!“

„Könnte genau dieser Schachzug sein, mit dem Sie kalkuliert haben, Herr Witzeck, vielleicht hat ja jemand gesehen, wie Sie den Keller verlassen haben ...“

Tom schüttelt energisch den Kopf.

Erneut klingelt das Telefon. Kommissar Walter scheint etwas zu erfahren, was ihn bitter ernst werden lässt. „Herr Witzeck, Sie geben an, das Opfer nur kurz an der Schulter berührt zu haben. Wie kommen dann Ihre Fingerabdrücke auf beide Handschuhe des Opfers?“

Die Handschuhe!, rast es Tom durch den Kopf. Hatte er die Handschuhe der Polizei gegenüber überhaupt erwähnt? Den einen hatte er für jedermann sichtbar ins Treppenhaus gelegt, den anderen, blutverschmierten, vor Schreck im Müllcontainer gelassen. Klar, dass die Kripo den im Zuge ihrer Spurensuche auch gefunden hat. Ein entsorgter Handschuh mit dem Blut des Opfers und Toms Fingerabdrücken ... Na, prost Mahlzeit. Deshalb hatte Walter ihm bestimmt auch unaufgefordert die Cola hingestellt. Er brauchte ein paar saubere, frische Abdrücke von Tom, um sie mit denen auf den Handschuhen zu vergleichen.

Das beklemmende Schweigen wird wieder vom Telefon unterbrochen. Der Hauptkommissar nimmt ab und lauscht unter fortwährendem Kopfnicken, während er eilig ein paar Notizen macht. Mit den Notizzetteln in der Hand hebt er an, den Raum zu verlassen.

„Ich muss dringend rüber zu Herbert, Detlefsen. Kann ein bisschen dauern. Bringen Sie den jungen Mann vorübergehend in unserer Komfortzelle unter, da kann er dann in Ruhe nachdenken, ob er uns nicht lieber die Wahrheit sagt. Sie können mit Ihrer Frau erst mal Frühstück machen.“

Tom traut seinen Ohren nicht und reißt fassungslos die Augen auf.

Der Hauptkommissar gibt an der nicht sichtbaren Front seines Schreibtisches einen Zahlencode ein, die Tür öffnet sich und er verlässt ohne weiteren Kommentar den Raum. Merkwürdigerweise bleibt diesmal das leise ‚Klick' aus und mit ihm der Schließmechanismus der Tür.

Im gleichen Augenblick verschwindet Kommissar Detlefsen zu seiner Frau in den Nebenraum, um sie von der Order des Chefs zu unterrichten. Tom spurtet los und schafft es gerade noch, den Raum zu verlassen, bevor die beiden Türhälften wieder hinter ihm zusammengleiten. Schnellen Schrittes eilt er den Gang entlang und holt einen bulligen Polizeibeamten mit Doggengesicht ein, der wie Tom die gläserne Verbindungstür zum Treppenhaus ansteuert.

„Bin gespannt, wie lange der Walter die ständigen Überstunden noch mitmacht", spricht Tom ihn an.

„Sind Sie der neue Zivile für die Straße?", fragt der Polizist mit skeptischem Seitenblick auf Tom.

Tom nickt.

„Mann oh Mann, ihr Jungs werdet auch immer jünger. Scheißjob eigentlich."

Der Polizist zückt seinen Passierchip aus der Innentasche seiner Lederjacke und hält sie vor die rote Laser-Kennung in der Wand. „Aber in deinem Alter fand ich das auch noch spannend. Wenn ich dir einen Rat geben darf: Versuch nicht, den Helden zu markieren. Die Drogenjungs fackeln nicht lange."

Die Tür öffnet sich und lässt die Männer passieren. Glücklicherweise steht der Aufzug bereits in Warteposition und drei Minuten später atmet Tom Freiheit. Wie der Blitz spurtet er auf die andere Straßenseite zur Haltestelle, um den gerade anhaltenden Bus noch zu erwischen, und drückt sich im hinteren Drittel zwischen die Sitze. Aus den Augenwinkeln behält er das Präsidium im Auge. Noch scheint ihm niemand auf den Fersen zu sein.

Von der Frau hinter sich erfährt Tom, dass der Bus geradewegs zum Hauptbahnhof fährt. Glück muss der Mensch haben! Trotz der ganzen Anspannung bedauert es Tom ein bisschen, die dummen Gesichter von Detlefsen und Detlefsen nicht gesehen zu haben, als sich Tom von einer Sekunde zur anderen plötzlich in Luft aufgelöst hat.

Nach zwölf scheinbar ewig dauernden Minuten erreicht der Bus den Bahnhof. Der nächste Zug nach Wildeshausen geht in acht Minuten. Noch mal Glück gehabt! Tom kramt die letzten Münzen aus seinen Hosentaschen zusammen.

Die letzten dreihundert Meter vom Bus zum Ahlhorner Weg legt Tom zu Fuß zurück. Es ist Mittag. Die Sonne steht vor einem wolken-marmorierten blauen Himmel und Tom schöpft Hoffnung, dass der Winter doch irgendwann vorbei sein wird. Allerdings darf er sich keinen einzigen Fehler mehr erlauben, wenn er den nächsten Sommer überhaupt noch erleben will. Er muss vor Manson höllisch auf der Hut sein. Gleichzeitig hofft Tom, dem Kerl so bald wie möglich gegenüberzustehen, um ihm sein schmutziges Handwerk zu legen.

Als vor Toms Nase plötzlich der Schriftzug Rapid Pflegedienst auf einem der parkenden Auto prangt, macht er eine Vollbremsung. Knappe drei Meter weiter sitzt Manson im Schutz seines Dienstwagens und trommelt nervös mit den Händen aufs Lenkrad. Kein Zweifel, dass er den Hauseingang der vierzehn im Visier hat. Was Manson wohl vorhat? Unauffällig schlendert Tom weiter und biegt in die nächste Querstraße ein, um zu telefonieren.

„Hallo, hier ist Tom. Ich bin ganz in deiner Nähe. Alles klar bei dir?"

„Mensen hatte gestern Abend noch angerufen, das konnte ich dir eben nicht erzählen, weil du so schnell wieder weg warst. Er wollte mir neue Prospekte bringen. Aber ich habe ihm gesagt, dass ich unpässlich bin und dass er die Prospekte in den Briefkasten stecken soll. Er wollte heute noch nach Oldenburg fahren, um das Elektromobil zu besorgen. Mensen sagte, das Geschäft biete für wenige Tage Sonderrabatte an und bei Barzahlung zusätzlich drei Prozent Skonto. Er würde an meiner Stelle sofort zuschlagen. Am besten heute noch, und nur mit Barzahlung."

„Bald haben wir ihn", frohlockt Tom.

„Aber der Mensen war so aufgeregt", fährt Bendine fort. „Ganz merkwürdig. Als ob er total unter Druck stehen würde. Und dann sagte er noch, meine Hausärztin hätte ihm ein neues Medikament mitgegeben. Eine besondere Spritze, die für lange Zeit die Schmerzen wegnimmt."

Tom wechselt den Hörer ans andere Ohr und nickt aufgeregt. „Und? Was hast du ihm geantwortet?"

„Du hattest doch vorgeschlagen, ihn mit Geld zu locken. Ich hab deshalb zugesagt, das Geld bis zum Nachmittag abzuheben."

Bei Tom fällt der Groschen. Darauf wartet Manson also! Er sitzt bereits in den Startlöchern und muss sich demnach in Sicherheit wähnen!

„Hör zu, Bendine. Manson sitzt unten im Auto und beobachtet das Haus. Am besten, du machst dich auf den Weg, das Geld zu holen. Ist doch bestimmt die Sparkasse neben dem Kinderspielplatz?"

„Ja, genau."

„Ich warte dort auf dich. Auf der Straße bist du sicher, Bendine. Sobald du mit dem Geld zurück bist, wird Mensen wahrscheinlich bei dir klingeln. Wie lange, denkst du, wirst du bis zur Sparkasse brauchen?“

„Mindestens eine halbe Stunde. Die Knochen tun mir heute wirklich weh. Vielleicht ist Mensens Spritze ja gar nicht so übel?“

„Hör bloß auf. Mir ist nicht zum Scherzen ...“

„Ich geh dann mal los, Tom. Soll ich das Geld denn wirklich abheben? Dreitausend Euro, das sind meine ganzen Ersparnisse.“

„Gute Frage. Vielleicht besser nicht. Oder doch ... Ich weiß es auch nicht.“

„Wenn der Kerl wirklich ein mieser Killer ist, ist so eine Summe lächerlich“, beschließt Frau Böse. „Ich werde es riskieren.“

Tom ist nicht wohl bei dem Gedanken. Aber er weiß sich auch keinen besseren Rat. Als der Hörer wieder in der Gabel hängt, bleibt er noch einen Moment in der Telefonzelle stehen, um seine Gedanken zu ordnen. Am meisten liegt Tom im Magen, dass er nicht weiß, wie die Sache weitergehen soll, wenn Bendine das Geld abgehoben hat. Auf keinen Fall darf er Bendine nach Verlassen der Sparkasse nur eine Sekunde aus den Augen lassen! Über eine Parallelstraße erreicht Tom lange vor Bendine die Sparkasse. Er setzt sich auf eine der Kunstlederbänke und zieht grübelnd die Schultern vor. Ihm ist unwohl. Regelrecht übel. Einerseits bereut er es, Bendine in die Angelegenheit hineingezogen zu haben, andererseits hatte er keine andere Wahl. Jetzt ist der Stein ins Rollen gebracht, jetzt muss er die Sache durchziehen. Der Fisch hängt fast am Köder. Aber warum macht Manson plötzlich so viel Druck? Logischer wäre, wenn er sich zurückzöge, sich unauffällig verhielte und abwarten würde. Manson ist schließlich kein Vollidiot. Tom kann sich wieder mal keinen Reim darauf machen. Vielleicht hat Manson ja doch nichts mit dem Überfall im Keller zu tun und vielleicht war es tatsächlich ein ganz normaler Einbrecher, der Tom im Schuppen überrascht hat. Und Klebeband findet man doch fast in jedem Haushalt. Die Rolle im Keller könnte somit auch jeder andere verloren haben. Und wer weiß, vielleicht hat Manson ja tatsächlich mit Bendines Hausärztin gesprochen. Sollte Manson dagegen ein Killer sein, betrachtet Tom die Kehrseite der Medaille, wird er das Geld nehmen und Bendine zu beseitigen versuchen. Heute oder in ein paar Tagen. Mit der bereits warm empfohlenen neuen Spritze. Schlappe dreitausend Euro gegen ein Menschenleben, kaum auszudenken. Sollte Bendine darauf bestehen, dürfte es kein Problem für Manson sein, einen Beleg zu organisieren, aus dem die Bestellung eines Elektromobils hervorgeht. Dann stirbt der immobile Kunde und Manson streicht das Geld ein. Kaum jemand wird jemals dahinter kommen. So oder so ähnlich würde Tom es an Mansons Stelle machen. Wahrscheinlich ist es besser, Manson das Geld nicht auszuhändigen, ihn unter irgendeinem Vorwand abzuwimmeln, überlegt Tom weiter. Er will auf keinen Fall Bendines Ersparnisse aufs Spiel setzen. Allerdings geht sein ganzer Plan dann nicht auf. Manson muss das Geld in die Finger bekommen! Wie unter Schmerzen kneift Tom die Augen zusammen. Solange Manson nicht wirklich zur Tat schreitet, kann er ihm nichts nachweisen. Gar nichts. Aber Bendine darf niemals Medikamente von ihm bekommen! Wie Tom die Sache auch dreht und wendet, sie geht nie zufrieden stellend auf. Zu allem Überfluss ist jetzt auch noch die Kripo hinter ihm her. Sie werden ihn suchen, ihn finden, mitnehmen und Bendine allein lassen.

Einem inneren Impuls folgend beschließt Tom, die Aktion mit dem Geld abzublasen, und fühlt sich sofort erleichtert. Es ist einfach zu gefährlich, und genau das wird er Bendine sagen. Außerdem beinhaltet Bendines letztes Telefonat mit Manson genau die Fakten, die Tom noch fehlen, um Hauptkommissar Walter von der Stichhaltigkeit seines Verdachts zu überzeugen. Vor allem, wenn Mansons Gespräch mit der Hausärztin frei erfunden ist, was leicht nachzuprüfen wäre. Sobald sie zurück in Bendines Wohnung sind, wird Tom auch Kommissar Berndes von der Kripo Hamburg anrufen. Berndes kennt Tom von seinen anderen kriminalistischen Ausflügen her und Berndes wird ihm glauben. Tom ballt die rechte Hand siegesgewiss zur Faust.

Frau Böse ist überrascht, als Tom sie neben sich auf die Bank zieht und in seinen veränderten Plan einweiht. Aber im Grunde ist sie auch froh, nicht mehr mit Manson zusammentreffen zu müssen, und lässt sich gerne überzeugen.

„Du sagst ihm einfach sagen, du hast es dir anders überlegt. Dass du noch ein bisschen mit der Anschaffung warten möchtest. Dann verabschiedest du dich von ihm, weil du zunächst einmal eine Kostenübernahme bei deiner Krankenkasse beantragen willst."

„Glaubst du denn wirklich, Tom, dass die Kripo sich den Manson jetzt vorknöpfen wird?"

„Es deutet mittlerweile einiges darauf hin, dass mit dem Burschen was nicht stimmt. Wir werden gleich mal checken, ob deine Hausärztin tatsächlich ein neues Medikament für dich verordnet hat. Ich denke nicht. Das werde ich neben anderen Fakten dem Hauptkommissariat in Hamburg mitteilen. Die kennen mich und die werden mir glauben und die Sache ins Laufen bringen."

Im Schneckentempo erreichen Tom und Bendine nach einer halben Ewigkeit den Ahlhorner Weg, obwohl die Gehwege frei und nicht vereist sind. Ohne ihre Gehhilfe hätte Bendine es wohl überhaupt nicht geschafft. Wachsam behält Tom die parkenden Autos gegenüber der vierzehn im Auge. Unter den neuen Vorzeichen kann Manson sie jetzt ruhig zusammen sehen. Aber da ist kein Manson mehr. Der weiße Polo mit der blauen Aufschrift ist verschwunden.

„Hat ihm wohl zu lange gedauert“, vermutet Bendine und drückt mit ihrer Gehhilfe gegen die Haustür, die mit einem Schnappgeräusch nachgibt. Stufe um Stufe quält sie sich dann in die zweite Etage hoch. Tom kann es kaum mit ansehen. Während einer Verschnaufpause auf dem Treppenabsatz wird Bendine auf Toms Magengeräusche aufmerksam und verspricht Abhilfe.

Als Tom Bendine in den Korridor ihrer Wohnung folgt, spürt er plötzlich einen dumpfen Schlag auf seinem Hinterkopf und sackt in die Knie.

16

Ein nervenaufreibendes Fiepen mischt sich in die grellen Farben, die Toms Hirn bei geschlossenen Augen produziert. Das Erste, was Tom wahrnimmt, als er zurück in einen bewussten Zustand driftet, ist seine Mundhöhle, in der sich etwas Dickes, bitter Schmeckendes bewegt. Es dauert unangenehm lange, bis er realisiert, dass es sich dabei um seine eigene Zunge handelt. Aber nicht nur seine Zunge liegt wie eine gelähmte Riesenschnecke in seinem Mund. Alles fühlt sich schwer und bleiern an. Als fließe kaltes flüssiges Eisen durch seine Zellen, das alle Körperfunktionen in Zeitlupe versetzt. Dann wird sein Körper von einem heftigen Erdbeben erfasst. Tom reißt erschrocken die Augen auf. Die fiepende Geräuschkulisse wird dichter und eine menschliche Stimme drängt sich dazwischen. Unendlich langsam dämmert es Tom, dass der dumpfe, anhaltende Schmerz zu ihm gehört.

„Herr Witzeck, hören Sie mich?“

Toms Arm wird erschüttert, als trete ein Elefant dagegen. Unter dröhnenden Schmerzen wendet Tom seinen Kopf in die Richtung, aus der der Elefant zu kommen scheint. Seine Augen wollen jedoch nicht gehorchen, wollen nicht sehen. Dann entpuppt sich der Elefant als Mensch. Toms irritiertes Nervensystem hat die behutsame Berührung Doktor Wohlrichs in ein Erdbeben verwandelt.

„Herr Witzeck, hören Sie mich?“

Wieder diese Stimme. Tom will sich aufrichten, aber sein Körper und sein Wille haben keinen Kontakt zueinander. Gott sei Dank klärt sich das wabernde Bild vor seinen Augen. Auch das Lächeln von Frau Doktor Wohlrich hat etwas Klärendes.

„Was ist los?“, fragt Tom. Das schwere Ding in seinem Mund formt die Worte nur widerwillig. Unter knackenden Geräuschen bewegt er seinen Unterkiefer vor, als könne er so die Starre in seinem Kopf lösen, aber die Antwort von Doktor Wohlrich hat sich bereits in Nichts aufgelöst, bevor Tom ihren Sinn erfasst hat.

„Was ist los?“, fragt Tom erneut unter immenser Anstrengung.

„Sie haben eins über den Kopf gekriegt. Aber das ist jetzt nicht wichtig. Ruhen Sie sich aus, Herr Witzeck. Ich komme später noch einmal zu Ihnen.“

Toms Innenohr und Gehirn scheinen nun sinnvoller miteinander zu kooperieren. „Eins über den Kopf gekriegt“, wiederholt Tom und macht eine träge Kaubewegung. Der Satz besteht aus leeren Worthülsen für ihn. Tom versucht, seine Erinnerung zu aktivieren. Dann nähern sich erneut Stimmen und erzeugen Übelkeit in ihm. Toms Augen fallen zu. Schlafen …

„Das geht jetzt nicht, Herr Kommissar. Er ist gerade erst wach geworden. Ja, ich weiß, dass es wichtig ist.“

„Kommissar …“, hört Tom sich da lallen.

Die Stimmen wabern wie Geister über ihm.

„Herr Witzeck, hier ist Hauptkommissar Walter. Hören Sie mich?“

Tom bewegt die Augenlider anstatt zu nicken.

„Ich muss mich bei Ihnen entschuldigen, Herr Witzeck. Wir haben Manson.“

Manson. Da ist es wieder, dieses Wort.

„Bendine?“

„Alles in Ordnung, Witzeck, alles in Ordnung.“

„Kommen Sie bitte, Herr Kommissar. Sie sehen doch …“

Die Stimmen werden schwächer und verklingen im Nebel.

Drei Stunden später hat Tom seine Geistes- und Körperfunktionen wieder erstaunlich gut unter Kontrolle. Hauptkommissar Walter hat es sich auf einem Stuhl neben seinem Bett gemütlich gemacht und äußert sich amüsiert über den Zufall, dass Tom ausgerechnet neben dem Mann aus dem Ahlhorner Weg zum Liegen gekommen ist. Tom schielt zum Nachbarbett und sieht nichts Erfreuliches. Ein Mann mit Kopfverband liegt da, schlafend oder bewusstlos, angeschlossen an eine Batterie Infusionsflaschen.

„Ich bin heilfroh, dass wir Sie so schnell gefunden haben, Witzeck", fährt Walter mit Blick auf die Infusionsflasche fort, die in Toms Arm tropft.

„Was ist mit Bendine?"

„Alles in Ordnung mit Frau Böse. Ich soll Sie herzlich von ihr grüßen. Manson hatte sie in eine Art Kurznarkose versetzt und zog gerade seinen Spezialcocktail in eine Spritze, als wir die Wohnungstür öffneten." Walter lacht auf. „Wir haben die vierzehn die ganze Zeit von der Straße aus observiert und auf Sie gewartet, Mann. Manson war aber leider schneller. Frau Böse hat geschimpft wie ein Rohrspatz, als wir sie vorsichtshalber ins Krankenhaus einweisen ließen. Nach den üblichen Untersuchungen ist sie auf eigene Verantwortung wieder gegangen. Danach hat sie regelrechten Telefonterror hier veranstaltet und sich alle fünf Minuten nach Ihnen erkundigt. Ihre Mutter wartet übrigens auch darauf, zu Ihnen gelassen zu werden. Sie sitzt draußen im Foyer."

Tom ringt sich ein Grinsen ab. Das Bethanien ist mittlerweile so etwas wie ein zweiter Wohnsitz für Nora und ihn geworden.

„Wussten Sie, dass Manson Morphinist ist?"

Mit der Frage des Kommissars erscheint Doktor Wohlrich auf der Bildfläche und bittet ihn freundlich, aber bestimmt, dem Patienten nun Ruhe zu gönnen. Die zehn bewilligten Minuten seien längst um. Morphinist, wiederholt Tom in Gedanken. Zu mehr ist er nicht in der Lage. Sein Schädel brummt wie ein alter Kompressor. Zentimeterweise wendet sich Tom zur Seite und sieht, wie eine Krankenschwester und ein Pfleger seinen Bettnachbarn betten. Behutsam halten sie den Mann auf der linken Körperseite und wechseln sein Stecklaken. Tom schaut frontal in das mittlerweile abgeschwollene Gesicht und stutzt. Obwohl die rechte Gesichtshälfte nach wie vor blau und grün unterlaufen ist, kommt es ihm irgendwie bekannt vor. Aber woher? Wo hat er diesen Mann schon einmal gesehen?

Am nächsten Morgen erfährt Tom von der Frühschicht, dass Samstag ist, der 16. November. Für heute Abend hatte Tom sich mit Yvonne verabredet. Aber Pustekuchen. Schon wieder macht ihm dieses Krankenhaus einen Strich durch die Rechnung. Aber immerhin fühlt er sich schon besser. Er hatte das abendliche Schlafmittel abgelehnt, weil er nicht noch benommener sein wollte, als er sich eh schon fühlte. Die folgende Nacht war miserabel. Das Fiepen und Piepen der Apparate raubte ihm fast den Verstand. Auch an die weinende Nora musste er immerzu denken. Arme Nora. Der Kommissar hatte zum Glück bereits mit ihr gesprochen und sie in groben Zügen informiert, so dass Tom sich nicht mit Entschuldigungen und Erläuterungen herumquälen musste. Trotzdem quälte Tom ein schlechtes Gewissen. Erst als Doktor Wohlrich Nora zum dritten Mal versicherte, dass Tom lediglich eine kräftige Gehirnerschütterung habe, der mit Bettruhe beizukommen sei, war Nora endlich beruhigt. Knapp eine Stunde hielt sie schweigend Toms Hand und legte alle paar Minuten die Schnabeltasse an seine Lippen, damit er trinken konnte.

Tom sehnt sich nach Ruhe. Jede Bewegung, jedes Geräusch ist ihm zu viel. Sogar sein eigener Atem. Vorsichtig richtet er seinen Oberkörper auf, ganz langsam, um unfreiwillige Karussellfahrten zu vermeiden. Es scheint Schichtübergabe zu sein, weil das gesamte Pflegepersonal im Aufenthaltszimmer verschwunden ist. Die Nachtschicht berichtet der Frühschicht, was los war, um dann in den wohlverdienten Feiermorgen zu gehen. Für Tom steht fest, dass er keine zweite Nacht in diesem Nullsternehotel verbringen wird. Sobald er laufen kann, wird er das Weite suchen. Schließlich hat er zu Hause auch ein Bett, in dem er herumliegen kann. Und zu Hause piept und fiept es nicht die ganze Zeit und er hat eine Pflegekraft ganz für sich alleine. Er wird es genauso machen wie Bendine und sich auf eigene Verantwortung entlassen. In Zeitlupe schiebt Tom seine Beine aus dem Bett und lässt sie auf den Boden gleiten. Dann heftet er seinen Blick an das Gesicht seines Nachbarn. Wer ist dieser Mann? Was ist passiert an jenem Morgen im Keller? Und warum hatte Manson Tom im Schuppen aufgelauert? Auf diese Fragen scheint der Kommissar auch noch keine Antworten zu wissen. Tom versucht unter Zuhilfenahme seiner Finger zu rekonstruieren, wie lange der Mann schon bewusstlos ist. Fünf Tage müssten es jetzt sein. Fünf Tage sind nicht wenig. Tom setzt behutsam einen Fuß vor den anderen, bis seine Oberschenkel das Nachbarbett berühren. Die Augäpfel des Mannes scheinen sich hinter den Lidern zu bewegen. Er kommt bald zu sich, geht es Tom durch den Kopf. Bald wird er ihn alles fragen können und erfahren, was es noch zu erfahren gibt. Tom tapst unsichere vier Schritte zu seinem Nachtschrank zurück. Er konzentriert sich, atmet ruhig durch und geht vorsichtig in die Knie, wobei er den Oberkörper kerzengerade hält. Im Nachschrank hat Nora alles verstaut, was in einem Etablissement wie diesem nötig ist. Unter anderem seine blauen Hauslatschen und einen brandneuen, blau-weiß gestreiften Bademantel. Tom streift beides mit wackligen Gliedmaßen über. Dann peilt er den Korridor auf der anderen Seite der Glaswand an.

„Es geht …“, flüstert Tom sich Mut zu. „Nur immer schön langsam, Alter …“

In wenigen Minuten wird sich die Frühschicht auf die Patienten stürzen und dann gibt es keinerlei Chance mehr zu entrinnen. Schritt für Schritt, als habe er soeben erst laufen gelernt, wackelt Tom in die Halle mit den Aufzügen. Niemand kommt ihm in die Quere. An eine der bunten Mosaiksäulen macht er kurz

Rast, um zu verschnaufen, dann verschwindet er im Aufzug. Die Station fünf würde er sogar blind finden, wenn es sein müsste. Da ist Tom sicher. Seinen Berechnungen zufolge müsste Yvonne heute Frühschicht haben. Manni leider auch. Aber was geht Tom Manni an? Er kann sich schließlich nicht um alles kümmern. Hauptsache Yvonne ist da. Kino ist heute wohl nicht drin. Aber vielleicht können sie ihre Verabredung ja ein bisschen modifizieren. Im Aufenthaltszimmer der Station beispielsweise ist abends nichts los, da könnten sie sich ungestört unterhalten und Hagebuttentee trinken. Nicht gerade romantisch, aber besser als gar nichts. Und in seinem brandneuen Bademantel kann Tom sich durchaus sehen lassen. Eigentlich könnte Yvonne ihn auch nach Dienstschluss nach Hause fahren, überlegt Tom. Das wäre der Hit.

Die Aufzugtür gleitet in majestätischer Gelassenheit auseinander und Tom schreitet hölzern, als habe er einen Stock verschluckt, auf die Schwingtür mit der Fünf zu. Seine Knie werden langsam weich. Auch fängt die Welt um ihn herum an zu schaukeln. Ein Stuhl wäre jetzt nicht schlecht. Tom schiebt sich mühsam durch die gläserne Tür und verharrt breitbeinig in der Mitte des Ganges. Er hat das Gefühl, als bewege er sich auf einem Schiff. Die Stationsuhr an der Wand im Mittelgang wankt und Tom muss sie ein paar Sekunden ins Visier nehmen, bis er die Uhrzeit erkennt. Es ist 6 Uhr 34. Punkt 6 Uhr 30 stürmt die Frühschicht normalerweise los, um die Betten zu machen. Heute scheint das anders zu sein. Jedenfalls ist nirgendwo Bewegung auszumachen. Kein einziger Bettenwagen steht mit frischer Wäsche bepackt auf dem Gang. Auch die Rufsignale der Patienten scheinen niemanden zu interessieren. Merkwürdig. Tom klammert sich an die hölzerne Laufleiste an der Wand und nähert sich schrittweise dem Schwesternzimmer. Die Tür ist angelehnt und kein Laut dringt an Toms Ohr. Irgendetwas stimmt hier nicht.

Vorsichtig schiebt Tom seinen Kopf durch den Türspalt ins Schwesternzimmer. Und da sind sie alle: Yonne, Margit, Ute, die Nachtwache, und ein junger Mann, den Tom nicht kennt. Wahrscheinlich ein neuer Schüler. Yvonne sitzt mit dem Rücken zur Tür am Kopfende des Tisches. Vor ihr türmen sich Süßigkeiten in einer Schale, aber niemand bedient sich. Die Stimmung ist merklich gedrückt. Irgendetwas muss passiert sein. Etwas Schlimmes.

„Tom!" Ute, die Nachtwache, entdeckt Tom als Erstes.

Tom tritt in die Tür und alle starren ihn an, als sei er ein Wesen von einem anderen Stern. Yvonne wischt sich schnell ein paar Tränen aus dem Gesicht und scheint durch Tom hindurchzusehen.

Es ist wieder Ute, die Tom ins Zimmer winkt. „Was ist denn mit dir los?"

Tom wankt zum nächstbesten freien Stuhl und setzt sich. „Nichts Besonderes. Ich hab eins über die Rübe gekriegt. Und was ist hier los?"

Betreten schauen ihn alle an.

„Manni ist tot", sagt Yvonne dann stockend.

Toms Kehle ist wie zugeschnürt. Er schluckt dagegen an und schaut Yvonne ungläubig in die Augen.

„Hat sich vor einen Zug geworfen. Gestern Abend." Erneut laufen Tränen über ihre Wangen.

„Und warum?", fragt Tom leise.

Ratloses Schulterzucken.

„Gestern war er wie immer", ergreift Margit das Wort. „Da war nichts Besonderes."

„Scheiße", entfährt es Tom. „Scheiße aber auch."

„Wir müssen anfangen, Leute", versucht Margit Bewegung in die bleierne Runde zu bringen.

Alle scheinen auf die erlösenden Worte gewartet zu haben und stehen auf.

„Bis heute Abend dann“, verabschiedet sich Ute. „Ihr könnt mich ja anrufen, wenn's Neuigkeiten gibt.“

Tom bleibt allein mit Yvonne im Zimmer zurück. Er steht langsam auf und tritt hinter ihren Stuhl. „Die Welt ist total verrückt ...“

Yvonne lehnt ihren Kopf gegen Toms Bauch. „Bist du überfallen worden, Tom?“

„So ungefähr. Erzähl ich dir später. Die haben mich tatsächlich auf die Intensiv gelegt. Dabei hab ich mich so auf unseren Abend gefreut ...“

„Nach Kino ist mir im Moment nicht zu Mute.“

„Mir auch nicht. Wir könnten uns vielleicht hier im Besucherzimmer treffen, wenn du frei hast. Und dann könntest du mich vielleicht mitnehmen, ähm, ich meine nach Hause bringen? Ich muss dringend hier raus.“

„Weißt du was, Tom?“, hebt Yvonne gedankenverloren an. Sie scheint Tom gar nicht gehört zu haben. „Ich habe die Ampullen geprüft. Drei Tage lang, bis gestern. Achtzehn Ampullen sind aus dem Giftschrank entnommen worden. Ich habe es genau kontrolliert. Fast alles Morphinpräparate. Im Entsorgungskanister habe ich keine einzige gefunden. Und Manni hatte die ganze Zeit den Schlüssel.“

„Morphinpräparate“, wiederholt Tom. Jetzt wird ihm einiges klar. „Scheiße aber auch ...“

Wie ersehnt verbringt Tom die folgende Nacht in seinem eigenen Bett. Er hatte Nora vor die Wahl gestellt: Entweder die Einverständniserklärung für seine eigenverantwortliche Entlassung zu unterschreiben oder aber er haut heimlich ab. Nora hatte sich den Mund fusselig geredet. Nur zwei Tage möge er sich bitte noch gedulden und unter ärztlicher Kontrolle bleiben. Zwei lächerliche Tage, zur eigenen Sicherheit und ihrer Beruhigung. Auch die anstehende Verlegung auf eine andere Station konnte Tom nicht überzeugen. Schließlich rang sich Nora widerwillig eine Unterschrift ab. Tom musste im Gegenzug einen heiligen Schwur leisten, sechs weitere Tage konsequent im Bett zu bleiben ohne auch nur das Telefon anzufassen. Tom willigte ein und zog auf der Stelle das Totenhemd aus, wie er die krankenhausinterne Bettbekleidung im Stillen nannte.

Dankbar saugt Tom das milde Licht der Abendsonne ein, das durch die nackte Krone der Kastanie ungehindert in sein Zimmer fallen kann. Diese Unterschrift wird er Nora nie vergessen. Nie wieder wird er ihr Kummer bereiten. Tom genießt die Rundumgeborgenheit in seinem Bett und schließt die Augen. Etwas Schöneres als Bettruhe kann er sich im Moment gar nicht vorstellen. Endlich kann er sich ausruhen! Endlich braucht er sich keinen Kopf mehr zu machen! Manson sitzt hinter Schloss und Riegel. Damit ist die Hauptgefahr gebannt. Die noch offenen Fragen haben Zeit, allen voran Mannis schrecklicher Selbstmord.

Als Tom aus einem kraftspendenden, zweistündigen Schlaf erwacht, spürt er Sehnsucht. Er muss unbedingt Yvonne sehen! Auch wenn es wieder nichts wird mit einer Nacht über- und untereinander. Da Tom nicht telefonieren darf, bittet er kurzerhand Nora darum. Nora traut ihren Ohren nicht, als Tom verkündet, dass er Frauenbesuch empfangen will. Aber Tom bleibt hartnäckig. Schließlich hat er lediglich versprochen, im Bett zu bleiben und nicht zu telefonieren. Als Tom sich einverstanden erklärt, sein Bett die folgenden sechs Tage und Nächte nicht mit dem Damenbesuch zu teilen, gibt Noras schließlich klein bei.

Der Abend wird richtig nett. Beide Frauen sitzen Stuhl an Stuhl neben Toms Bett und alle essen zufrieden Thunfischpizza, die Nora zur Feier des Abends gezaubert hat. Tom freut es, dass sich nach anfänglicher Zurückhaltung ein Gespräch zwischen

Nora und Yvonne entspinnt. Nora kannte Yvonne bisher nur aus dem Krankenhaus und wurde sehr unsicher, als dieser ungeliebte Lebensabschnitt plötzlich wieder so präsent war. Feinfühlig verlässt sie nach dem gemeinsamen Mahl das Zimmer. Schwester Yvonne wird den Kranken sicherlich nicht über Gebühr strapazieren. Das Zusammensein der beiden gestaltet sich auch ohne Körperkontakt erfreulich nah. Als Yvonne schließlich nach Hause fährt, haben sie sich weitere dreißig Male fürs Kino verabredet.

Nach sieben Tagen ist Tom wieder richtig auf den Beinen. Ab Samstag, den dreiundzwanzigsten November, geht das Leben wieder seinen normalen Gang. Ein magisches Datum, das Tom nicht so schnell vergessen wird.

Der Lieferservice hat in der Zwischenzeit das nötige Geld eingefahren, die Theater-AG ist gerettet und Jennys Abzug nach Bremen erfolgreich verhindert worden. Toms Vorschlag, den Lieferservice Marens Vater zu übergeben, wurde von allen in der Gruppe mit Begeisterung aufgenommen. Nach anfänglicher Gewöhnungszeit auch von Marens Vater.

Als Tom nach seinem zweiten Schultag gerade eine bombastische Portion Bratkartoffeln mit Spiegelei und sauren Gurken verspeist, schlagen Autotüren im Innenhof. Tom geht zum Küchenfenster und sieht Hauptkommissar Walter auf die Haustür zuschreiten.

„Sie haben sich wahrscheinlich schon gewundert, dass ich mich nicht mehr gemeldet habe“, entschuldigt er sich, als er neben Tom am Küchentisch Platz nimmt und mit unverhohlener Neugier das ungewöhnliche Ambiente in Augenschein nimmt. „Aber Sie haben uns mit Ihrer Entdeckung allerhand Arbeit eingebrockt.“

Tom erwidert das Grinsen des Kommissars und lehnt dankend den Zigarillo ab, den dieser ihm anbietet.

„Wir haben sämtliche Toten, die mit Manson in Verbindung standen, unter die Lupe genommen, sprich exhumiert und obduziert. Um es gleich vorwegzunehmen: Der von ihnen tot aufgefundene Matuschek ist an einem anständigen Herzinfarkt gestorben. Ansonsten ist das Ergebnis unserer Arbeit mehr als erschreckend. Acht Menschen hat Manson nach unserem jetzigem Kenntnisstand sicher auf dem Gewissen. Als er bei diesem Rapid-Pflegedienst angefangen hatte, war wohl noch alles in Ordnung mit ihm. Manson war nicht weiter auffällig und machte ordentlich seine Arbeit. Vor knapp sieben Monaten trat dann eine Veränderung ein. Darin stimmen alle seine Kollegen überein. Man vermutete persönliche Probleme, aber auf Suchtprobleme war niemand gekommen. Dabei müssen die ihm doch auf der Stirn gestanden haben. Oder was meinen Sie?"

Der Kommissar nimmt die Zigarillos vom Tisch, betrachtet sie und legt sie wieder hin. „Stört es Sie eigentlich, wenn ich rauche?"

Tom verneint. Der Kommissar inhaliert genießerisch und Tom greift einen Apfel aus der türkisfarbenen Obstschale vor dem Küchenfenster. „Wollen Sie auch einen?"

„Nein danke ... Wenn Sie nicht dazwischengefunkt hätten, Witzeck, wer weiß, ob Manson je erwischt worden wäre. Das Zeug, mit dem er die Leute umgebracht hat, war meistens das, was sie selbst auf dem Nachtschrank hatten. Er hatte die Tropfen einfach gespritzt. Morphium wirkt venös verabreicht dreimal so stark wie oral. Manson brauchte also nur wenige Milliliter, die seine Opfer für ihn bereithielten. Ein echter Fixer spritzt Tropfen nur im Notfall, weil das Zeug für die Venen nicht sauber genug ist. Manson selbst hat nur Morphium gespritzt, was sein Freund in der Klinik gestohlen hat. Allerdings haben die Mengen bald nicht mehr ausgereicht und Manson hat immer schneller unter eintretenden Entzugssymptomen gelitten. Da hat er sich andere Möglichkeiten verschafft, an Geld zu kommen

… Den Rest wissen Sie ja. An sich klug eingefädelt das Ganze. Morphine sind im Körper schwer nachzuweisen, außerdem ist ja immer noch Selbstmord eine denkbare Variante. Bei Frau Hoffmann hat das ja gut geklappt."

Tom beißt in seinen Apfel und hört schweigend zu.

„Da ist noch etwas, was Sie interessieren wird, Witzeck. Manni Neumann und Larry Manson haben sich vor knapp acht Jahren in einer Klinik in den Staaten kennen gelernt. *Neumann* war damals Morphinist und hat Manson erst mit der Droge in Kontakt gebracht. Später sind sie dann gemeinsam auf Entzug gegangen. Erfolgreich. In den Pflegedienst konnten sie in den Staaten aber nicht zurück, weshalb sie nach Deutschland gezogen sind. Neumann hat sich im Bethanien hochgearbeitet und Manson hat mal hier, mal da gejobbt und ist schließlich in der ambulanten Pflege gelandet. Vor knapp sieben Monaten drohte die Beziehung der beiden zu zerbrechen und Manson griff wieder zur Spritze. Tragische Geschichte. Neumann fühlte sich schuldig an der neuerlichen Sucht seines Partners und sah keinen anderen Ausweg, als Manson mit Stoff zu versorgen."

Das Telefon klingelt, aber Tom ignoriert es. Er nagt ein letztes Fitzelchen Fruchtfleisch vom Kerngehäuse seines Apfels und führt die Geschichte selbst zu Ende: „Als Manni erfahren hat, dass Manson Patienten mit Überdosen ins Jenseits geschickt hat, um an Geld zu kommen, brannte bei ihm die Sicherung durch. Privat war alles kaputt, beruflich hätte er einpacken können … Da hat er den Zug gewählt."

Tom spürt plötzlich Mitleid für Manni. Nicht ansatzweise hat er geahnt, in was für einem Dilemma er steckte. Aber so bekommt jetzt alles einen Sinn. Vielleicht hätte ich doch ein bisschen netter zu Manni sein sollen, denkt Tom bei sich. Obwohl dieser ihm weiß Gott keinen Anlass dazu gegeben hat.

Tom schaut den Hauptkommissar betrübt an.

„So ist das Leben, Witzeck. Aber nicht nur so. Die Verbindung der beiden muss ziemlich zwanghaft gewesen sein. Neumann wollte sich mehrmals von Manson trennen. Unsere Psychologin vermutet eine Art Hörigkeit."

Der Kommissar legt den Stummel seines Zigarillos auf den Rand des Aschenbechers ab.

„Die Geschichte geht morgen an die Presse. Sind Sie damit einverstanden, namentlich genannt zu werden?""

Tom schüttelt erschrocken den Kopf.

„Sind Sie einverstanden, wenn Sie als Tom W. bezeichnet werden?"

Tom verneint. „Ich will gar nicht genannt werden. Was glauben Sie, was dann in der Schule los ist?"

Der Kommissar schaut Tom amüsiert an und fährt sich mit der Hand über seinen stoppeligen Bürstenhaarschnitt.

„Ich habe vom Kollegen Berndes gehört, dass Sie ein kriminalistisches Naturtalent sind und unsereins bereits einige Lackschäden zugefügt haben. Aber wir können Sie doch nicht einfach unter den Tisch fallen lassen und selbst die Lorbeeren einheimsen. Tom W., das müsste doch gehen, mmh?"

„Wissen Sie, Herr Walter? Eine anständige Belohnung wäre mir viel lieber. Ein bisschen Geld könnte ich gut gebrauchen. Mörder zu finden ist schließlich kein Hobby von mir. Es kostet Zeit und Nerven. Das wissen Sie doch am besten."

Der Kommissar lacht laut auf und streicht ein weiteres Mal über sein kurz geschorenes, silbernes Haar. „Da haben Sie allerdings Recht. Ich würde es Ihnen auch gerne gönnen. Aber leider stand auf die Ergreifung Mansons keine Belohnung, weil niemand ihn gesucht hat. Tut mir Leid, Tom. Da ist nichts zu machen."

Tom schiebt die Unterlippe vor. Schade, denkt er bei sich. Aber ehrlich gesagt hatte er auch gar nicht damit gerechnet. Ihm kam nur plötzlich Jennys Kommentar zu seinem letzten kriminalistischen Fall in den Sinn: Dass er sich beim nächsten Mal einen kriminalistischen Kackhaufen an Land ziehen solle, der ein bisschen was einbringt.

Tom hört Noras Schritte auf der Remisentreppe, dann das Schließgeräusch der Wohnungstür und einen Moment später steht sie leibhaftig mit erhobenen Augenbrauen im Türrahmen.

„Ich dachte, die Sache sei erledigt?", fragt sie ziemlich unfreundlich und blickt zwischen Hauptkommissar Walter und Tom hin und her.

„Keine Sorge, Frau Witzeck. Ist nur ein Anstandsbesuch."

Nora scheint mit der Antwort zufrieden zu sein und verschwindet ohne weiteren Kommentar mit der Ausbeute ihres Einkaufsbummels in ihrem Zimmer. Weihnachtsgeschenke, frohlockt Tom innerlich.

Der Kommissar erhebt sich und lässt die Zigarillos in die Innentasche seines Fischgrät-Jacketts gleiten. Dann tippt er mit dem Mittelfinger gegen seine Stirn. „Fast hätte ich's vergessen. Ich hatte Herrn Becker versprochen, Ihnen auszurichten, dass er Sie dringend sprechen will."

„Herr Becker?"

„Schön, dass ich Sie auch mal überraschen kann", freut sich der Kommissar und reibt sich die Hände. „Becker ist der Mann, den Sie in der Ahlhorner 14 gefunden haben."

„Ist er zu sich gekommen?!" Tom freut sich. „Das ist ja endlich mal eine gute Nachricht. Was hat er Ihnen erzählt? Wie ist die Sache im Keller abgelaufen?"

„Das wird Becker Ihnen wohl selbst erzählen wollen. Dazu fühle ich mich nicht berechtigt."

Tom stutzt und runzelt die Stirn. „Das klingt ja ziemlich geheimnisvoll."

„Lassen Sie sich überraschen. Ich für meinen Teil verabschiede mich jetzt."

Herr Walter legt seine Visitenkarte auf den Tisch. „Mach's gut, Junge. Und überleg dir, ob die Kripo nach dem Abi nicht doch was für dich wär. Ich könnte da einiges für dich tun." Walter lässt seine knorrige, schwere Hand auf Toms Schulter fallen. „Nichts für ungut. Ich kann dir nur noch einmal danken. Vor allem im Namen all derer, die ohne dein Zutun auch hätten dran glauben müssen."

Am Abend dieses denkwürdigen Tages verbringen Tom und Yvonne den ersten ihrer dreißig Kinobesuche. Das Geld hätten sie sich im Nachhinein allerdings auch sparen können. Vor lauter Knutscherei haben sie lediglich die ersten zwanzig Minuten und den Abspann mitbekommen. Ganz schön langes Vorspiel, kommentiert Yvonne, als sie und Tom eng umschlungen das Kino verlassen. Auch der Rest der Nacht wird ziemlich klasse. Tom gibt sich genussvoll der Erforschung des weiblichen Körpers hin und die Welt steht still.

16

Als Tom am folgenden Montag den Schulhof betritt, werden seine schlimmsten Befürchtungen wahr. Natürlich haben es fast alle in der Zeitung gelesen und die, die es nicht gelesen haben, bekommen es von den anderen erzählt. Toms Heldenstatus erfährt eine glorreiche Wiederbelebung. Längst abgeschriebene Mädchen scheinen sich plötzlich für ihn zu interessieren, Letitia Meier oder Verona Grünbier, was Tom dazu veranlasst, ihnen erst recht aus dem Weg zu gehen. Wenn die Zicken ihn sonst nicht beachten, brauchen sie sich jetzt auch nicht an ihn ranzuschmeißen. Außerdem hat er Yvonne und alle anderen können ihm gestohlen bleiben.

Die dem Klingelzeichen folgende Schober-Stunde stellt sich in doppelter Hinsicht als Glücksfall heraus. Zum einen lässt Schober Tom in Ruhe und verkneift sich eine Lobeshymne auf die Heldentaten seines Schülers, zum anderen verkündet er das Thema der schriftlichen Hausarbeit für das Jahresende, eine wichtige Arbeit, die nicht unerheblichen Einfluss auf die Zeugnisnote hat. Tom könnte Schober knutschen. Eine Kriminalgeschichte sollen sie sich ausdenken. Eine Kriminalgeschichte, in die sie selbst verwickelt sind. Bei diesem Thema muss Tom sich nicht das Hirn zermatern, da braucht er nur aus dem Nähkästchen zu plaudern. Keine Frage, es ist ein Geschenk von Schober an Tom. Die Klasse grinst und alle sind einverstanden. Alle gönnen Tom die Chance, die vermasselten Bremer Stadtmusikanten wieder auszubügeln.

Nachdem Tom bei Zilly drei Ladungen Pommes verdrückt hat, steigt er in den Bus zum Bethanien-Krankenhaus. Er empfindet fast etwas wie Freude, den Mann aus dem Keller wiederzusehen, obwohl er auf den anstehenden Auftritt als Lebensretter gut verzichten könnte.

Als Tom an Beckers Bett tritt und in sein abgeschwollenes, frisch rasiertes Gesicht sieht, erkennt er den Mann. Becker ist der Tarnkappenmann aus dem Besucherzimmer.

„Guten Tag, Tom“, kommt Becker einer Begrüßung Toms zuvor und lässt das Kopfteil seines Bettes in die Senkrechte gleiten. „Ich habe gehört, Sie hat es in der Zwischenzeit auch gewischt?“

„Ja. War aber nicht der Rede wert.“

„Wir haben sogar eine Nacht Seite an Seite verbracht ...“ Becker räuspert sich und tastet prüfend seinen Nasenrücken ab.

„Stimmt. War allerdings nicht besonders romantisch. Ich freu mich wirklich, dass es Ihnen besser geht.“

Becker weist auf den Stuhl neben seinem Bett. „Setzen Sie sich doch bitte, Tom. Mein Bettnachbar ist zu einer Untersuchung, wir können also in Ruhe sprechen“, stellt Becker mit Blick auf den leeren Platz fest, wo vor wenigen Tagen noch Tom gelegen hat.

„Sie sprechen hervorragend Deutsch ...“

„Mein Vater ist in Deutschland groß gewachsen. Daher mein gutes Deutsch“, liefert Becker die Erklärung. „Ich muss Ihnen was erzählen. Aber wo fange ich an? Vielleicht sollte ich das Pferd ja vom Hintern aufzäumen.“

Tom schmunzelt und spitzt die Ohren.

„Sie müssen wissen, ich bin Privatdetektiv und beschäftige mich besonders mit internationale Fällen. Vor einige Jahren bekam ich den Auftrag, Manson unter die Lupe zu nehmen. Die Angehörigen eines Verstorbenen hat man verweigert die Zahlung einer große Versicherungssumme, weil die Versicherung sagte: Selbstmord. Der Tote war betreut worden von Manson. Mein Klienten waren von Anfang an überzeugt, ihr Vater ist umgebracht worden, aber hatten kein Beweise. Deshalb haben sie mich gefragt, Manson im Auge zu halten. Kurz darauf wurde klar, dass Manson abhängig war von Drogen, was natürlich keine Beweis ist für Tötung eines Menschen. Und dann verschwand Manson mit seine Partner nach Deutschland. Ich glaube, Neumann war ein feiner Kerl. Aber dieser Manson hat ihn kaputtgemacht. Manson hatte immer Lover, um an Stoff ranzukommen. Neumann hat bestimmt sehr gelitten. Aber auch nach der Drogentherapie kam er nicht los von Manson. Nun ist Neumann tot. Schrecklich. Nicht mehr zu ändern. Ich bin den beiden, oder besser gesagt, Manson, in Deutschland schnell auf Spur gekommen. Ich hatte fast Beweise gegen ihn in der Hand, da sind Sie in das Spiel gekommen. Ich hatte Angst, dass Sie alles kaputtmachen so kurz vor dem Ziel. Es war mir klar, dass Sie was von Manson wollten, dass Sie was vorhatten. Ich habe Sie beobachtet und wollte, dass Sie die Finger von Manson lassen, und habe Ihnen einen Schreck jagen wollen."

„Sie haben Manson die ganze Zeit beschattet? Das ist ja verrückt. Aus demselben Grund wie ich!? Hat Ihnen Kommissar Walter das eigentlich erzählt? Was für einen Schreck meinen Sie eigentlich?"

Becker verzieht das Gesicht. „Er hat mir erzählt. Ich gratuliere. Aber Hauptsache, ich möchte mich bei Ihnen entschuldigen für das, was ich Ihnen getan habe. Ich wollte nicht, dass es so schlimm kommt. Ich wollte Sie nur schrecken. Ich habe vorher diesen Zettel in den Kiste mit den Lebensmitteln gelegt. Aber der hat leider nicht geholfen. Das müssen Sie glauben..." Becker atmet schwer durch.

Tom versteht erst nicht, dann sackt er in sich zusammen. „Sie waren das im Schuppen?"

Becker nickt. „Ich wollte, dass Sie Angst bekommen und denken, dass es Manson war. Ich war sicher, dass Sie in die Hose machen und zu Hause bleiben. Aber da habe ich geirrt. Sie haben viel riskiert."

Tom sieht Becker plötzlich mit anderen Augen und verschränkt die Arme vor der Brust. Eine derartige Offenbarung hatte er nicht erwartet.

„Ich muss Ihnen danken, Tom. Sie haben mein Leben gerettet. Ich war unvorsichtig. Ich war nervös wegen Ihnen und bin Manson überall gefolgt. In der Ahlhorner Straße hat er mich bemerkt. Er hat mich geschnappt mit wahnsinnige Kraft."

Tom lacht bitter auf und schüttelt den Kopf.

„Danke, dass Sie mich gefunden haben, Tom."

Tom macht ein paar verlegene Kaubewegungen und schaut auf seine Boots. Als er den Kopf wieder hebt, hält Becker ihm ein Stück Papier unter die Nase. Ein Scheck.

Tom liest die Zahl Fünfzehntausend mit einem Dollarzeichen dahinter.

„Das ist Ihr Anteil, Tom. Ein Teil von meine Honorar."

Tom starrt auf den Scheck wie ein hypnotisiertes Kaninchen.

Dann kommt ihm das Stichwort Elektromobil in den Sinn und er schmunzelt über beide Backen.

Tom fühlt sich immer noch wie hypnotisiert, als er Stunden später in der heimischen Badewanne sitzt.

„Tom? Darf ich reinkommen, Tom?"

Nora huscht in den mit Wasserdampf eingenebelten Raum und setzt sich vergnügt zu Tom auf den Wannenrand. Sie war beim Friseur und hat sich eine Kurzhaarfrisur verpassen lassen, Marke Yvonne.

„Ich wusste gar nicht, dass du deinem Vater geschrieben hast. Sehnsucht?"

Tom erstarrt. Den Brief nach Australien hatte er total vergessen!

„Wo ... woher weißt du ...? Hat Bertram ... hat er dich etwa angerufen?"

„Warum guckst du denn so erschrocken? Der Brief ist nur zurückgekommen, mehr nicht. Das Porto hat nicht gereicht und deinem lieben Herrn Vater fehlte wohl wieder mal das nötige Kleingeld für die Nachgebühr."

Tom atmet auf und schließt dankbar die Augen. „Könntest du mir den Brief bitte zurückgeben? Der ist eh nicht mehr aktuell."

Nora schüttelt den Kopf. „Ich hab ihn noch mal losgeschickt. Dachte, das sei in deinem Sinne ..."

Tom holt zweimal tief Luft und taucht ab in den wohltuenden Tiefen des Badewassers.

Frankfurt · Leipzig · München 2004
Nach der neuen Rechtschreibung

Covergestaltung: Paxmann/Teutsch Buchprojekte
Lektorat: Michaela Kolodziejcok
Druck und Bindung: print consult, Grünwald

ISBN 3-8339-6537-1